ЗА СЦЕНАРИЙ К ФИЛЬМУ "ВСЕГДА ГОВОРИ "ВСЕГДА" ТАТЬЯНА УСТИНОВА БЫЛА УДОСТОЕНА ПРЕМИИ ТЭФИ

История, покорившая миллионы сердец, теперь в кинообложке!

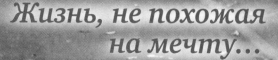

Жизнь, не похожая на мечту...

ТАТЬЯНА УСТИНОВА

ТОТЬЯНА УСТИНОВА

первая среди лучших

ЧИТАЙТЕ ДЕТЕКТИВНЫЕ РОМАНЫ:

ТАТЬЯНА УСТИНОВА

С небес на землю

ЭКСМО

Москва
2011

УДК 82-3
ББК 84(2Рос-Рус)6-4
У 80

Оформление серии *Ф. Барбышева*

Иллюстрация на переплете *М. Селезнева*

Устинова Т. В.

У 80   С небес на землю : роман / Татьяна Устинова. — М. : Эксмо, 2011. — 352 с. — (Первая среди лучших).

ISBN 978-5-699-47976-4

Он ведет странную жизнь и, кажется, не слишком ею доволен. У него странная профессия, странные привычки, даже имя странное — Алекс Шан-Гирей!..

Издательство, в которое Алекса пригласили на работу, на первый взгляд кажется вполне мирным, уютным и процветающим. Все друг друга любят и заняты благородным делом — изданием книг.

Все пойдет прахом как раз в тот день, когда в коридоре издательства обнаружится труп. Кто этот человек? Как он туда попал? Выходит, убил его один из тех самых милых и интеллигентных людей, занятых благородным делом?! И как докопаться до истины?!

А докапываться придется, потому что Алексу тоже угрожает смертельная опасность — он увяз в давней тяжелой ненависти, совсем позабыл про любовь, потерялся по дороге. Да и враг, самый настоящий, реальный, хитрый и сильный, не дремлет!..

Ему во всем придется разбираться — в ненависти, в любви, во врагах и друзьях, ибо он не знает, кто друг, а кто враг! Ему придется вернуться с небес на землю, оглядеться по сторонам, перевести дыхание и понять, что здесь, на земле, все не так уж и плохо!..

УДК 82-3
ББК 84(2Рос-Рус)6-4

ISBN 978-5-699-47976-4

«Снова все испорчено. Ведь как должно бы быть: сначала у тебя появляется тайна, а потом ты преподносишь всем сюрприз. Но если живешь в семье, ничего не получается — ни тайны, ни сюрприза. Все всё знают с самого начала, так что никогда ничего веселого не получится».

Туве Янссон, «Повесть о последнем в мире драконе»

— Вы кто?!

Он мялся на пороге, не решаясь войти.

— А... вас не предупреждали обо мне?

Ответом на этот вопрос явилось возмущенное фырканье — должно быть, не предупреждали!..

Он ждал, скулы у него покраснели, и от неловкости вдруг стало очень жарко, а она не торопилась. Сложила бумаги, выровняла по краям и без того идеальную стопку, сцепила руки в замок — кисти крупные, ногти короткие без лака, — погрузила подбородок в волны шейного платка, завязанного почти по-пионерски, и уставилась на него поверх очков.

Он ждал в дверях — терпеливо.

— И что вам нужно?

Он улыбнулся, чувствуя собственное собачье заискивание. Он то и дело заискивал, особенно в последнее время.

— Моя фамилия...

— Дверь.

— Простите?..

— Закройте дверь.

Он помолчал секунду.

Как плохо все начинается!.. Как отвратительно все начинается. Хуже не придумаешь. Ему просто необходимо стать здесь... своим, и ничего не получается!..

Впрочем, у него вообще ничего не получается. Особенно в последнее время.

— Я могу зайти потом...

— Не нужно потом! — рыкнула хозяйка кабинета. — Вы уже зашли сейчас! Закройте дверь. Пройдите. Сядьте.

Вот на кого она похожа — на ефрейторшу из черно-белого фильма про войну! Ему всегда нравилось придумывать сравнения.

Он проделал все, как было велено: закрыл, прошел, сел, и очень неудачно! Оказалось, что кресло глубокое, вязкое, низкое, и теперь взгляд его упирался как раз в узел ее пионерского галстука. Чтоб добраться до лица, приходилось смотреть вверх.

— Вы кто? Автор? Если так, то вам на второй этаж, я авторов не принимаю.

Он вдруг развеселился — настолько, насколько позволяло его теперешнее положение.

— Почему... автор?

— У вас недокормленный вид, как у всех писателей. Или вы с бумагами от Канторовича?

— Моя фамилия Шан-Гирей. — Он облизнул губы, которые все время сохли. — И я новый сотрудник издательства.

Конечно, она ничего не услышала, кроме странной фамилии!..

— Ка-ак?!

— Шан-Гирей, — повторил он. — Пишется через черточку, то есть через тире. То есть через дефис. У Лермонтова, если помните, были родственники по линии бабушки как раз Шан-Гиреи...

ФЛ НА ЗЕМЛЮ

— Да при чем тут дефис и родственники Лермонтова?! — Она сдернула очки. — Вы кто?!

— Я новый заместитель генерального директора. — Ей-богу, он чувствовал себя виноватым, как будто признавался в чем-то постыдном! — Я шел мимо, а у вас дверь была открыта, и я решил...

Очки шлепнулись на пол с дребезжащим звуком. Он кинулся их поднимать, но, пока доставал себя из кресла, она уже вынырнула из-под стола, зажав очки в руке, дико на него взглянула и схватилась за телефон.

Ну да, конечно. Следует немедленно все проверить. Какой, к черту, из него заместитель генерального! Того и гляди, милицию придется вызывать, а то и санитаров.

— Настя, соедините меня! Нет, прямо сейчас. — Она послушала немного. — Хорошо, я подожду. А вы сядьте, сядьте!..

Решив, что в кресло ни за что не вернется, он огляделся, обнаружил три стула, стоящих вдоль стены, сел на средний, справа пристроил сумку, а слева куртку. Потом решил, что таким образом занимает слишком много места, и пристроил куртку на сумку. Потом еще немного подумал и взвалил весь ком себе на колени.

Хозяйка кабинета следила за его возней, не отнимая трубки от уха, — очень неодобрительно, немного даже с подозрением.

Видимо, на том конце линии что-то произошло, потому что выражение у нее моментально стало притворно-ласковым, нежным, как будто абонент из трубки мог воочию наблюдать «ряд волшебных изменений чудного лица».

— Анна Иосифовна, это я. Простите, что беспокою, но ко мне пришел человек, который утверждает, будто он ваш новый заместитель, а я ничего об этом не зна...

В трубке заворковало, довольно громко.

Слов он не мог разобрать, конечно, но понятно было, что говорят убедительно, даже настойчиво, и чем дальше, тем больше эта настойчивость повергает ефрейторшу в растерянность.

Растерянная ефрейторша — своеобразное зрелище.

— Хорошо, — сказала она так, как по уставу положено говорить «есть!»: ясно, громко, четко. — Поняла. Да. Сделаю все, что смогу.

Задумчиво постучала себя по ладони смолкшей трубкой, выбралась из-за стола, подошла к окну и уставилась на улицу.

Он ждал.

Ефрейторша спохватилась, подтянула узел шейного платка, смахивавшего на пионерский галстук, выдохнула, как будто хлопнув стопку, и повернулась к нему.

— Итак, здравствуйте! — Это было сказано до странности бодряческим тоном и так фальшиво, что ему вновь стало неловко. — Меня зовут Митрофанова Екатерина Петровна, будем знакомы.

Издали протянув руку, она двинулась на него, он вскочил, куртка полетела на пол, сверху плюхнулась сумка, из которой лениво, как будто неохотно, вывалились растрепанная записная книжка, какие-то разномастные карандаши, наушники и журнал с красивой девушкой на обложке.

Вместо того чтобы пожать протянутую руку, он

начал бестолково собирать свое барахло и совать его обратно в сумку, а когда выпрямился, пожимать было нечего.

Она стояла словно по команде «вольно» и смотрела на него, похоже, с отвращением.

— Меня только что назначили, — сказал он, пытаясь оправдаться немного. — Анна Иосифовна, должно быть, просто не успела поставить вас в известность...

— Ну да, — согласилась Екатерина Петровна бесстрастно. — Ну да.

Полоумная старуха окончательно лишилась разума, вот что она хотела сказать на самом деле, и он отлично понимал это. Назначить *такого* заместителем — кем же надо быть?!

Ему не хотелось оправдываться, в последнее время он устал оправдываться, но то и дело приходилось!..

— Наверное, будет официальное представление, то есть даже обязательно, но я решил заранее...

— Насколько я понимаю, — перебила его Екатерина Митрофанова, — вы пришли на место Веселовского, то есть именно вы будете заниматься работой с авторами...

И тут она не справилась. Тяжело опустилась на свой трон и взялась рукой за лоб.

— Господи-и-и, — протянула по-бабьи, — да что ж это такое? Как вас хоть зовут-то?..

— Алекс, — бухнул он по привычке, но тут же поправился: — Александр.

— Прэлэстно, — оценила Екатерина Петровна тоном Фаины Раневской, — еще и Алекс! Алекс Юстасу. Господи-и-и...

— Вы не переживайте так, — сказал он негромко. — На самом деле я нормальный.

И зря сказал!.. Впрочем, он часто говорил невпопад, особенно в последнее время!.. Она отняла руку ото лба, взглянула, и от ненависти и отвращения у нее затряслись губы.

— Анна Иосифовна, разумеется, вольна принимать любые решения! И обсуждать их с вами я не намерена! — Она помолчала немного, пытаясь справиться с собой. — Итак, у вас ко мне какой-то конкретный вопрос, Александр... как вас по отчеству?..

— Павлович. — Никто и никогда не называл его по отчеству в той, давней, жизни, которая была у него когда-то. В новой, по всей видимости, придется привыкать. — У меня нет никаких вопросов, Екатерина Петровна. Я просто хотел познакомиться.

— Значит, будем все решать в рабочем порядке, Александр Павлович, — подытожила Екатерина Петровна. — Или помощь вам не нужна и вы все понимаете в работе с авторами и в издательском деле, как таковом?..

Эта казенная формулировка — как таковая — почему-то окончательно убедила его в нелепости всей затеи. Ему никогда не стать здесь своим, и ничего он не сможет с этим поделать, и ничего у него опять не выйдет, это уж точно!..

Слишком часто он думал, что ничего не выйдет, — особенно в последнее время!..

Прижимая к груди куртку, а к боку нелепо разявленную сумку, он попятился к выходу, отчего-то не решаясь повернуться к хозяйке кабинета спиной, словно она являла собой Стену Плача, как вдруг дверь распахнулась, едва не поддав его по заднице, и на пороге показалась перепуганная тетка. В каждой руке у нее было зажато по мобильному телефону.

Она почти споткнулась об Алекса, но не обратила на него никакого внимания. Он посторонился, пропуская ее.

— Катя, — выпалила тетка, и глаза у нее внезапно налились слезами, — ты только не пугайся, но у нас... прямо здесь, в коридоре... Тебе, наверное, самой надо посмотреть...

— Что?! Что такое?!

— Человека убили, — зловещим шепотом договорила та и оглянулась по сторонам.

Вот все и началось, успел подумать Алекс.

Человек лежал ничком в комнатенке, заставленной железными шкафами. Дверцы шкафов были открыты, и внутри виднелись собранные в пуки пыльные провода, тумблеры и какие-то кнопки.

Люди в коридоре негромко переговаривались, но входить не решались и расступились как по команде, когда, громко топая, примчалась задыхающаяся Екатерина Петровна со свитой — начальником отдела женской прозы Надеждой Кузьминичной и неизвестным странным типом. Тип, завидевши труп, быстро ретировался в боковой коридор. Там он почему-то сел на пол, достал мобильный и нажал кнопку. Рука у него тряслась.

Стрешнев все время видел его боковым зрением.

А этот откуда взялся?

Митрофанова пятилась от лежащего тела, отводила глаза и с трудом сглатывала.

— Кто это?!

— Да неизвестно кто, Екатерина Петровна...

— Как неизвестно, когда он в этом... как его... ну, в форме! Где Сергей Ильич?

У Екатерины, оказывается, нервишки тоже наличествуют, потому что голос она возвысила почти до визга и очки на носу перекосились, сделав ее смешной и жалкой.

— Где начальник хозяйственной службы, я спрашиваю?! Позовите его кто-нибудь немедленно!

— Да его с утра не было, Екатерина Петровна. Он, кажется, на склад в Видное уехал и сегодня быть не собирался.

— Ну, тогда кого-нибудь, кто может знать этого... покойного! Найти быстро!..

«Напрасно она вопит, — подумал Стрешнев, — ох напрасно!.. Нельзя так расходиться на глазах у людей. И без того происшествие... неприятное. Трагическое, можно сказать».

Народ все прибывал, запах беды и сенсации волнами расходился по издательству. Повсюду хлопали двери, и коридор потихоньку начинал гудеть, заполняясь голосами, как растревоженный среди зимы омшаник.

— А крови-то... — бормотала Надежда Кузьминична. — Катя, там столько крови...

— Прекратить! Закройте дверь немедленно!

— Как же ее закроешь, если там у него... ноги!..

Труп действительно лежал так, что закрыть дверь было никак невозможно.

— А милиция? Вызывать?..

— Господи, да кто же его так?..

— Из спины торчит, видишь?..

— А это наш рабочий, что ли?..

Надежда Кузьминична протолкалась через гомонящую толпу, зажимая рот рукой, и кинулась в сторону туалета.

Неизвестно как здесь оказавшийся, трясущийся тип что-то быстро говорил в мобильный телефон, и Стрешнев, который беспокоился все больше, решил подойти к нему.

— Вы кто?

Тип поднял светлые, совершенно больные глаза, мотнул головой и сказал в трубку:

— Все, я уже не могу разговаривать. Давай. Думай быстрее. Пока.

— Вы кто?!

Тот поднялся, придерживаясь рукой за стену. Какие-то вещи остались лежать на полу — кучей.

— Если вы журналист... — возвысил голос Стрешнев.

— Я не журналист, — выговорил тип неохотно. — Я новый сотрудник издательства. — Тут Стрешнев вытаращил глаза. — Моя фамилия Шан-Гирей, и навести обо мне справки вы можете у Анны Иосифовны.

Стрешнев не поверил ни единому его слову.

— А кому вы кинулись звонить так поспешно?

Новый сотрудник вытащил из кучи на полу объемистую сумку и зачем-то воздвиг ее на плечо.

— Я звонил своей девушке, — глядя Стрешневу в лоб, выговорил он. — Назначал свидание. Этого достаточно или вы еще что-то хотите узнать?..

— Саша! Саша, подойди сюда быстрее!

Стрешнев дернул шеей — отступать ему не хотелось. И запах беды, разлитый в коридоре, взвинчивал нервы, как будто с каждым вздохом струна все туже натягивалась на колок.

— Саша!!! Где Стрешнев?!

Зная, что Екатерина теперь ни за что не уймется, так и будет голосить, Стрешнев еще раз смерил бледного субъекта взглядом, чтобы у того не оставалось никаких сомнений в том, что поединок не окончен, и ввинтился в уплотнившуюся и разросшуюся толпу.

— Катя, я здесь. — И он понизил голос: — Что ты кричишь?..

— Нужно послать кого-то наверх, чтобы Анна Иосифовна сюда не подходила! Вообще что-то надо делать! Я не знаю, «Скорую», что ли, вызвать или милицию!

— И «Скорую», и милицию.

— Может, имеет смысл сначала Павлу позвонить?..

И они посмотрели друг другу в глаза.

Да. Такой шаг требовал серьезных обсуждений, а времени у них не было совсем.

— В любом случае придется звонить ментам! Даже если Павел...

— А что Павел, когда у нас тут... убийство?!

— Вот именно, — сказал Стрешнев значительно. — Вот именно.

Митрофанова перевела взгляд на толпу у него за плечом и вдруг заговорила громко и отчетливо, как на плацу перед строем:

— Значит, так. Никаких мобильных телефонов. Все убрать немедленно. Если кто-то вякнет хоть что-то в Интернете, найду и уволю по статье. Вы все прекрасно знаете, что так и будет!

Глазами она зацепилась за кого-то в толпе и спросила, еще прибавив голосу:

— Так, Олечка?!

— Так, Екатерина Петровна, — проблеяла Олечка из отдела русской прозы. Всем в издательстве было хорошо известно, что эта самая Олечка — «крутой блогер» и однажды ее блог прочитали целых сто человек. Это было событием.

— И я советую всем вернуться на свои рабочие места!

«А вот это опять напрасно, — подумал Стрешнев. — Все равно никто не вернется, а давать указания, которые никто не собирается выполнять, — глупо и ни к чему».

— Что здесь происходит?..

Екатерина Петровна вздрогнула, очки перекосились еще больше, и рот утратил четкие контуры, словно она собралась зарыдать. Стрешнев даже поддержал ее под локоть.

— Где Митрофанова? Стрешнев где?

Из конца коридора, заполненного народом уже до краев, как будто пошла приливная волна, сотрудники шарахнулись к стенам, и к ним приблизился Павел Литовченко — владелец издательства «Алфавит», самого крупного в России и третьего в Европе, бог отец, бог сын и бог дух святой в одном лице.

Митрофанова быстро глянула на Стрешнева.

...Откуда он здесь взялся?! Мы же только собирались ему звонить! Или ты меня обошел на повороте и уже позвонил сам?! Если так — берегись. Не прощу.

Стрешнев отвел глаза.

Понятия не имею откуда!.. Он же почти никогда не приезжает! Впрочем, может, оно и к лучшему. Не придется звонить.

— Павел Николаевич, у нас здесь... несчастье!

— Как это случилось?

— Мы не знаем. Надежда Кузьминична зашла в этот коридор и вот... нашла. — Митрофанова обеими руками подтянула узел шейного платка, похожего на пионерский галстук. — Я собиралась вам звонить, а вы уже приехали, оказывается.

— Милицию вызывайте, — приказал Литовченко охраннику. — И службу безопасности сюда. Кто там? Беляев Володя?

— Он самый.

— Вот и его тоже. Кто убит, хоть определили?

— Да в том-то и дело, что нет! Он в комбинезоне, значит, из хозслужбы, но начальник в Видном, и мы пока...

Давешний нервный тип вдруг материализовался из отхлынувшей толпы, выбрался на передний план и даже задел Литовченко плечом.

Митрофанова изменилась в лице. Стрешнев сделал движение, будто собирался схватить типа за шиворот. Литовченко посмотрел и посторонился. Его охранник что-то быстро говорил в мобильный, тоже взглянул без всякого интереса и отвернулся.

Тип присел на корточки и зачем-то уставился на ботинки лежащего ничком мужчины в комбинезоне.

— Анну Иосифовну уже успели перепугать?

— Павел Николаевич, я послала к ней людей, чтоб ее сюда не пускали, но, конечно, все уже знают, и она наверняка тоже.

— С ней никаких подробностей не обсуждать, — приказал владелец своим топ-менеджерам таким же тоном, каким они сами давеча приказывали остальным.

Блогер Олечка пришла в восторг и даже слегка пнула в бок Кирюшу из художественного отдела, который тоже славился любовью к Всемирной сети, и одними губами выговорила: «Получила, сука!» Справедливость, с ее точки зрения, таким образом хоть отчасти восторжествовала!..

Рассмотрев ботинки лежащего, тип перевел взгляд на лужицу темной крови, затекшую под железный шкаф, и Стрешневу, который не отводил от него глаз, показалось, что его сейчас вырвет.

— Вы бы шли отсюда, — Стрешнев ткнул типа в плечо железным пальцем, и тот оглянулся, но, кажется, ничего и никого не увидел.

— Да, — пробормотал он, — да, сейчас. Одну секундочку.

Вытянул шею и заглянул в комнатенку.

Почему-то следом за ним туда же заглянул и Литовченко.

— А что здесь вообще помещается? — Он повернулся и посмотрел на Митрофанову.

Екатерина Петровна под его взглядом заметалась, заоглядывалась, боком, по-куриному отступила, стрельнула глазами в Стрешнева, но он ничем не мог ей помочь — или не хотел.

— Я точно не знаю... Кажется, какой-то склад.

— Склад чего?! Металлолома?!

Новый сотрудник со странной фамилией перешагнул через труп и оказался внутри.

— Скоро приедет Сергей Ильич и скажет, а я в хозяйственных помещениях не очень разбираюсь... — Она тревожно заглянула внутрь. — Послушайте, как вас там!.. Туда нельзя, вы что, не соображаете совсем?!

— Да, да, — отозвался изнутри давешний полоумный. — Я сейчас.

Почему-то ни Литовченко, ни охранник не обращали на него никакого внимания, волновались только Екатерина Петровна со Стрешневым.

Впрочем, что за дело может быть владельцу издательства, да еще в подобных обстоятельствах, до какого-то там праздношатающегося!..

— Удар-то, — себе под нос пробормотал охранник, — прямо в печень. Точнехонько. Шансов никаких.

— Нож?

— Нож. И такой... непростой нож, Павел Николаевич. Ручка видите какая?..

Екатерина Петровна изо всех сил отворачивалась от ножа, вытягивала шею, пытаясь определить, что делает в комнате новый сотрудник. Ей очень хотелось выместить на ком-нибудь собственные ужас и бессилие, и этот тип подходил как нельзя лучше.

— Послушайте, что вам там нужно?! Выходите оттуда! Вы разве не знаете, что до приезда милиции ничего нельзя трогать!

Новый сотрудник не отзывался, а переступить через труп Екатерина Петровна не решалась. В толпе у нее за спиной произошло движение, вдруг все неожиданно громко заговорили, зашевелились, и Литовченко весь перекосился:

— Этого еще не хватало! Я же просил! Екатерина Петровна!

Пожилая дама со встревоженным лицом быстро подошла и ухватила владельца издательства за рукав.

— Анна Иосифовна, зачем вы пришли? — Он положил свою ладонь на ее наманикюренные пальчики, слегка пожал с осторожным и нежным уважением. — Не стоит на это смотреть. Сейчас приедет милиция, а вы пока возвращайтесь в кабинет. Вот... госпожа Митрофанова вас проводит.

Госпожа Митрофанова подалась вперед, демонстрируя полную готовность провожать старушку в кабинет.

— Павел, — отчетливо выговорила Анна Иосифовна, — ты понимаешь, что это означает?..

Это было сказано таким тоном, что люди вокруг смолкли, словно по команде.

— Я зайду к вам, как только разберусь здесь, — глядя ей в глаза, пообещал Литовченко. — А сейчас прошу вас!..

Она сосредоточенно кивнула, отцепилась от его руки, сделала шаг — все расступились, давая ей дорогу, — вдруг повернулась и остановившимся взглядом посмотрела на лужу крови.

— Нас же предупреждали, — как будто удивленно пробормотала она и стала валиться на бок. Охранник подскочил и поддержал ее, Литовченко что-то заорал про врача, началась суматоха, и в этой суматохе новый сотрудник исчез из комнаты с трупом, как будто его и не было.

Всего неотвеченных вызовов оказалось пятнадцать. Три от Даши, два от матери, а остальные десять номеров ни о чем ему не говорили.

Матери он перезвонил сразу.

— Как твой первый рабочий день? Как тебя приняли?

Ему стало смешно.

— Да все отлично. Приняли с распростертыми объятиями. Сказали, что только меня и ждали.

— Алекс, что опять случилось?!

— Почему случилось? И почему опять?

— Потому что с тобой все время что-то случается!

— Мам, — морщась оттого, что вода с зонта лилась прямо ему в ботинок, сказал он, — все хорошо. Честно. Правда, там детектив какой-то... действительно случился, но он не имеет ко мне отношения.

Как раз детектив имел к нему непосредственное отношение, но говорить об этом матери он не стал. Он вообще то и дело недоговаривал, врал, изворачивался — особенно в последнее время!

— Какой... детектив? — опешила мать. — Который на бумаге писатель пишет или что-то на самом деле произошло?

— Произошла детективная история, мам, — бодро проинформировал он. — Я тебе сейчас не буду рассказывать, ладно?

Мать вздохнула. Сыновнее упрямство было ей хорошо известно.

— Ну и не рассказывай, не очень-то и хотелось!.. А ужинать приедешь?

— И ужинать я не приеду.

— Вредничаешь? — осведомилась она.

— Просто не приеду. — Он никак не мог сообразить, что нужно сделать, чтобы в ботинок лило не так сильно. — Уже поздно, а мне завтра на работу.

— Это хорошо, сынок, — вдруг сказала мать с силой. — Это очень хорошо, что тебе на работу! Сколько времени ты без работы просидел?..

— Мам, я тебе завтра позвоню, — быстро перебил он. — Ты ни о чем не волнуйся.

— Тогда, может, завтра с Дашей приедете? Будем широко отмечать твой выход на работу.

Алекс знал, он и завтра не приедет тоже, но соврал, что приедет. Вместе с Дашей.

Даше он перезванивать не стал.

Путь ему предстоял неблизкий — метро, две пересадки, потом автобусом среди громадных, до свинцовых небес, человеческих ульев, наполненных голосами, страхами, злостью, радостью, усталостью, унынием, надеждой, завистью, добротой, безразличием. Он чувствовал клубящееся месиво внутри ульев, как будто оно клубилось у него внутри, чужие эмоции давили на мозг, не давали покоя, будили его по ночам.

Даша утверждала, что он сумасшедший.

Все они в разное время жизни уверяли его, что он сумасшедший!.. И настал момент, когда он почти поверил в это.

Он брел вдоль громадного здания издательства «Алфавит» и уговаривал себя не думать о собственном помешательстве. Зонт то и дело цеплялся за ветки старых лип, которые в этой части Москвы почему-то еще не успели вырубить, и холодные капли падали на лицо и волосы, стекали за воротник. В ботинке хлюпало, и он точно знал, что назавтра будет плох и простужен.

Он всегда простужался, стоило только промочить ноги. Даша говорила — нежен, аки красна девица!..

Итак, все случилось сразу же, как только он переступил порог издательства. У него даже не оказалось времени, чтобы подготовиться, а подготовиться следовало бы!..

Он вспомнил мертвого человека, лужу черной крови под ним — часть лужи уползала под металлический шкаф — и растерянных людей, толпившихся в коридоре. Еще бы!.. Такие происшествия, как правило, не происходят в добропорядочных учреждениях, да еще устроенных нарочито по-европейски — с просторными светлыми коридорами, переговорными комнатами, зимними садами, кактусами на подоконниках и длинноногими девушками, вышагивающими на шпильках по чистым лестницам в поисках лучшей доли!

Ему почему-то всегда казалось, что девушки в офисах заняты исключительно поисками лучшей доли и уж никак не работой, какой бы она ни была!..

Кем был погибший, так и не удалось установить, по крайней мере, Алекс понял это из разговора Митрофановой и того, второго, который, кажется, собирался схватить его за шиворот в коридоре. Митрофанова говорила громко и замолчала, только когда обнаружила, что он, Алекс, возится поблизости со своей вечно открывающейся сумкой и слышит каждое ее слово.

— ...откуда он вообще взялся, вот загадка! По фото его никто не опознал. Нигде нет о нем сведений — ни в нашем отделе кадров, ни у смежников! Ну, не с улицы же он пришел прямо в этом комбинезоне! И у нас в издательстве его вот так сразу пырнули ножом?! Ну так же не бывает!

Второй соглашался, поддакивал, кивал, а потом они увидали Алекса, замолчали как по команде и один за другим выскочили на улицу, словно боялись... что он подойдет и как-то скомпрометирует их своим присутствием. Вроде бы он не вполне приличный человек, что ли!..

Впрочем, его это не должно касаться.

У него есть задача, и он сделает все, чтобы ее решить.

Из пасти метро сильно и равномерно тянуло теплым сырым воздухом, пахнущим машинным маслом и человеческой толпой, он сунул под мышку мокрый зонт и стал спускаться в преисподнюю.

...Странно все.

Странно, что убитого так и не опознали. Странно, что никто из служащих не признал в нем знакомого, и — больше того! — никто и никогда его раньше не видел. Впрочем, может быть, это как раз вскоре выяснится, когда опросят всех, кто имел доступ в здание, — не только сантехников и дворников, но электриков, уборщиков, подсобных рабочих, ремонтников, лифтеров, садовников. За кактусами наверняка кто-то ухаживал! И ничего нет удивительного в том, что в отделе кадров этот человек не зарегистрирован. Его там и быть не может, если он приходил, к примеру, раз в месяц и менял во всех сортирах лампочки или протирал листья у фикусов!

Странно, что убили среди бела дня — зарезали, как в плохом сериале! В коридоре, где в любую минуту могли оказаться случайные свидетели!

И уж совсем непонятно, что именно ему понадобилось в этой комнате, заставленной железными шкафами.

Насколько Алекс мог судить, в нее после ремонта стащили все старое оборудование — неработающие серверы, стойки и шкафы для мониторов видеонаблюдения. Все это было пыльное, брошенное и уж точно давно не используемое. Зачем его туда понесло?..

Да, и ботинки! Вот в чем главная странность!

Вспомнив про ботинки, Алекс пошевелил собственными пальцами в собственном мокром ботинке и шмыгнул носом, проверяя, заболел он уже или еще нет.

Пока было неясно.

И удар ножом — точно рассчитанный, как сказали бы в том же дешевом сериале, профессиональный. Интересно, среди сотрудников Анны Иосифовны есть профессиональные киллеры или хотя бы работники спецслужб?..

Как плохо, что он не успел подготовиться! Как неудачно, глупо опять вышло! И человек погиб.

Поезд сильно качнуло, и какой-то дядька в кожаной куртке так приналег на него, что Алекс обеими руками схватился за поручень. Поезд опять качнуло, дядька почти повалился, и на этот раз Алекс ткнулся в поручень лбом — ощутимо.

— Прости, парень, — пробормотал дядька, обретя устойчивость, — как скотов возят, чесслово!..

...И еще там явно что-то лежало. На одной из металлических полок, заваленных проводами и прочим хламом, пыль была то ли стерта, то ли второпях смахнута, как если бы с полки сдернули какой-то предмет, вроде записной книжки или конверта.

Интересно, заметили это приехавшие сотрудники милиции или нет?..

Странно. Как все странно и... угрожающе.

Алекс не мог допустить, чтобы что-то угрожало Анне Иосифовне.

С ней бы нужно поговорить, но сегодня это никак невозможно, да и завтра он вряд ли сумеет к ней пробиться!

...И еще эта тетка — Надежда Кузьминична, кажется, — обнаружившая труп. Как она там оказалась, в этом коридоре? Насколько Алекс понял, коридор никуда не ведет, заканчивается дверью на черную лестницу, которая давным-давно не используется и просто заколочена, как это часто бывает в старых домах. Зачем ее туда понесло?.. Туалеты за углом, у лифтов, а в этом коридоре только хозяйственные комнатенки вроде вентиляторных и кладовых!..

Мысль все время возвращалась к одному и тому же — не зря Даша утверждала, что он сумасшедший! Он думал «по кругу» — труп, ботинки, стертая пыль, коридор, и опять сначала.

Автобуса долго не было, Алекс сильно мерз, уже отчетливо осознавая, что заболевает, и на свою околицу — когда-то ему придумалось околицей называть конечную остановку — он прибыл в мелком температурном ознобе. Гадость какая.

В сумерках он почти ничего не видел. На свету и в темноте еще туда-сюда, а в сумерках слепнул, как крот. Эта особенность зрения имела какое-то научное название, даже довольно поэтическое, но он знал, что ничего поэтичного в этом нет, «куриная слепота», да и только!.. Зонт открывать не стал, перебрался через дорогу и зашагал вдоль очередного громадного — до небес, с которых все лило! — человеческого улья в сторону своего дома.

За спиной аккуратно скрипнули тормоза, и Алекс перебрался на тротуар. По нему следовало двигаться осторожно, автомобильные рыла были приткнуты почти вплотную к ограде, и их приходилось как-то обходить, а фонарь давно не горел.

Он повернул за угол, миновал освещенный квадрат асфальта у аптечного крыльца, опять вступил в темноту, и тут в голове у него вдруг что-то взорвалось с такой силой, как будто взорвался мозг, и разбил кости, и фонтаном вылетел наружу.

Алекс упал на колени, обхватив руками лопнувшую голову, но его подбросило вверх, и от следующего удара показалось, что разорвалось сердце. Спиной он угодил на металлическую ограду, но тут его спасла сумка!.. Сумка осталась на ограждении, а он перекатился на детскую площадку и встал на колени, хрипя и кашляя. Изо рта что-то текло, и Алекс успел подумать, что очень некрасиво, когда течет изо рта, и это надо как-то остановить.

Далее он почти ничего не помнил и не мог сопротивляться, потому что не понимал, чему и кому сопротивляться, и мир вокруг встал на дыбы, и оказалось, что он состоит только из дождя, песка и запаха его, Алекса, крови.

Потом ему примерещилась громадная черная собака или волк с горящими глазами, и чей-то медленный и вязкий голос, мягко толкнувшийся в лопнувшие барабанные перепонки, сказал над ним почти ласково:

— Не лезь не в свое дело!..

С утра пораньше Екатерина Петровна вызвала начальника IT-отдела и уволила его.

Не ожидавший ничего подобного начальник как плюхнулся в кресло, так и остался в нем сидеть.

Со своего места Екатерина Петровна видела нелепо торчащие из кресла джинсовые колени, а прямо над ними перепуганные глаза.

— Да, но... я не понимаю ничего!..

Екатерина смотрела на него поверх очков — фирменный прием, знакомый всему издательству.

Потом выровняла перед собой и без того идеальную стопку бумаг, сцепила руки в замок и произнесла сухо:

— Извольте, я объясню. Вы допустили утечку информации, а я обещала, что уволю того, кто ее допустит. Вот и все. Вы уволены.

— Екатерина Петровна, — забормотал начальник, колени задвигались, он кое-как выбрался из кресла и предстал перед ней, прижимая к груди кулаки, — если вы о том, что фото нашего убитого выложили в инет...

— Стоп, — перебила Митрофанова, — что вы несете?! Какого такого нашего?! Может, он и ваш, но уж точно не наш! Его в издательстве никогда не видели, и он здесь раньше не был. И мы об этом заявили милиции! Я публично всех предупредила об увольнении, если фотографии появятся в Интернете. Вам что-то неясно?..

Начальник отдела моргал длинными, как будто накрашенными ресницами, и вид у него был до странности растерянный. Екатерине Петровне даже на секунду стало его жаль.

Ну что с него возьмешь?.. Нечего с него брать!.. Дурачок просто... как это говорится... попал под раздачу! Екатерина Петровна, как руководитель, отлично знала, что обещания следует держать, а угрозы выполнять неукоснительно. Чтобы все знали: обещали премию — дадут, угрожали уволить — уволят.

По-другому с людьми нельзя. Они по-другому не понимают.

— Екатерина Петровна, это же не я фотографии выложил! Ну, ей-богу, это даже странно!..

— Мне наплевать, кто именно их выложил, — отчеканила она. — Из-за них поднялся шум, того и гляди энтэвэшники нагрянут со своим расследованием! И я с руководством объясняться не желаю, кто там виноват. Вы отвечаете за программное обеспечение в издательстве. И за Интернет в том числе. Вы допустили утечку, с вас и спрос.

— Не допускал я никакой утечки! — заорал начальник IT-отдела так, что Екатерина Петровна чуть-чуть струхнула. — Да эти фотки, скорее всего, кто-то с домашнего компьютера отправил! Нет ничего проще! Я же не отвечаю за домашние компьютеры!

— Вы отвечаете за программное обеспечение, — повторила Митрофанова, — и больше я ничего знать не желаю.

Начальник отдела замотал головой, и ей показалось, что он сейчас или расплачется, или затопает ногами, как оскорбленный малыш в песочнице.

— Я не занимаюсь фильтрами, вы что, не понимаете?! Как я могу контролировать, что и кто именно выкладывает в Интернет?!

Она поднялась, упершись кулаками в идеально ровную стопку бумаги на столе.

— Вот за это, — сказала она, как ему показалось, с удовольствием, — я вас и увольняю! За то, что вы ничего не способны контролировать! Вы свободны.

— Я на вас в суд подам, — выпалил бывший начальник, и голос у него дрогнул, — вы права не имеете.

— Подавайте, — разрешила она. — Лично я советую вам написать «по собственному желанию», впрочем, как хотите.

— Я... я... к Анне Иосифовне пойду!

Она пожала плечами.

Всем в издательстве было хорошо известно, что генеральная директриса царствует, но не правит. Никаких серьезных решений она никогда не принимала и ни за что не отвечала. Единственным исключением стал невесть откуда взявшийся заместитель со странной фамилией и больными глазами, но с ним дело явно нечисто. Екатерина Петровна чувствовала подвох прямо-таки спинным мозгом.

Подвох и угрозу.

Минут через десять после того, как уволенный компьютерный начальник выкатился из ее кабинета, позвонил Стрешнев и спросил осторожно, не поторопилась ли она.

— До тебя уже добрался? — осведомилась Екатерина Петровна равнодушно. — Саш, обратно я его не возьму.

— Да он тут ни при чем совсем!

— Какая нам разница?! Самое главное, чтоб другим неповадно было. Особенно этим всем блогерам, «одноклассникам» и которые «вконтакте»! Спасения никакого нет от них.

Стрешнев помолчал.

— А работать кто будет? — осведомился он устало. — Мы завтра замену ему не найдем, а у нас специфика будь здоров! Он ведь за все внутренние программы отвечает, и за железо тоже! У тебя завтра компьютер накроется, кто его будет чинить?

— Руководитель отдела мне его никогда не чинил, а сотрудники все на месте останутся. — Она говорила, прижимая плечом трубку к уху, и просматривала только что присланный график. Судьба компьютерного начальника перестала ее интересовать, как только он выскочил за дверь. — Кроме того, у него заместитель есть, насколько я помню. Вот, значит, заместитель и будет замещать. А что там с отгрузками в Твери?..

— Катерин, погоди ты с отгрузками!..

— Мне некогда годить, — отчеканила она. — У меня производство, а не институт благородных девиц! И я не хочу, чтобы по издательству, а тем более по Интернету ходили всякие гадкие слухи. Погибший не наш, как он сюда попал, неизвестно, делом занимается милиция. Точка. Так что с отгрузками?..

Это означало — разговор окончен.

Стрешнев, на том конце телефонной линии выводивший на липучей желтой бумажке слово «сука», украсил его цветочком и с силой прилепил в самый центр монитора.

Сука и есть.

Еще неизвестно, кто тогда, в день убийства, Литовченко вызвал!.. Если Екатерина, значит, есть что-то такое, о чем он, Стрешнев, даже не догадывается, и это опасно.

Если она решилась позвонить владельцу, значит, положение дел в издательстве всерьез изменилось, и Стрешнев должен был об этом знать, а он не знал.

Опасно. Очень опасно.

И с новым заместителем ясности никакой. Он появился в издательстве один раз, в день убийства, и с тех пор о нем ни слуху ни духу, а прошло уже несколько дней.

Откуда он вообще взялся?..

Анна Иосифовна никого не принимала и, по слухам, недомогала в своем загородном доме — аристократка, что с нее возьмешь! — и никаких разъяснений насчет заместителя сделано не было.

Милиция покрутилась на месте преступления довольно вяло, между прочим!.. Личность убитого так и не установили, откуда он взялся, не разобрались, сняли какие-то показания и тоже как в воду канули!..

Немного поговорив с Екатериной про отгрузки, Стрешнев отодрал от монитора желтую бумажку с цветочком и словом «сука» — от греха подальше, донесут Митрофановой, хлопот не оберешься! — и задумчиво сжег ее в пепельнице.

Оба они пребывали в одинаковой должности — заместители генеральной директрисы, то есть недомогающей нынче Анны Иосифовны. Вот теперь и третий к ним добавился, тоже заместитель, интересно, где его откопали?

Восемнадцатый «первый вице-премьер», припомнилась ему какая-то давняя политическая шпилька, подпущенная журналистами в адрес слишком раздутого государственного аппарата.

Этот самый третий заместитель — кость в горле! До последнего времени их и было три, но Вадим Веселовский уволился, да еще не просто так, а со скандалом, который, правда, быстро замяли. Зачем опять понадобился третий заместитель, когда они вдвоем с Екатериной прекрасно руководили издательством все последнее время! И дело процветает, и совокупные тиражи растут, и авторы пишут, и книжные розничные сети счастливы — может, не все и не до конца, но счастливы же!..

Литовченко их работой всегда был доволен. Тогда зачем третий?.. И кто его назначил?! Директриса, которая никогда в жизни не принимала никаких решений?!

И что она имела в виду, когда прошептала над трупом трагически, как в кино: «Нас же предупреждали!»?.. О чем предупреждали?! Кого «нас»?! Ее и Литовченко?! Но это невозможно!

И сразу после этого она упала в обморок! В самый настоящий. Она не играла на публику и упала некрасиво, боком, прямо на руки охранника, юбка задралась почти неприлично. Упала от вида крови? От страха?..

Телефон деликатно пропиликал три раза, и секретарша тоже очень деликатно прощебетала, что привезли «сигналы» — сигнальные экземпляры — за этот месяц. Может, Александр Николаевич распорядится послать за ними?

Александр Николаевич распорядился, напротив, никого не посылать и отправился сам. Сигнальные экземпляры привозили на пятый этаж, где царствовала — но не правила! — Анна Иосифовна. Ему было решительно нечего делать в кабинете директрисы, да еще в ее отсутствие, но он все-таки решил подняться — просто так.

Она занимала весь последний этаж, переделанный во дворец. Дворец венчал издательство, как кокошник голову русской красавицы. Умен, ох, умен Литовченко, придумавший себе такую вывеску! Иностранцы и чиновники всех мастей и сортов приходили в неописуемый восторг.

Здесь были картины, резные столики и полосатые чиппендейловские диваны. Здесь была курительная, обшитая английским дубом девятнадцатого века. Здесь был зал для приемов с наборным паркетом и громадной люстрой, низвергавшейся с потолка хрустальным водопадом. На Новый год под люстру, в самый центр паркетной розетки, ставили ель, которую везли издалека, из Тверской губернии, наряжали старинными немецкими игрушками и зажигали витые канделябры возле камина — чтобы все было по-настоящему.

Имелась также библиотека со стремянкой и уютными кожаными креслами. У стремянки были латунные колесики с ободками зеленого плюша — чтобы не скрипели и не портили пола! — а в креслах лежали уютные пледы и подушечки. И здесь на самом деле можно было читать и даже писать. Маня Поливанова, полоумная детективная авторша, дожидаясь приема у Анны Иосифовны, там и писала по-настоящему!.. Ей приносили кофе, огромную чашку, и запах, горячий, острый, подвинув запах книг, заполнял библиотеку, а Маня сидела, подняв на лоб очки, и строчила текст в своем ноутбуке. Время от времени ее специально приглашали «поработать в библиотеке» — когда приезжали важные партнеры или начальники из правительства и Министерства печати.

Маня послушно приезжала, усаживалась писать, требовала кофе, ее демонстрировали публике, и все умилялись — надо же, какая необыкновенная обстановка в издательстве «Алфавит»! Созданы все, все условия для работы с авторами.

Созданы, разумеется, Анной Иосифовной.

Обстановку вокруг себя она и впрямь сотворила необыкновенную.

Все обожали и дворец с библиотеками и каминами, и ее самое, и так было заведено, что в издательстве она занимается только приятными делами. Сообщает авторам о повышении тиражей и, следовательно, гонораров, раздает награды — раздавать награды ее научили на семинарах в Швейцарии, которые она очень любила и не пропускала ни одного. Со времен вождя пролетарской революции все русские как-то особенно полюбили Швейцарию, именно как место для приятной и легкой работы, хоть революционной, хоть литературной, хоть какой! На обратной дороге утомленная семинарами директриса всегда заезжала на недельку в Виши или Баден-Баден отдохнуть и поднабраться сил. Там, среди Альпийских гор и лужаек, ей и объяснили, что командный дух нужно укреплять и людей поощрять, и Анна Иосифовна с удовольствием укрепляла и поощряла.

Устраивались детские утренники и выставки свадебных фотографий, организовывались пикники с шашлыками и коньяками или — по сезону — лыжные прогулки с самоварами и блинами. Для молодежи, которой в издательстве было полно, отдельно — клубы, пиво, шары в боулинге покатать, на танцполе поскакать.

Анна Иосифовна ревностно и пристально следила, чтобы никто не был обижен и недоволен, чтобы ни один вновь родившийся младенец не остался без приданого и на Новый год все получили глупейшие конфетные наборы в пластмассовых или картонных елочках, а на Восьмое марта у каждой женщины на столе непременно появлялся букетик, и не каких-то там пошлых мимозок, а самых настоящих весенних первоцветов.

В первоцветах она отлично разбиралась.

В издательском деле не разбиралась вовсе.

Ей казалось, что все идет хорошо, потому что на Новый год елка, а на Первое мая маевка и Маня Поливанова пишет в библиотеке очередной роман. Она искренне в это верила, и никто ее не разубеждал.

Дверь в кабинет стояла настежь, и Стрешнев вошел, тихонько усмехаясь.

Здесь хорошо пахло и было очень тихо, словно в подводном царстве. Книги, картины, изящные безделушки, свежие розы в узорчатой высокой вазе — всегда.

«Сигналы» лежали на огромном столе, который в издательстве называли «львиный» — из-за лап, на коих покоилась тяжеленная мощная крышка.

Стрешнев лениво перебрал их, отложил свои, думая о том, как восторженно Анна Иосифовна всегда копается в книгах, и прижимает их к груди, и листает, и цитирует удачные пассажи, и качает головой, и на глаза у нее даже наворачиваются слезы умиления.

Старая карга сентиментальна и романтична, как тургеневская девушка!..

Он подошел к ее собственному столу, который, в отличие от «львиного», называли «бабкин». «Бабкин» стол был изящен и легок, девятнадцатый век, резьба по дереву, авторская работа, разумеется. Здесь тоже были безделушки, штучки, чернильные приборы — и никакого компьютера!.. Компьютеры генеральный директор первого издательства России решительно не признавала, считала пустой затеей и не знала, для чего они нужны.

Стрешнев подвигал безделушки, заглянул в чернильный прибор — чисто, ни пылинки! — зачем-то переложил журнал «Книжный бизнес», выпуск за октябрь, из-под которого вдруг разлетелись какие-то бумажки.

Он нагнулся их поднять и замер.

«Условия не выполнены, — было набрано крупным компьютерным шрифтом. — Время упущено. Казнь состоится по расписанию».

Стрешнев перечитал еще и еще раз.

«Условия остаются прежними, — гласила надпись на другом листе. — Сообщите, если они приняты. Советую не упрямиться. Глупость будет караться смертью».

— Елки-палки, — пробормотал Стрешнев и заглянул под стол. Там валялись еще листки, улетевшие довольно далеко, и он проворно полез за ними.

«Первая казнь состоится через неделю, — читал он под столом. — У вас есть еще время подумать. В серьезности наших намерений убедитесь послезавтра».

— Какая еще казнь?! Какие серьезные намерения?..

Он пополз за самым дальним листком, но на нем не было ничего, кроме одной буквы «С», напечатанной точно таким же шрифтом.

Стрешнев стал выбираться из-под стола на другую сторону и уткнулся носом в чьи-то ботинки.

Сердце сильно толкнулось в ребра.

— Вы кто?.. — негромко спросили сверху.

Екатерина Петровна попросила кофе, вытащила из пачки сигарету — решено было курить не больше десяти сигарет в день, и время от времени она разрешала себе маленький перерыв, как раз на сигарету, и только при распахнутом окне!

Курить в издательстве было строжайше запрещено, кроме «специально отведенных мест», очень неуютных, но Екатерина Петровна нарушала заперт, а Анна Иосифовна ей попустительствовала.

Кстати, следует позвонить директрисе, осведомиться о ее здоровье, настойчиво попредлагать свою помощь в чем-нибудь таком, что непременно будет отвергнуто. А вечером, когда все разойдутся, нужно попробовать вызвать на разговор Сашу Стрешнева и попытаться выведать у него, что он знает про убийство. В конце концов, она так и не поняла, откуда тогда там появился Литовченко!

Если ему позвонил Стрешнев, значит...

Что это может значить?..

Екатерина Петровна встала, подошла к окну, закурила и посмотрела вниз.

Ничего хорошего это ей не сулит. Скорее всего, Стрешнев обошел ее на каком-то повороте, а она проглядела, упустила, не поняла.

Ее любимым детективным автором всегда был Дик Фрэнсис, и она отлично знала — именно от Дика, — как важно не пропустить вперед другую лошадь. Может быть, ее и удастся догнать, но обойти уже вряд ли. Если она пропустила вперед Стрешнева, значит, ей вряд ли удастся обойти его на повороте.

А так не должно было случиться.

Он опасен, и она хорошо это знает.

Их партнерство закончится там, где начнется конкуренция, а Екатерина Петровна пока не понимала, началась ли она уже.

Дождь все шел.

В Питер бы полететь — там сейчас холодно, ветрено, серо, Нева взбаламученная, ощетиненная, как старая волчица, и ветер с Финского залива треплет ее седую шкуру.

Пассаж получился в духе писательницы Мани Поливановой, и Екатерина Петровна усмехнулась. Кстати, Маня вполне подходящий предлог для командировки, у нее там вот-вот презентация!.. Конечно, заместители генерального на авторских презентациях никогда не присутствуют, но для Митрофановой Анна Иосифовна всегда делает исключение. Знает, как она любит Питер, ну, и Поливанову, конечно.

В издательствах всегда от души любят авторов, которые дают хорошую прибыль.

Впрочем, сейчас не время для командировок, несмотря на то что в Питер очень хочется. Сейчас бы попытаться разобраться, что происходит в издательстве.

Как ни странно, убийство мало беспокоило Екатерину Петровну. Она была совершенно уверена, что это какая-то дикая случайность, со временем все выяснится и станет понятно, что к ним — то есть к издательству «Алфавит» — эта случайность никакого отношения не имеет.

Ну, например, повздорили два рабочих — оба из Киргизии и оба наркоманы. И эти наркоманы из Киргизии, собственно, в издательстве никогда не работали, и нанимали их посторонние организации, которые моют полы и окна. Вот они и повздорили, и один ударил другого ножом. Насмерть.

Или так. Этот тип — рабочий из Таджикистана, естественно, наркоман — страдал падучей, а в заднем кармане у него был нож. В Таджикистане так принято, там у всех ножи. Он пришел проверять оборудование, тут с ним случился приступ, и он... напоролся на нож. Такие случаи известны, взять хотя бы царевича Дмитрия.

Ну, что-то в этом духе.

А вот почему была так взволнована Анна Иосифовна, по чьему вызову примчался Литовченко, кто такой этот третий заместитель и какого черта ему нужно в «Алфавите» — все непонятно.

Екатерина Петровна посмотрела по всем базам данных — не было человека по фамилии Шан-Гирей в издательском бизнесе, никогда не было! И в смежных направлениях он тоже не обнаружился — ни на телевидении, ни в рекламе, ни в прессе. С такой фамилией никуда не скроешься, а она нигде и ни у кого не упоминалась. Вряд ли он работал где-то под другой фамилией, он же не писательница Поливанова Маня, которая творила под псевдонимом Марина Покровская!..

Сигарета кончилась, и Екатерина Петровна грустно потушила в пепельнице окурок — никакого удовольствия не получилось, и перерыва тоже, все только мысли, и мысли скользкие, дрожащие, как капли на окне.

Когда позвонила Настя, секретарша с пятого этажа, Митрофанова уже плотно устроилась в кресле, подперла подбородок кулачком и погрузилась в очередную порцию сводок, которые непременно нужно охватить до сегодняшнего совещания.

Настя перепуганным, даже каким-то придушенным голосом попросила Екатерину Петровну подняться к ним и тут же бросила трубку.

Митрофанова ничего не поняла. Она вдруг перепугалась так, что у нее похолодело в груди, за отворотом плотного синего пиджака. Кажется, именно за этим отворотом полагается быть сердцу, Митрофанова точно не знала.

— Что там могло случиться?.. — зачем-то вслух спросила она сама у себя, суетливо покопалась на столе, выкопала мобильный телефон и еще какие-то графики — как будто ее приглашали с данными о продажах последней книги Покровской! — и выскочила в коридор.

Ничего не происходило. Все как всегда — пахнет кофе и особым запахом громадных копировальных машин, на которых распечатывали макеты, и еще немного сигаретным дымом. Кто-то, кроме нее, у них пошаливает, несмотря на строжайший запрет Анны Иосифовны! Блогерша Олечка, попавшаяся навстречу, едва кивнула — понятно, она оскорблена из-за уволенного айтишного начальника. Редакторша из отдела фантастики пробежала было мимо, но вернулась с каким-то вопросом. Екатерина Петровна не стала ее слушать.

— Потом, все потом!..

Лифта, как назло, не было очень долго, и она ринулась пешком, на ходу похвалив себя за то, что никогда не носит легкомысленные каблучки, а всегда только устойчивые, прямоугольные и ни в коем случае не высокие, а «средние».

Она ненавидела «средние» каблуки и всю жизнь носила только такие.

Задыхаясь, она ворвалась на пятый этаж.

— Настя, что у вас случилось?!

— Александр Николаевич просил вас подняться.

Он... он в кабинете. — Секретарша выглядела испуганной. — Только он там... не один.

— С кем? — Митрофанова перевела дух, обрела привычный голос. — Анна Иосифовна приехала?

И приостановилась. Сердце за левым отворотом пиджака опять похолодело. Если так, дело плохо. Если начальница приехала и вызвала Стрешнева, а она об этом даже ничего не знает, значит, борьба уже идет полным ходом и его лошадь обошла ее на полкорпуса!..

А если там Литовченко?..

— Никто не приезжал, — пропищала Настя.

Ничего не понимая, Екатерина Петровна распахнула одну створку резной кабинетной двери, вошла, печатая шаг, как солдат на параде, и замерла.

По кабинету метался Стрешнев.

В директорском кресле сидел внезапно появившийся третьего дня и так же внезапно исчезнувший впоследствии новый заместитель и водил носом по каким-то бумагам.

Теперь он материализовался почему-то на директорском месте. Екатерина Петровна судорожно сглотнула.

— Что здесь происходит?!

Стрешнев отчетливо зафыркал. Шан-Гирей поднял глаза.

— Здравствуйте, — сказал он, помедлив.

Митрофанова кивнула молча, и он опять уткнулся в бумаги.

— Саша, что происходит?!

— Вы знали об этом?..

Шан-Гирей протягивал ей какой-то листок. Она взглянула, не приближаясь, и повернулась к Стрешневу. Она вообще вела себя так, как будто никакого третьего не было в кабинете.

Этот третий, которого как бы и не было, помедлил, выбрался из-за стола и двинулся к ней, слегка прихрамывая и держа листок в вытянутой руке. Третьего дня он не хромал, насколько она помнила.

— Саш, ты можешь мне что-нибудь объяснить?..

— Почитай, — буркнул Стрешнев. — Почитай, интересно.

Митрофанова брезгливо взяла листок двумя пальцами, повернула к себе и прочитала не слишком длинную фразу. Лицо у нее изменилось, и она прочитала еще раз, на этот раз шевеля губами.

Алекс внимательно смотрел на нее.

— Что это такое? — спросила Екатерина Петровна и бросила листок на «бабкин» стол. — Где вы это взяли?!

— Это я взял, — сказал Стрешнев из-за ее плеча. Она оглянулась. — Да-да, точно тебе говорю!.. Я пришел за «сигналами», потом решил журнал посмотреть, он вот тут лежал, на краешке, — он показал, где именно лежал журнал, — а под ним были вот эти бумажки. Нет, ну это дикость какая-то!..

— Так, — сказала Митрофанова мертвым голосом и боком села за другой стол, «львиный». — Это все? Или еще что-нибудь есть?..

Стрешнев хмуро кивнул на нового сотрудника. Тот подал еще два листочка. Митрофанова прочитала и эти два.

— Что за казнь?.. Что за предупреждения?.. Какие намерения?! Что значит — «казнь через неделю»?! О чем вообще речь?!

Стрешнев пожал плечами. Он все ходил вдоль

стены, не вынимая рук из карманов. Ему не хотелось, чтобы Митрофанова узнала, как он сидел под столом, а этот хромоногий и бледнолицый выскочка спрашивал у него: «Вы кто?!»

Митрофанова на него оглянулась и перевела взгляд на Шан-Гирея.

— Так, — повторила она на этот раз голосом гранитным. — А вы-то тут как оказались?

— Я... просто зашел.

— Вы вот так просто взяли и зашли в кабинет генерального директора?! Что за ерунда?! Даже я себе никогда этого не позволяю!..

Шан-Гирей вяло пожал плечами, и Екатерина Петровна моментально поняла, что сделала ошибку. Стрешнев остановился у нее за спиной и, кажется, даже рукой махнул с досады.

Нельзя, нельзя так резко! У них нет никакой информации, кем *на самом деле является* этот новый заместитель! Все слишком сложно и непонятно, и поставить его на место в данный момент невозможно хотя бы потому, что ни Стрешнев, ни она сама так и не понимают, что это за место.

— Так, — Екатерина Петровна сцепила руки в замок и положила прямо перед собой. Ей нужно было собраться с силами. — Хорошо. Вы думаете, это какие-то... реальные угрозы?..

Шан-Гирей опять помолчал. Он вообще никогда не отвечал сразу, она заметила.

— Я не знаю. Я просто читаю то, что написано. А написана... да, угроза.

— А я думаю, — начала Митрофанова упрямо и глянула на подметные листки, — что это никакая не угроза, а просто глупость. Или дурацкая шутка.

— Так бывает только в романах. Плохих. — Шан-Гирей вернулся за «бабкин» стол. Как на свое место вернулся! — Там всегда предупреждают о готовящемся преступлении, а полиция считает, что это просто глупость. Или дурацкая шутка.

— Да нет, если бы Анну Иосифовну это беспокоило, я бы знала!.. Мы бы знали, — поправилась она тут же.

— Не факт, — отозвался Стрешнев, и она оглянулась и посмотрела ему в глаза. Тот чуть заметно покачал головой.

Мы с тобой все обсудим, но потом, вот что означало это его движение. Ты и так ведешь себя крайне неосторожно.

— Есть только один выход, — третий заместитель пожал плечами. Он вообще то и дело пожимал плечами, Митрофанова и это заметила. — Спросить у нее самой.

— А вы что? Из милиции, чтобы вопросы задавать?! — не выдержал Стрешнев. — Сокол с места, ворона на место? Вы у нас теперь... главный по расследованиям?

При упоминании вороны с соколом Алекс поглядел на Стрешнева с изумлением, даже как будто испуганно.

Стрешнев же на него не смотрел, а обменивался знаками с Митрофановой.

— Я еще хочу задать вопрос вам. Про камеры, — неожиданно сказал Шан-Гирей, и они оба уставились на него. — В том коридоре камер, конечно, никаких нет. А где они есть?..

— Камеры? — быстро переспросила Митрофанова. — Какие камеры?.. В каком коридоре?..

— Видеонаблюдения. Там, где убили человека, камер нет, это ясно. А где они есть?

— Господи-и-и, — выдохнула Екатерина Петровна, — что за вопросы?! Ну на входе есть, у лифтов, возле копировальных машин обязательно.

— На лестницах еще, — подхватил Стрешнев.

— Но это надо у начальника службы безопасности узнать! Он лучше знает.

— А убийца?.. — помолчав, спросил Шан-Гирей и посмотрел по очереди на каждого. — Он тоже у начальника службы безопасности спросил, где именно есть камеры, а где нет?..

— Ка... какой убийца?

— Тот, который несколько дней назад убил здесь человека.

— Это убийство, — выговорила Митрофанова по-ефрейторски, — не имеет к нашему издательству никакого отношения. Это несчастный случай. Или трагическое недоразумение. Вы поняли?..

Алекс вдруг всерьез разозлился. Он терпеть не мог подобный тон — дурацкого, упрямого, тупого всезнайства. Он не верил людям, которые осведомлены обо всем лучше всех на свете. Он точно знал, что на любой вопрос существует десять ответов, и все они так или иначе правдивы, и у любой медали не две, а по крайней мере восемь сторон.

Можно сколько угодно представлять себе жизнь плоской, крохотной и пустяковой, как пятикопеечная монета, — ровно до той поры, пока не выяснится, что она глубока и безгранична, как озеро Байкал. Только выясняется это, как правило, когда уже поздно бывает спасаться!

— Убийство не имеет отношения к издательству, — он облизал губы, которые высохли от злости, — эти записки не имеют отношения к Анне Иосифовне. Но тем не менее человека убили, а записки лежат у нее на столе!..

— Хотел бы я знать, как они к ней попали, — сказал Стрешнев задумчиво. — Распечатать их она не могла никак — она на компьютере не работает и не работала никогда! Значит, кто-то принес.

— Может, по почте прислали? — втягиваясь в дурацкое расследование, спросила Митрофанова. — В конверте?

— Нет. — Шан-Гирей кивнул на листки. — Они не помяты, и их не складывали. Точно не по почте. И секретарша вряд ли...

— Да уж! Если бы Настя принесла, все издательство было бы в курсе.

Где-то приглушенно, как будто из-под пола, зазвонил телефон, и Алекс, кряхтя, полез под «бабкин» стол. Долго шарил в сумке, а потом по карманам куртки. Все это — и куртка, и сумка — было брошено на полу рядом с креслом, в котором он сидел.

Стрешнев, показав глазами на его согнутую спину, покрутил у виска пальцем.

Митрофанова покивала, соглашаясь, но не слишком уверенно. В данный момент ей решительно не казалось, что новый заместитель ненормальный.

Он вел какую-то сложную игру, и им еще предстоит разгадать, какую именно.

— Да, — послышался голос из-под стола. — Привет. Мне сейчас не очень удобно говорить. Я тебе перезвоню.

Он выбрался, неловко запихнул телефон в передний карман джинсов — они смотрели на него, как ему показалось, с ненавистью, — вздохнул и сказал:

— Я пришел сюда, потому что Анна Иосифовна попросила меня зайти к ней сразу же, как только я окажусь в издательстве. Так получилось, что я появился здесь лишь сегодня. Я не знал, что ее нет. Поверьте, я не лазутчик.

— Тогда кто вы? — быстро спросила Митрофанова, и у нее загорелись щеки.

Он вдруг понял, что ефрейторша гораздо моложе, чем показалось ему на первый взгляд. Лет тридцати, может. И щеки у нее загорелись, как у нормальной молодой взволнованной женщины.

Странная история. Разве ефрейторша может быть молодой и взволнованной?

— А вы уверены, что Анна Иосифовна не пользуется компьютером?.. — спросил он, обращаясь к этой женщине.

И ответила ему она же, никак не ефрейторша:

— Абсолютно точно не пользуется! Все издательство об этом знает! Она всегда говорит, что у нее от монитора голова раскалывается и глаза слезятся. Мы все документы ей только на бумаге показываем.

— Ну да, — согласился Шан-Гирей, помолчав по своему обыкновению. — Однако компьютерная розетка у нее под столом есть. И сетевая тоже.

Митрофанова выпрямилась и воззрилась изумленно, и Стрешнев тоже посмотрел с интересом.

Алекс, у которого болели все мышцы, даже под волосами болело, кое-как вытащил себя из-за стола, с трудом нагнулся и стал собирать свои пожитки.

Было еще кое-что, о чем он не стал им говорить.

Когда загадочные листы разлетелись из рук

Стрешнева — Алекс отлично видел это из-за книжного шкафа, — их было четыре. А сейчас на столе лежало только три.

Проклятый телефон зазвонил, когда Алекс выбирался из маршрутки. Выбраться и так было нелегко, от усилий и неотпускающей боли он даже взмок немного — а тут как назло!..

Он нашарил было аппарат, но сделал неловкое движение, от которого бок словно проткнуло горячим и острым. Телефон полетел в лужу, и из маршрутки закричали:

— Эй парень!.. Стой, стой!.. Зонт забыл!

Пока он соображал, какой-то дедуся, нагнувшись и наполовину высунувшись из маршруткиного нутра, ткнул его зонтом все в тот же бок, весьма ощутимо.

— Налижутся с утра пораньше, на ногах не стоят!.. Тунеядцы проклятые!.. И палку какую специальную завел, чтоб людя ммешаться!.. Забирай, ну!..

Алекс перехватил длинную, тяжелую клетчатую трость, купленную когда-то в Лондоне. Зонт любимый, и потерять его было бы жалко.

— Извините, пожалуйста, — пробормотал Алекс.

Дедуся возмущенно фыркнул, изо всех сил бабахнул дверью перед самым его носом, маршрутка, зарычав натужно, заскакала по колдобинам, и Алекс остался один на пустой дороге.

Проводив маршрутку глазами, с трудом нагнулся и подобрал телефон. Тот был мокрый, в песке и, естественно, не работал.

Даша всегда говорила, что он не умеет обращаться с вещами, не ценит и не любит их. Еще она говорила, что людей он тоже не любит, не ценит и не умеет с ними общаться, и он знал совершенно точно, что это правда.

...Теперь куда? Направо или налево?.. Налево или направо?

На той стороне шоссейки стояли какие-то указатели, но отсюда Алекс никак не мог разглядеть, что именно на них указано, и потащился через дорогу — посмотреть.

Так. Деревня Юрьево налево, три километра. Деревня Козлово направо, и всего полтора. Куда лучше податься — в Юрьево или в Козлово?.. Должно быть, в Козлово лучше. Ближе.

Он вдруг захохотал, закинув голову к низкому небу, — один на пустой осенней дороге. Вечная история. Он везде забывал записные книжки, никогда не помнил адресов, проезжал свою остановку и путал имена.

И позвонить никак невозможно, телефон-то не работает!..

Его должны были встречать, Анна Иосифовна проворковала в трубку, что распорядится на этот счет: «Вы ни о чем, ни о чем не волнуйтесь, Алекс!» Он поблагодарил ее и уверил, что не стоит, но она настояла. Все это было прекрасно и очень любезно, но никаких встречающих на пустой дороге не оказалось, а он, едва договорив с ней, тут же забыл, куда ему нужно — все же в Юрьево или в Козлово!..

Он вернулся на остановку, посмотрел на лес — темный, непрозрачный, густой, такой бесповоротно осенний, — сунул замерзший нос в поднятый воротник куртки и пристроился на влажную, холодную лавочку внутри обшарпанной автобусной остановки.

Сейчас я посижу немного, соберусь с мыслями, заодно, может, вспомню: Юрьево или Козлово, и пойду потихоньку, а там как-нибудь разберусь. А что еще делать?..

Болело в голове и в боку, и Алекс рассеянно потрогал место под волосами, которое ныло.

В последний раз его били в армии, изощренно, с удовольствием, с огоньком даже, а он тогда был миролюбив, как щенок, — глупый, домашний мальчишка, уверенный, что окружающий мир не может быть жесток и несправедлив к нему. К нему, которого так любят родители, и бабушка, и брат, и друг Димка, и девочка Маша, и собака Джек!.. От этой уверенности он был ни к чему не готов — и поплатился.

Как он потом ненавидел себя за... неготовность, доверчивость, идиотскую веру в то, что все люди на свете «нормальные»! Может, кто-то лучше, кто-то хуже, но все равно ведь «нормальные»!

И *тех* ненавидел тоже.

Ненавидел, мечтал отомстить, строил планы этой самой мести — наивные, детские, уж точно невыполнимые, сладко придумывал, что выхватит из-за пояса меч-кладенец и снесет головы подонкам и ублюдкам, пинавшим его сапогами!..

Только никакого меча не было на поясе, а подонки и ублюдки оказались сильнее.

С тех пор прошло двадцать лет, и он снова оказался не готов!..

Кровь ударила в голову так тяжело и сильно, что стало больно в ушах, он стремительно поднялся с лавочки и пошел непонятно куда. В глазах плыло и дрожало — от ненависти. Не той детской, мальчишечьей, выползшей из сознания, как старый удав, а от настоящей, взрослой, требующей немедленного утоления, похожей на молодую кобру.

Он знал, что утолить ее будет непросто.

Его снова били, а он ползал на коленях по детской площадке. Его били, а он только закрывал руками голову, почти теряя сознание от боли. Его били, а он даже не мог сопротивляться, потому что *был не готов* — опять, опять, как двадцать лет назад!..

Алекс распахнул куртку, ему стало невыносимо жарко, только руки были ледяными — от ненависти.

Он найдет и уничтожит того, кто так его унизил. Найдет, чего бы это ему ни стоило, и тогда еще посмотрим, удастся ли змеям, впившимся ядовитыми зубами в сознание, сожрать его до конца! Правда, он сам не знал, много ли в нем осталось... человеческого и сколько останется к тому времени, когда борьба будет окончена.

Может, и бороться не имеет смысла?..

— Здрасти, — сказали за его спиной, и он повернулся резко, всем корпусом, сжимая ледяной рукой свой тяжеленный зонт. — Меня Анна Иосифовна прислала. За вами, что ли?..

Машина стояла очень близко, а он и не слышал, как она подъехала, — должно быть, от звона в ушах!..

— Садитесь.

Алекс постоял, прогоняя ненависть — и старого тяжелого удава, и молодую стремительную кобру, — и забрался внутрь.

— Чего ж вы с остановки-то ушли? Анна Иосифовна сказала, что вы на остановке будете!

— Ну да, — согласился Алекс, глядя в окно.

Водитель покосился на него и покрутил головой — странный какой-то парень, не то больной, не то просто не в себе. Впрочем, хозяйка привечала всяких, еще и не такие приезжали! Она уважительно говорила о них, что — писатели, художники, но водитель, тертый калач, был уверен: все эти художники от слова «худо». А уж писателей нынче развелось столько, что вот кинь камень в собаку, а попадешь в писателя, и все они попросту морочат хозяйке голову. На жалость бьют, а она легковерная очень, тоже малость не от мира сего!.. Нет, добрая, конечно, душевная, грех жаловаться, но юродивая маленько. Вот почему оно так в жизни, а?.. Сплошная несправедливость! Такие бы деньжищи ему, а не полоумной бабке! Уж он бы знал, как с ними управиться!.. Писателей с художниками всех поразогнать, нахлебников этих, особняк в деревне продать к чертовой матери, завести автомойку и кафешку с музыкой — вроде бизнес, — купить квартиру в Сочи и зажить по-человечески. Ан нет!.. Бабке все, а ему, молодому, здоровому, предприимчивому, ничего, знай баранку крути. Вот почему так выходит, а?..

Машина миновала лес, перелетела по мосту речку и въехала в аккуратный поселочек, очень веселый. Домики все были справные, ухоженные, заборы целые, не завалившиеся, кое-где в палисадниках еще цвели поздние хризантемы.

— А это Юрьево или Козлово? — вдруг спросил пассажир, глядя в окно.

Водитель опять фыркнул — довольно громко, чтоб тот уж точно фырканье услышал.

— Козлово в другой стороне, — и он махнул рукой, показывая, в какой именно. — А до Юрьева не доехали еще!

Художник или писатель, что ли, на него даже не взглянул, все продолжал в окно таращиться, вроде там чего интересное было!..

Анна Иосифовна жила далеко от дороги, и какое-то время машина катила по сельским улочкам, тихим, пустынным, по-осеннему умиротворенным. Здесь, в глубине, дома были богаче, заборы выше, ворота тяжелее.

Ворота, в которые въехала машина, оказались еще и в некотором роде произведением искусства, со шпилями, башенками, пиками и литыми розами. За ними простирался пожелтевший газон, а за газоном шли аккуратно подстриженные кусты, и крыша беседки угадывалась между соснами, и вдалеке на чистой веселой плитке под чугунным фонариком стояла онегинская скамья.

Ай да Анна Иосифовна!..

Сама хозяйка ожидала его на крылечке, придерживала на груди белый пуховый платок, самоцветные перстни благородно играли и переливались на ухоженной, совсем не старческой руке, облитой жидким лучом осеннего солнца.

Алекс вздохнул. Картинка была хорошо продуманной и очень красивой.

— Здравствуйте, Анна Иосифовна!

Он взбежал на крыльцо и галантно приложился к ручке. Гусарствовать в полной мере не позволял ноющий бок, но он старался изо всех сил.

— Алекс, душа моя, что это у вас телефон выключен?.. Я беспокоилась! И вы бледны! Или мне показалось?..

— Показалось, Анна Иосифовна. — Твердо глядя ей в глаза, он улыбнулся, и она моментально поняла, что расспрашивать не стоит.

— Я заждалась совсем! Коля вас сразу нашел?..

— Спасибо за заботу, Анна Иосифовна, все отлично.

— Пойдемте в дом, на улице сегодня совсем холодно. — Она обвела любовным взором сад. — А какое жаркое было лето! И осень, слава богу, настоящая, как у Бунина. Я, грешным делом, люблю все настоящее. Подделок не терплю.

Это Алекс уже давно понял. Главного пока не понимал: сама хозяйка — настоящая или подделка?..

В доме пахло политурой и свежим хлебом. Солнце плескалось в натертых до блеска квадратиках паркета. В круглой вазе посередине стола сияли лохматые разноцветные астры.

А где ж камин?.. Камин непременно с мраморной полкой, уставленной штучками и фигурками? И рядышком кресло-качалка с уютным пледом, чтобы особенно приятно читалось и легко думалось?..

Вместо камина была самая настоящая печь, занимавшая весь простенок. Алекс подошел и стал рассматривать голландские изразцы с изображениями парусных лодок, шкиперов в зюйдвестках и рыбаков с сетями.

— Нравится, Алекс?..

— Очень! — Он обернулся, глаза у него блестели. — Очень!

— Вот и славно. Вам чаю или лучше кофейку?..

— А?.. — Он осторожно трогал плитки, как будто боялся, что они рассыплются. Плитки были теплыми, нагретыми солнечными лучами. — Мне... чаю, наверное.

— Или все же кофе? — И хозяйка рассмеялась уютным довольным смехом.

Ей нравилось, что этот странный человек рассматривает ее покои с таким искренним восхищением. Все люди для нее делились на тех, кто «понимает», и тех, кто «не понимает». «Непонимающие» изгонялись из ее жизни раз и навсегда.

«Я слишком стара, — говорила в таких случаях Анна Иосифовна, — чтобы тратить остаток дней на разных болванов!»

Александр Шан-Гирей, кажется, как раз «понимал» и явно был не болваном.

— Алекс?..

— Да-да. Сию минуту, Анна Иосифовна.

Ему как будто жаль было расставаться со шкиперами, моряками и Северным морем, где холодный ветер надувал тугие паруса. У его бабушки Лели когда-то была книжка со старинными гравюрами, на которых как раз изображались бриги и клиперы и холодный ветер точно так же надувал их черно-белые паруса!.. Куда-то она подевалась после того, как бабушка умерла, и Алекс никогда ее больше не видел.

Он постоял еще немного, провел кончиками пальцев по теплым изразцам, повернулся и замер.

Хозяйка смотрела на него внимательно и настороженно, исподлобья, и в ее лице, вдруг потерявшем моложавую свежесть, Алекс увидел ненависть и страх.

...Она что-то скрывает. Или кого-то боится. Меня?.. Что она может знать обо мне?..

В конце концов проклятая коробка все-таки грохнулась! Сразу было понятно, что она грохнется — стояла неустойчиво и как-то боком, а он все швырял и швырял в нее разные предметы, словно в помойку!

— Володя! — жалобно вскрикнула Жанна, самая молодая и впечатлительная сотрудница его отдела, и ринулась подбирать.

— Что?! — рявкнул он, и она попятилась, испугавшись.

— Упало же...

— Я вижу.

Он дернул с пола коробку. Оставшееся в ней барахло жалобно звякнуло, и, зарычав, он вывалил все на пол, в общую кучу, и впрямь выглядевшую непристойно и жалко, как мусорная.

...Это все, что ты нажил на своей хреновой работе?! Вот эта самая куча мусора и больше ничего?!

— Володька, не бузи, — с осторожным добродушием посоветовал заместитель из-за своего компьютера. — Сделанного не воротишь. Может, оно и к лучшему, что ты уходишь...

— Я не ухожу, — процедил сквозь зубы Владимир Береговой, бывший до недавнего времени начальником IT-отдела. — Меня увольняют.

...Вот именно! Вот именно, что увольняют! И отдел теперь не твой, и заместитель не твой, и эта самая... как ее... Жанна вовсе не твоя сотрудница!

А сделанного, ясный хобот, не воротишь!

Жанна ползала по светлому ковролину, собирала раскатившиеся ручки, разлетевшиеся листки, мятые файловые папки, флэшки без колпачков, тюбик термопасты, древнюю дискету с горячо любимой игрой

«Warcraft-1», выпущенной, кажется, в 96-м году, и прочую ерунду.

Береговой сверху смотрел на бедняжку Жанну, которая изо всех сил старалась как-то ему помочь, и отчаянно ее ненавидел. Светлые волосы, цепочку позвонков, выступивших под свитером, и даже попку сердечком — все, все!.. Впрочем, ненавидел он не только Жанну с ее попкой! Он ненавидел свой отдел, сотрудников, всех до единого, и начальников — отдельной, яростной, острой ненавистью, от которой темнело в глазах и дышать становилось трудно.

Никогда с ним такого не было!..

— Володь, ты профессионал, — вновь подал голос его бывший заместитель, и этот голос показался Береговому лживым — от ненависти. — Ты ж понимаешь, что у тебя все будет хорошо. Ты сейчас в себя придешь, оглядишься, отдышишься и найдешь работу еще даже лучше, чем в нашем болоте.

— Замолчи, — тихо велел Береговой.

— Чего?..

— Я сказал, заткнись.

— Да ладно тебе психовать, Володька!.. Я ж говорю, что все у тебя...

— У меня? — переспросил уволенный начальник таким голосом, что Жанна проворно, как ошпаренная кошка, подалась от него под стол. — У меня мать второй месяц в больнице! Обширный инфаркт у нее. И если денег не платить, они ее в один момент в общую палату переведут, а там шесть человек! Шесть лежачих бабок, которые под себя ходят! Ты это понимаешь или нет?! И мне некогда оглядываться и в себя приходить, мне за мать платить нужно! И за квартиру тоже! У меня же кредит, черт бы побрал его совсем! Где и чего я сейчас буду искать?! Мне нужно завтра же на работу, ты понял?! Завтра же! А где я ее возьму до завтра, работу?!

И тут он грохнул кулаком по клавиатуре так, что та пластмассово икнула и треснула пополам, и Жанна, таращившаяся из-под стола, зажала уши руками, заместитель отшатнулся в кресле и чуть не упал, а из-за тонкой перегородки закричали:

— Эй, чего у вас там?! Война началась?!

— Да! — заорал Береговой. — Война, блин! Воздушная тревога!

И все смолкло.

— Из-за какой-то суки недотраханной, — выговорил он, странно кривя губы, — из-за дряни последней, чтоб ей сдохнуть!..

— Пойду я покурю, — решил благоразумный заместитель и боком выбрался из кресла. — Где-то тут мои сигареты были?..

— Владимир, а это? — тонким голосом спросила Жанна. — Это ваше?..

Береговой мрачно глянул под стол.

Она протягивала ему носки, немного поношенные, но чистые, которые он всегда держал в ящике, на всякий случай. Мало ли, ноги промочит или дырка какая-нибудь непредвиденная образуется!

Щеки у бывшего начальника моментально порозовели, потом розовый цвет перетек в ярко-алый, и на шее взбухли жилы, толстые и перевитые, как веревки.

— Ой, — тихо сказала Жанна.

— Дайте сюда!

Со всего размаху он швырнул носки в коробку, туда же полетели две половинки клавиатуры, толстая зачитанная книга и прочая ерунда, собранная с пола Жанной.

Ну вот, собственно, и все.

Все?! Теперь уж совсем все?!

— Владимир, я хотела вам сказать, — начала Жанна, старательно не глядя на него, но он не мог и не хотел ее слушать.

— Все! — вслух повторил он то, что вертелось у него в голове. — Все, дорогая Жанна! До новых встреч!

— Нет, просто очень жалко, что вы уходите, потому что с вами так приятно работать и вы так хорошо...

— Я хорошо! — подтвердил Владимир Береговой и подхватил свою коробку. — Я просто отлично!

Жанна побежала и распахнула дверь — видимо, чтобы ему проще было уходить с работы, где он провел последние три года своей жизни, создав отдел из ничего, из воздуха, где ему было интересно и трудно, и казалось, что он нужен и без него не обойдутся.

Ошибался, должно быть. Обойдутся, раз уволили в пять минут, долго не мучили!..

Выйти он не успел. На пороге возникла Леночка или Олечка из бухгалтерии, Береговой почти уперся в нее своей коробкой.

— Ты что, переезжаешь, Володечка? — живо поинтересовалась Леночка или Олечка. Она жевала морковку, держа ее почему-то двумя пальцами, как сигарету. — А куда? Ты же вроде только что перегородку поставил!

Из-за этой самой перегородки выглянул кто-то из его сотрудников — то есть бывших, уже не его! — окинул взглядом мизансцену и скрылся.

— Что нужно?

— Или тебя повысили?

— Меня уволили.

Леночка или Олечка прыснула со смеху и махнула на него морковкой.

— Да ладно!

Береговой плюхнул свою коробку на ближайший стол. В коробке жалобно всхлипнуло.

— Что нужно-то?..

Леночка или Олечка перестала хрупать, и лицо ее отобразило тревогу.

— Нет, правда, что ли?..

Жанна, на которую та посмотрела, горестно закивала. Леночка или Олечка сглотнула и округлила глаза.

— Володечка, как же это?.. А почему мы не знаем?.. Нет, а как же мы теперь будем, если ты...

Береговой молчал, на шее опять надулись страшные перевитые жилы.

— А я... я вообще-то за чайником, Володь, — разглядывая его, сказала Леночка или Олечка. — Ты... починил?

Береговой прошел к стеллажу и распахнул створки.

— Который ваш?

На полке помещались три электрических чайника и одна микроволновка.

— Вот этот, синенький!

— Забирай.

— А ты починил, да? — не ко времени возрадовалась Леночка или Олечка. — Вот спасибо тебе большое! А то мы все к соседям за кипятком ходим, побираемся! И сухомятка эта надоела, даже супчику не заварить! Ты молодец, Володечка!

Она сунула в рот морковку, подхватила чайник и уже почти выпорхнула из отдела, но вдруг остановилась, видимо вспомнив.

— Нет, ты правда... того?

— Правда.

— А... куда ты теперь?

— За кудыкину гору! — рявкнул совершенно изнемогший от горя Береговой и подхватил свою коробку. — Давай. Пока.

Леночка или Олечка с чайником в объятиях выкатилась в коридор, а уволенный подумал немного, плюхнул коробку обратно и взялся за телефон. Жанна смотрела встревоженно.

— МарьПетровна, — скороговоркой выпалил он в трубку, — здрасти, это Володя Береговой. Так получилось, что я... В общем, меня не будет, так что вы печку заберите. Нет, почему, работает. Я сделал. И Татьяне Евгеньевне из кадров скажите, чтоб за чайником зашла, ладно?.. Да нет, все в порядке. Не за что, МарьПетровна. До свидания.

Привычным движением он сунул было трубку в задний карман джинсов, но спохватился и аккуратно вернул ее на аппарат.

— Материальные ценности раздайте владельцам, — велел он Жанне и опять взялся за коробку. — Микроволновка из первой редакции, чайник один из кадров, а второй я забыл откуда. Вроде Настя приносила, секретарша Анны Иосифовны. Я все починил.

— А... зачем вы их чините? — осторожно поинтересовалась Жанна.

— Они ломаются, вот я и чиню, — объяснил Береговой. — Просто никто толком не знает, чем на самом деле занимается IT-отдел! Я три года объяснял, но никто до конца не понял. Все думают, что раз мы разбираемся в компьютерах, значит, в чайниках уж точно разберемся. И несут. А мне проще два контакта перепаять, чем объяснения объяснять, от царя Гороха и до наших дней! До свидания, Жанна! Всем привет.

И ушел.

Жанна посеменила за ним, но у него была совершенно непреклонная спина, и она сначала притормозила, а потом и вовсе отстала. Посмотрела ему вслед и вернулась в отдел, где было уже полно народу, как будто все это время сотрудники прятались за шкафами и шторами!.. Отдел гудел и сотрясался от негодования, как паровая машина братьев Черепановых. Предлагались петиции, воззвания и коллективные письма в защиту.

Владимир Береговой, ничего не знавший о поднявшейся ему вслед буре, решил, что в лифте ни за что не поедет — опять расспросы, сочувственные взгляды и неловкость, сродни той, что всегда испытывают здоровые в присутствии тяжелобольного, — и стал спускаться по лестнице.

Вообще-то он все время бегал по лестнице, лифта не дождешься, а дел полно, везде нужно успеть. Ему нравилось торопиться и успевать или не успевать, и он даже в этих чертовых чайниках научился разбираться, потому что без него никто не стал бы разбираться!

Из-за коробки, прижатой к животу, он не видел ступеней и шел медленно, и его догнала Ольга из отдела русской прозы. Догнала и крепко взяла за локоть.

— Володь, постой.

— Я ухожу.

— Мне нужно с тобой поговорить.

Он посмотрел неприязненно.

Эта Ольга, будь она неладна, нравилась ему, поэтому он всячески ее избегал и демонстрировал безразличие. Сейчас она была ему совсем некстати. Она не должна видеть, как он убирается прочь, поджав хвост, будто собака, которую пинком выкинули из дома!

— Если у тебя опять сеть висит, это больше не ко мне.

— Володя, мне нужно с тобой поговорить. Прямо сейчас. Это очень важно.

— Я ухожу, — повторил он нетерпеливо и дернул головой.

— Ты уходишь из-за меня. — Она как будто споткнулась и остановилась, и ему пришлось остановиться тоже. — Тебя мадам Митрофанова уволила из-за фоток в Интернете, да?

— Да.

— Ну вот. — Она отвела глаза в сторону и вздохнула очень решительно: — Это я их выложила.

— Поздравляю, — произнес Береговой, не зная, что еще сказать.

Они помолчали, стоя посреди лестницы.

— Это я виновата, Володя.

— И что из этого? Ты решила раскаяться? Ну, вот тебе отпущение грехов, дочь моя, а я пошел.

— Что ты заладил — пошел, пошел!.. Мне нужно кое-что тебе показать, очень важное. И это, — она понизила голос и придвинулась к нему, — имеет отношение к убийству. Понимаешь?..

...Ты что-нибудь понимаешь? Ты понимаешь только, что ее грудь, упакованная в плотный шелк блузки, почти касается твоего локтя — ей-богу! — и от ее волос пахнет упоительно, и она что-то говорит, и ты видишь, как она складывает губы, и блестит сережка в мочке нежного уха.

Убийство?.. Какое убийство?..

— Володь, да проснись ты! Ну, если хочешь на меня наорать, наори, только не молчи! — Но он все молчал, и она нетерпеливо подсунулась еще поближе и понизила голос. — Я выяснила, что в этом деле замешана твоя мадам!

Он отступил и уперся задницей в перила — так, чтобы Ольга его не касалась больше, — и переспросил:

— Какая мадам? В какое дело?..

— Митрофанова, господи, какая же еще!.. А замешана она в убийстве! Пошли, я покажу!

Алекс не отводил глаз и не шевелился, и Анна Иосифовна дрогнула первой. Вдруг моргнула и заговорила очень фальшиво, и задвигалась слишком суетливо:

— Алекс, душа моя! Ну, что же вы?.. Чай давно готов, вот-вот остынет, а остывший чай — уже не чай!.. Садитесь вот здесь, отсюда отлично видно изразцы, и вы сможете продолжать ими любоваться. Мне очень приятно, что их оценили!.. Вы знаток прикладного искусства?..

Он помедлил.

— Скорее нет, — и, сжалившись, отвел глаза от ее лица. — Знаю немного, когда-то проходил в университете. В основном про немецкую майолику.

Из серебряного чайника Анна Иосифовна наливала в тонкую чашку крепчайший чай, похожий в солнечном свете на расплавленный янтарь.

— Вот как! Какую же немецкую майолику проходят в университете? Кружки Гиршфогеля?.. — Это было сказано с некоторым пренебрежением.

— И еще рейнские, и «штангенкруг».

— А Лимож? Не любите?

Алекс улыбнулся и пригубил чай, чувствуя себя бедным студентом в заношенном сюртучишке, внезапно угодившим за обеденный стол в профессорском доме.

— Ну, это уже Франция, а не Германия, Анна Иосифовна. И там делали эмаль, насколько я помню.

— Да-да. — Хозяйка, совершенно успокоившись, устроилась напротив и улыбнулась поощрительно поверх тончайшего фарфора. — В пятнадцатом веке в Лиможе как раз научились покрывать металл эмалевыми красками. Я ничего не путаю?..

Видимо, все-таки экзамен, решил Алекс. Занятно.

В последнее время он только и делал, что сдавал экзамены, и все проваливался!..

— Нет-нет, абсолютно верно. Рисунок вырезали на металле, а углубления заполняли черной эмалью. После этого обжигали первый раз, а потом уж накладывали остальные краски и вновь обжигали. Иногда использовали белый и золотой цвета, а, например, Жан Пенико изображал совсем сложные сюжеты.

— Что вы говорите?!

— Библейские и исторические сцены, — подтвердил развеселившийся Алекс. — Влияние в основном, конечно, фламандское, а впоследствии немецкое и итальянское.

— Плюшки прямо из духовки. Моя Маргарита Николаевна только перед вашим приходим достала! Угощайтесь, Алекс. Вот с изюмом, а эти с сахаром, классические. Вы какие больше любите?

Видимо, это означает «отлично». Ставлю в зачетку.

— Я всякие люблю, Анна Иосифовна. — Он посмотрел ей в глаза. — Ваша Маргарита Николаевна просто волшебница. Передайте ей мое восхищение.

— С удовольствием! Она будет счастлива. Вы курите?.. Если да, вот пепельница, и не стесняйтесь! — Хозяйка придвинула к нему некий хрустальный сосуд сказочной красоты, брызгающий во все стороны разноцветными бликами. — Ахматова всегда говорила, что курение...

— Это цепь унижений, — закончил Алекс. — Все время нужно у кого-то спрашивать разрешения!

— Н-да, — задумчиво пробормотала она себе под нос. — Вот тебе и на...

И не меняя тона:

— Вас когда-нибудь унижали, Алекс?

— Да.

— Я не выношу унижений. — Она раздула тонкие ноздри. Звякнул фарфор, и сделалось так тихо, что слышно стало, как с той стороны стекла назойливо и утробно гудит поздняя муха.

Анна Иосифовна стремительно поднялась и легким, совсем девичьим шагом отошла к пузатому буфету и тотчас же вернулась. В руках у нее была китайская коробочка с желтым богдыханом на крышке. Анна Иосифовна достала сигаретку и спички и, привычно чиркнув, быстро закурила.

Алекс смотрел на нее во все глаза.

Курить в издательстве «Алфавит» было строжайше запрещено, практически под страхом увольнения. В отделе кадров ему сообщили, что генеральная директриса с курением борется беспощадно и всерьез, как активист движения «За здоровье нации».

— Я долго терпела, — продолжала хозяйка. Сигарета дымилась у нее в руке. — Должно быть, нельзя было так долго!.. Но я... смалодушничала, Алекс. И поплатилась!

— За что?

— В том-то все дело. — Она боком присела на стул и прикрыла глаза. Алекс никак не мог взять в толк, играет она или переживает всерьез. — Я не знаю, за что. И это тоже унизительно, понимаете?

— Не совсем, — сказал он осторожно. — Вы говорите об... убийстве?

— Убийство — последнее звено. Все началось давно, и меня предупреждали о том, что может случиться самое худшее, но я не верила, конечно!

За плечом произошло какое-то движение, Алекс оглянулся, Анна Иосифовна повелительно махнула рукой, и створка тихонько притворилась.

...Кто там может быть? Ах да! Кудесница Маргарита Николаевна с очередной порцией пирогов на блюде!

Или нет?

В этом странном и прекрасном доме все не то и не так, как кажется на первый взгляд!..

— Я в неудобном положении, — вдруг заявила Анна Иосифовна. — Я ничего о вас не знаю, и мне вас, прямо скажем, навязали, но у меня нет выбора. Вы должны узнать обо всем, а я, видимо, обязана вам рассказать.

— Давайте я попробую, — предложил Алекс. —

А вы скажете, прав я или нет. Хотя бы в том, что мне удалось понять. На данный момент.

Прищурившись, она посмотрела на него.

— Н-ну, попробуйте.

— Некоторое время назад вы стали получать письма с угрозами. Кстати, как они приходили? По электронной почте?..

Она кивнула.

— Вначале вы вообще не обращали на них внимания и просто удаляли. Потом они стали вас раздражать. Затем вы забеспокоились. Потом, видимо, испугались.

— Те, что я распечатала для вас, самые безобидные, поверьте мне!..

Алекс помедлил.

— Верю, — согласился он так, как будто вовсе не соглашался. — Очень неосмотрительно было с вашей стороны оставлять их на столе, Анна Иосифовна!

— Да, но я не предполагала, что в день вашего первого появления в издательстве случится это чудовищное убийство! — Она опять раздула ноздри.

...На что она сердится? На него за то, что он появился в издательстве, или на то, что произошло убийство? Да еще такое... неэлегантное!

— Я собиралась спокойно побеседовать с вами, но в этот момент вдруг началось это светопреставление, а потом, — она махнула рукой, — мне уже было не до записок. Впрочем, вы видели сами!..

— Видел, — опять согласился Алекс так, как будто вовсе не соглашался. — Кто еще знал о том, что вам угрожают? В издательстве знали?

— Нет, — быстро сказала она и решительно потушила в пепельнице сигарету. — Никто не знал.

Слишком быстро и слишком решительно.

— Вы поймите, Алекс, у нас совершенно особенная обстановка! Мы действительно одна семья, хотя у нас работает несколько сотен человек, а если считать склады и оптовые базы, почти две тысячи! И я сделала все для того, чтобы люди на самом деле болели за дело, которому они служат! Служить книгам — это прекрасно! Мне даже представить страшно, что было бы, если б я затеяла, например, внутреннее расследование!..

Алекс удивился — совершенно искренне.

— Вы хотите сказать, что служба безопасности тоже не в курсе?!

— Никто не в курсе. Только я и...

Она вдруг замолчала. Он ждал.

— Хотите чаю, Алекс? — спросила она совершенно другим тоном, светским, легким, угощающим.

— Так, — сказал он скорее себе, чем ей. — Значит, служба безопасности нам ничем помочь не может.

— Я все время удаляла из почты все эти гадости! Ну, у меня просто не было сил на это смотреть! Я сохранила только последние, которые вы нашли у меня на столе.

— Их нашел ваш заместитель. И немедленно поставил в известность еще одного вашего заместителя, вернее, заместительницу.

Анна Иосифовна пожала плечами:

— Теперь это уже не имеет значения. После убийства вряд ли мне удастся восстановить репутацию издательства! И если бы вы только знали, Алекс, как я ненавижу человека, который посмел вторгнуться в мой мир! Вторгнуться, нагадить в нем и исчезнуть! Как же я его ненавижу!

Алекс знал такую ненависть — острую, обжигающую, не дающую дышать. Знал так хорошо, как будто она была его собственной!.. Впрочем, у него ведь есть и своя, должно быть, точно такая же.

— Убитый... имеет какое-нибудь отношение к «Алфавиту»?

— Никакого. Он не наш. Личность пока не установили, так мне сказали в милиции.

— Странно, — задумчиво произнес Алекс. — Вот это на самом деле странно.

— Что?..

Он поднялся, подошел к печке и потрогал гладкие теплые изразцы.

— Я был уверен, что этот человек — сотрудник издательства и его имя будет легко установить. Иначе совсем непонятно, как он оказался в том коридоре, да еще в рабочем комбинезоне!.. Как он туда попал? Кто его пустил? Зачем? Мимо ваших церберов муха не пролетит, а он просто так зашел?!

— Каких... церберов?

Алекс улыбнулся.

— Тех, которые сторожат двери, Анна Иосифовна, — пояснил он. — В первый раз я объяснялся с ними, наверное, минут двадцать! Кто я такой и что именно мне нужно в вашей... цитадели!

Анна Иосифовна улыбнулась в ответ — довольно натянуто.

— Не в цитадели, Алекс! В обители! Вы же именно это хотели сказать?..

— Как я мог перепутать, — пробормотал он, — цитадель с обителью?..

Они помолчали — каждый о своем.

— Расскажите мне о ваших заместителях, — попросил Алекс. — Я же должен с кого-то начать!..

— Катюша — отличный управленец...

— Кто это — Катюша?

— Катюша Митрофанова, — с некоторым недоумением пояснила Анна Иосифовна. — Первый заместитель. Она довольно бойка, и подчас не там, где надо, но вполне управляема и профессиональна. Хотя вот сейчас сделала, с моей точки зрения, страшную глупость! Зачем-то уволила Володю Берегового, а он прекрасный мальчик, просто прекрасный! Отличный работник, и мама у него нездорова!.. Впрочем, это неважно. Саша Стрешнев выбился из редакторов, и начальник из него, прямо скажем, никакой. Зато у него отличное чутье, я бы даже сказала — нюх. Он за версту определяет перспективных авторов и умеет с ними работать. Вадик был еще лучше, но с ним пришлось расстаться. Вадим Веселовский. — Она снова закурила и помахала спичкой, на конце которой трепыхался крохотный огонек. Огонек мигнул в последний раз и погиб. — Вы пришли на его место.

— Почему пришлось расстаться?

— Алекс, прошу меня извинить, но я готова отвечать на любые ваши вопросы, связанные с... ужасным происшествием. Вадим с ним никак не связан, поверьте мне! И причина его ухода не имеет никакого отношения...

— Ко мне, — закончил Алекс.

— К делу, — мягко поправила Анна Иосифовна.

— Вам именно... *пришлось* расстаться? Или он ушел сам?

— Алекс, уверяю вас, эта история тут совершенно ни при чем!

— Значит, какая-то история все же была?

Старуха не дрогнула и не отвела глаз.

Впрочем, Алекс уже всерьез сомневался, что она старуха!.. Может, по ночам она превращается в Василису Премудрую и, взмахнув рукавом, пускает лебедей по озерной глади!

У них все совсем не так, как кажется на первый взгляд. Вот и Митрофанова оказалась Катюшей — кто бы мог подумать!

— Вы давно ее знаете, Анна Иосифовна?

— Простите?

— Катюшу, — пояснил Алекс. Эта самая «Катюша» выговорилась им с некоторым усилием. — Вашу заместительницу?

— Ах, боже мой, конечно, давно! Алекс, я их всех знаю сто лет! Они выросли у меня на глазах!..

...Интересно, она скажет, что все сотрудники для нее как любимые дети, или нет?..

— Кто из них вырос у вас на глазах?

— Саша, — ответила она с недоумением, как будто он спрашивал о чем-то совершенно очевидном и всем известном. — Сашу Стрешнева я помню совсем ребенком! Мы очень дружили с его отцом, он руководил одним из крупных издательств. Мать, кажется, работала в каком-то детском журнале и ничего собой не представляла. — Это было сказано с некоторым пренебрежением. — В детстве Саша был вылитый отец, удивительно даже!.. Настоящая ленинградская порода, если вы понимаете, о чем я говорю.

Алекс промолчал.

— Слишком благородный, — пояснила Анна Иосифовна. — Слишком незащищенный. Жил очень трудно, и как только у меня появилась возможность надежно его устроить, я немедленно пригласила его на работу.

— Получается, что Стрешнев в «Алфавите» со дня основания?

— Ну, может быть, не с самого первого, но — да. Мы вместе начинали.

— А Митрофанова?

— Катюша работает пять лет. Нет, уже шесть, в ноябре будет шесть!.. Я знала ее бабушку. У Катюши тоже очень, очень непростая судьба, она появилась как раз в тяжелое для себя время и поначалу была такая неуверенная, очень запуганная девочка! Я даже на совещаниях старалась к ней не обращаться, она совершенно не могла выносить, когда на нее смотрят! И говорила почти шепотом.

Алекс вспомнил, как Митрофанова ефрейторским голосом спрашивала у него: «Вы кто?!» — и выясняла с пристрастием, не привез ли он бумаг от некоего Канторовича. Н-да... Неуверенная в себе, запуганная девочка с непростой судьбой, как бы не так!..

— Вадим Веселовский тоже... аксакал? И тоже был неустроен, когда вы его приютили?

— Алекс, вам хочется меня задеть?

Ему очень хотелось ее задеть, ну, просто невыносимо! Может, потому, что в каждом ее слове он подозревал ложь и фальшь, или потому, что его самого Анна Иосифовна тоже подобрала «в трудное для него время», и он сам нынче на редкость «не защищен» и не может выносить, «когда на него смотрят»!.. Ноты разные, а пьеса та же, и за роялем все та же Анна Иосифовна.

— Впрочем, вы человек новый и имеете право на непонимание, — вдруг заявила то ли старуха, то ли Василиса Премудрая, кто-то из них двоих. — Вадим пришел одновременно с Катюшей.

— Вы хорошо знали его отца? Или бабушку?

Анна Иосифовна рассмеялась, очень живо, и принялась составлять чашки на серебряный поднос. Этот странный молодой человек нравился ей, и, похоже, она в нем не ошиблась.

— Вадима я нашла, кажется, через кадровое агентство. Нынче все очень удобно устроено! Кого угодно и что угодно можно найти или в Интернете, или через какое-нибудь агентство! Правда, Алекс?..

Пусть не думает, что только он один способен на провокационные вопросы! Он посмотрел внимательно, и Анна Иосифовна похвалила себя.

— У них был такой красивый, такой... старомодный роман!.. — продолжала она, собирая посуду. — А потом все закончилось, и ему пришлось уйти.

— Роман... с кем?

— С Катюшей! С Катюшей Митрофановой! Мы все надеялись, что они поженятся и будет свадьба, а потом, бог даст, крестины, но ничего не вышло. Очень грустная история.

— Вадим Веселовский уволился сразу после грустной истории?

— По правде сказать, это я его уволила. — Она вздохнула. — Современные молодые люди, даже лучшие из них, слишком толстокожи, знаете ли... Ему бы и в голову не пришло уйти. Он продолжал работать, несмотря на то что Катюша стала похожа на тень и день ото дня чувствовала себя все хуже и хуже.

— Это из Чехова? — быстро спросил Алекс, не успев поймать себя за хвост. — «Цветы запоздалые»?.. Княжна Маруся день ото дня чувствовала себя хуже и хуже, а доктор не обращал на нее никакого внимания?!

— Алекс!

Кажется, ему наконец-то удалось ее рассердить.

Анна Иосифовна негодующе подвинула серебряный поднос, опустилась в кресло и захохотала.

— Вы невозможный! — заявила она с удовольствием, похохотав немного. — Впрочем, талантливые все невозможные!.. Хотите кофе? Или поесть? Моя Маргарита Николаевна...

— Что вы сказали?

— Я предложила вам поесть, — повторила Анна Иосифовна весело. — Чай — это прекрасно, но мне почему-то хочется вас накормить!..

— Нет. — У него взмокло между лопаток. — Что-то про талант.

— А-а, — протянула она. — Талант — это всегда трудно, Алекс. Так как насчет обеда? Или прогуляемся немного? Мне нравится с вами болтать! Мы же просто болтаем, правда?..

...Она знает обо мне. И пытается это сказать. Но этого просто не может быть. Никто ничего обо мне не знает. Не должен знать! Как только станет известно хоть что-то, все пойдет прахом. Даже некое подобие жизни, которой я живу сейчас, закончится. А мне бы этого не хотелось. Ох, как не хотелось бы!..

Алекс перевел дыхание, и вдруг какое-то движение за окном привлекло его внимание.

Он посмотрел, и кровь ударила в голову так, что зазвенело в ушах.

По лужайке стремительно и бесшумно неслась страшная черная собака. Он уже видел эту собаку — когда его били на детской площадке.

Сгусток тьмы. Призрак.

— Что это?!

Анна Иосифовна оглянулась встревоженно и быстро подошла к нему.

— Что с вами, Алекс?..

Он, не отрываясь, смотрел за окно.

Никого не было на лужайке. Между двумя ударами сердца собака как в воду канула.

В «Чили», как назло, было полно народу, и Владимир Береговой, уволенный начальник IT-отдела, прошел в самый дальний угол, сунул свою коробку между диванами, забился в тень и замер, уставившись в пол и всем своим видом демонстрируя, что его приволокли сюда против его воли и почти что силой.

«Чили» в издательстве «Алфавит» именовалось просторное помещение на первом этаже, декорированное в восточном стиле — с низкими диванами, драпировкой на стенах, покойным светом и столиками на толстых слоновьих ногах. Не хватало разве что кальянов, нагих гурий и музыкантов, наигрывающих на удде. Здесь принимали гостей попроще, тех, что не удостаивались приема во дворце, на «бабкином» пятом этаже, вели не слишком важные переговоры, встречались с авторами по текущим делам и просто забегали поболтать и выпить настоящего кофе, который варил в настоящем кофейнике хмурый молодой человек, настоящий турок. Помещение было придумано и обставлено, разумеется, Анной Иосифовной, а откуда взялось экзотическое название, никто не помнил. Кажется, произошло оно от слова «chill-out», значения которого никто хорошенько не знал, но Анна Иосифовна, помнится, настаивала, что издательству совершенно необходима «зона отдыха», то есть этот самый «чилл-аут». Потом заключительная часть непонятного слова утратилась, и осталось просто «Чили».

Сегодня здесь были Стрешнев с писательницей Маней Поливановой, известной широкой публике как Марина Покровская, Надежда Кузьминична с кем-то из своего отдела, Беляев из службы безопасности с чашкой кофе и газетой и — Береговой удивился — уволившийся некоторое время назад Вадим Веселовский.

Веселовский издали кивнул, и Береговой кивнул в ответ, маясь от неловкости.

Зачем Ольга его сюда притащила?! Он больше не имеет никакого отношения к этому миру. Он такой же уволенный, как и этот самый Веселовский, никому здесь нынче не нужный, чужой и далекий! На место Веселовского уже пришел другой, со странной двойной фамилией, и на место Берегового завтра тоже кто-нибудь непременно придет.

У нас незаменимых нет, ясный хобот!..

— Кофе будешь, Володя?..

— Оль, давай говори, что хотела, и я поеду. Кофе мне не надо.

Она горестно на него посмотрела. Этот взгляд

должен был означать, что ей очень нелегко, она так виновата перед ним, а он ничем ей не помогает, сердится, брыкается, упирается!..

Впрочем, он прав. Из-за нее его уволили. У него есть основания сердиться.

— Вот смотри, — она распахнула ноутбук, который все время держала под мышкой, и уселась рядом с ним, очень близко. Он покосился и коротко вздохнул. — Помнишь, Митрофанова сказала, чтоб никто не смел фотографировать, она всех уволит, если что-то появится в Интернете? Ну, в тот день, когда человека убили?..

— Помню.

— Ну, я фотографировала, конечно. Я хотела детектив придумать. Только настоящий, а не какую-то там лажу, как все эти пишут!.. — И она подбородком показала на писательницу Поливанову, которая в отдалении что-то громко втолковывала Стрешневу.

— В каком смысле... настоящий? — не понял Береговой.

— Ну, чтобы труп был настоящий, понимаешь? И расследование тоже! Как в реалити-шоу! Я хотела в своем блоге это обсудить, и чтоб мы все вместе нашли убийцу. А для этого нужны фотографии с места происшествия. Как можно больше фотографий!

Экран ноутбука осветился, синие блики легли на ее светлые волосы, сделав их серебристыми, сверкающими, как у инопланетянки.

— Преступник всегда оставляет следы, понимаешь? — Она мельком глянула на Берегового и опять уставилась в экран. — Только у плохих авторов преступники бестелесные и бесполые существа, а на самом деле следы всегда есть, их просто нужно поискать! И я снимала подряд все, что на глаза попадалось. А потом фотки выложила в блоге и бросила клич: кто первый найдет улику. Володь, ты чего?..

Он молча смотрел на нее. Ему было противно. Оказывается, все началось не в ту секунду, когда сука Митрофанова решила его уволить, а тогда, когда милая девушка Оля из отдела русской прозы захотела поиграть в детектив с «самым настоящим трупом»! А поплатился за это он, Владимир Береговой!

— Но никто не нашел никаких улик, — продолжала милая девушка, — представляешь?..

— Оль, ты что? Дура? — обидно спросил он и поднялся. — Выпусти меня, я пойду.

Она потянула его книзу за джинсы, заставив снова сесть.

— Ты не дослушал! Никто ничего не нашел, а я нашла!

— Поздравляю тебя, — сказал Береговой брезгливо.

— Да, да! — жарко выговорила она и пунцово, некрасиво покраснела. — Я знаю, что дура и во всем виновата! Но все-таки посмотри!..

— Ты ни в чем не виновата, но разыгрывать спектакли в Интернете с настоящим трупом, по-моему, маразм. Я даже... — он хотел сказать что-нибудь старомодное и до ужаса банальное, вроде того, что он такого от нее не ожидал, но она перебила:

— Вот смотри. Видишь, у него из кармана выглядывает?..

Береговой посмотрел на фотографию в компьютере.

— Это пропуск, — на ухо ему одними губами выговорила Ольга. — Если вот так приблизить и увеличить, его отчетливо видно. Там даже буквы можно разобрать!

Береговой еще раз посмотрел. Ольга вертела на мониторе фотографию лежащего ничком мужчины, то приближала, то отдаляла, и Владимир невольно заинтересовался.

— Ну, возможно, это пропуск, — согласился он. — И что из этого следует?

— А теперь сюда смотри! — И она вывела на монитор следующую фотографию — тот же человек, лежавший в той же позе.

— Ну и что?

— Ты ничего не замечаешь?

Он пожал плечами.

— Ну вот! — торжествующе зашептала она. — И никто не заметил! А я заметила! *На этой фотографии пропуска у него в кармане нет!* Куда он мог деться? Труп не трогали, не переворачивали, по крайней мере, до приезда ментов! А когда менты приехали, нас всех оттуда разогнали, и я уже больше ничего не фотографировала! Ну, вот же, вот!.. Здесь из кармана у него торчит что-то, а здесь уже нет!

Береговой шарил глазами по экрану, переводя взгляд с одной фотографии на другую, вроде точно такую же, и от сознания того, что на них «настоящий» труп, ему было не по себе.

— И я стала искать, куда он мог деться у него из кармана! — продолжала Ольга. — Я их все пересмотрела, эти фотки, и так, и эдак, и с увеличением, и без. Все, что наснимала!.. Я же щелкала все подряд, держала телефон в руке и щелкала. Это Надежда Кузьминична, видишь, в обмороке почти, это новенький, не знаю, как он здесь оказался, это Литовченко попался, а это...

На фотографии был все тот же труп, снятый на этот раз под каким-то другим, неправильным углом, и чья-то смазанная рука в белой манжете с запонкой на переднем плане. В руке зажат прямоугольный кусочек пластика.

— Это она вытащила у него пропуск, твоя мадам!.. Это ее манжета, у нас запонки больше никто не носит, а она как раз в тот день была в костюме!.. И еще шарф какой-то дебильный!.. Я точно помню, Володя! Она увидела пропуск и под шумок его вытащила! Она над трупом сто раз наклонялась, это я тоже помню!

— Зачем?!

— Чтоб никто не догадался, что тот, кто потом стал трупом, к ней приходил! Она же громче всех визжала, что не знает, кто это! И даже хотела Сергея Ильича из хозяйственной службы вызвать, чтоб он его опознал! А она знала, кто он! Потому что у него, у трупа, был ее пропуск!

— Почему ее?

— А потому что там ее фамилия! Я же говорю, буквы можно разобрать!

Береговой хотел что-то сказать, раздумал, переставил ноутбук к себе на колени и почти уткнулся носом в экран. Перелистал фотографии. Сначала так, а потом эдак. Их оказалось очень много, и на каждой — мертвое тело. В равнодушной и отстраненной документальности этих фотографий была просто констатация факта — ну да, мертвое тело, ничего особенного. Объект для исследования, вернее сказать, расследования. Не человек, а именно объект.

Но ведь это был именно человек — до тех пор, пока его не убили!.. И его нельзя, не должно исследовать, как... лабораторный материал!.. Или можно?..

— Ну, вот, вот! Останови, Володя!.. Увеличь эту! Еще, еще! — Ольга придвинулась совсем близко. Красивая девушка — как объект. — Видно не очень, конечно, но буквы можно разобрать. Видишь?.. «О», «в», «а», «ова»! Митрофанова, выходит!

— А может, Кузнецова или Жукова. Иванова подходит. Сидорова тоже. Все, как одна, «ова»!

— Володь, ну ты чего? Если Митрофанова пропуск вытащила, а это она, потому что рука совершенно точно ее, значит, у нее были на то какие-то основания! А какие могут быть основания, кроме ее фамилии?! По ее пропуску все бы догадались, что он к ней шел!

Береговой рассматривал фотографию руки в белой манжете, зажавшей пластмассовую карточку.

Неужели Ольга права?.. Неужели Митрофанова как-то причастна к убийству?.. Ну, может, не причастна, а замешана?.. Ну, допустим, не замешана, но имеет какое-то отношение?..

Это все меняет, если оно так. Если так, значит...

В эту секунду спокойный и умиротворенный «Чили» всколыхнулся, как сонный пруд, в который шлепнулась жаба. Дверь широко и резко распахнулась, сквозняком отдернуло золотистую гаремную штору, и появилась Митрофанова, что-то громко вещавшая в мобильный телефон.

Береговой весь подобрался, турок замер за стойкой со своим кофейником, Надежда Кузьминична уронила свои бумаги, и даже писательница Поливанова, известная митрофановская подружка, не прерывая разговора со Стрешневым, посмотрела в ее сторону с неудовольствием.

— Саша, — оторвавшись от телефона, на весь «Чили» провозгласила Митрофанова, — я тебя никак не могу найти, а ты мне нужен!

— Здравствуй, солнышко, — проворковала Поливанова и двинулась к ней целоваться.

Береговой усмехнулся не без яда. «Солнышко», произнесенное густым Маниным контральто, прозвучало как-то на редкость двусмысленно.

Облобызав Маню, Митрофанова окинула взглядом доселе вполне мирный издательский приют и на секунду задержала взор на уволенном Владимире Береговом. Уволенного Вадима Веселовского она, похоже, не заметила.

— Саш, у вас разговор еще надолго?

Вместо Стрешнева ответила — ясное дело! — Поливанова, попытавшаяся придать своему контральто немного легкомысленного дружелюбия:

— Нет, Катюшенька, мы уже заканчиваем. Это я его задержала, ты извини нас.

...Кто такая эта Катюшенька?! Нету у нас никакой Катюшеньки! Ах да. Митрофанова же Екатерина Петровна!.. Ясный хобот, Катюшенька — это она. Писательница Поливанова ее ласково так называет. Как можно быть ласковой... с Митрофановой?!

— Ну, хорошо, если ненадолго, — громогласно продолжала эта самая Катюшенька. — Саша, там с бумагами от Канторовича приехали, я к тебе направила, человек ждет. Надежда Кузьминична, ты бы зашла ко мне, когда... освободишься! — Это было сказано так, что всем сразу стало понятно: начальница абсолютно убеждена в том, что перед ней сплошь бездельники и тунеядцы, злоупотребляющие служебным положением и лояльностью руководства.

Нагнав на всех уныние, ввергнув в сознание крайней неполноценности и наведя, таким образом, должный порядок, Митрофанова уже совсем было вышла из «Чили», но решила поставить последнюю, так сказать, ударную точку. Или восклицательный знак.

Взявшись за позолоченную латунную ручку, искусно сделанную в виде слоновьего хобота, она помедлила, устремила взгляд в полумрак, в сторону самого дальнего дивана, где здоровенный Владимир Береговой пытался спрятаться за ноутбук, прищурилась и отчеканила:

— Вас ведь уволили, не правда ли?

Береговой медленно поднялся. Ноутбук он держал в руке.

В помещении стало очень тихо.

— Екатерина Петровна, — негромко и предостерегающе окликнул ее Стрешнев, но Митрофанова только повела плечом.

Нужно до конца разъяснить праздным сотрудникам, кто здесь главный — был, есть и будет всегда! Тем более повод отличный и объект вовремя подвернулся под руку, очень удобно получилось.

— Я прошу вас покинуть издательство, — продолжала чеканить Митрофанова. — Как ваша фамилия? Я все время забываю..

Береговой молчал.

— Впрочем, неважно. Вам здесь решительно нечего делать! И вам, — тут она перевела взор на Ольгу, — хорошо бы вернуться на рабочее место. Вы ведь пока еще здесь работаете!

На «пока еще» она приналегла голосом так, что стало понятно — дни сотрудницы редакции русской прозы сочтены. Совсем немного их осталось!..

Береговой громко вздохнул и с преувеличенной аккуратностью положил ноутбук на диван. И пошел прямо на Митрофанову.

Вид у него был устрашающий.

У Ольги задрожали колени — на самом деле задрожали, она даже не смогла встать. Попробовала было, и не смогла.

Со всех сторон наперерез Береговому бросились люди.

Митрофанова дрогнула и попятилась. Береговой все шел.

— Вы не имеете права оскорблять людей только потому, что вам это нравится! Вы не можете уволить всех, а мне уже наплевать! Наплевать!

— Володя, Володя, остановись!..

— Катюша, уходи, ты видишь, он не в себе!..

— Может, охрану вызвать? — гомонили вокруг.

Ольга вскочила, побежала и схватила Берегового за свитер. Он вырвался.

— Вы ведете себя как идиотка, как истеричка! Никто не виноват, что у вас преждевременный климакс! — Он сжал кулаки, кто-то за его спиной взвизгнул. — Вам нельзя с людьми работать, вам со свиньями надо! В навозе!!! Там вам самое место!!!

Митрофанова все пятилась, в глазах у нее появился ужас, но Береговой не видел никакого ее ужаса.

— Я раньше думал, что вы просто... дрянь, — он

выплюнул это слово ей в лицо, — но вы не просто!.. Вы людей убиваете! И я это докажу!

Митрофанова уперлась спиной в стену, отступать было некуда. Беляев из службы безопасности медлил в отдалении и на помощь ей не спешил. Маня Поливанова порывалась кинуться, но Стрешнев крепко держал ее за руку.

Береговой постоял еще секунду — Катерине Петровне показалось, что он сейчас ее ударит. Она зажмурилась, и молнией мелькнувшая мысль о том, что на ней очки, и осколки стекол порежут глаза, и по щекам потечет кровь, была так страшна, что нечем стало дышать.

Бабахнула дверь.

Митрофанова медленно открыла глаза.

Береговой исчез, только колыхалась золотистая гаремная штора.

Чайник все никак не закипал, и от разгулявшегося к ночи ветра в кухоньке было холодно и сильно пахло улицей.

Екатерина Митрофанова, устав караулить чайник, присела боком к столу, переложила ложку и переставила чашку, посмотрела и вернула все на прежнее место — в новой редакции, переставленные по-другому, чашка и ложка выглядели не идеально.

Ей нужно было чем-то занять голову и руки, непрерывно двигаться, шебуршиться, и — самое главное! — не думать, и она, открыв ноутбук, проверила почту в пятый раз за вечер.

Из магазина белья прислали уведомление о распродаже. Стрешнев что-то спрашивал про бумаги от

Канторовича. Маня Поливанова написала, что «никак не может прийти в себя после эпизода в «Чили».

Митрофанова тоже не могла прийти в себя после этого самого «эпизода»!

Она аккуратно закрыла ноутбук, взяла ручку, салфетку и стала обводить на ней розы и лилии. Там, где рука промахивалась мимо лепестков, Митрофанова прилежно подштриховывала. С каждым штрихом розы и лилии становились все меньше похожи на цветы и все больше на ощетинившихся ежей.

— Я ни в чем не виновата, — вдруг сказала она громко, и мягкая слабая бумага порвалась у нее под рукой. — Я не виновата! Я больше не хочу! И не буду!

Проклятый чайник наконец-то закипел, она вскочила и, делая слишком много лишних движений, кое-как заварила успокоительный сбор — пустырник, боярышник и валерьянку, все в пакетиках.

В холодной кухне немедленно запахло больницей.

— Со мной все в порядке! — объявила Митрофанова еще громче прежнего. — Я просто устала. Мне нужно в отпуск, только и всего.

Ветер громыхал за окном, как будто старался вырвать из стены железный подоконник.

Зазвонил телефон, и Митрофанова схватилась за него, как утопающий за соломинку. Слава богу, хоть кто-то догадался!..

— Катюшик, ты как там? — густым контральто осведомилась из трубки Маня Поливанова, известная писательница. — Переживаешь?

— И не думала даже! — выпалила Митрофанова. Губы у нее повело, и глаза налились слезами. — С чего ты взяла?! Еще переживать из-за всякой ерунды!

— Он не ерунда, — заявила Поливанова. — Он человек! Какого ху... художника ты его уволила-то? Он вроде всегда хорошо работал. Ноутбуки мне сто раз чинил! Ты же знаешь, как часто они у меня ломаются! — Маня вздохнула и добавила с гордостью: — Не выдерживают моей энергетики!

Но Екатерине Митрофановой нынче не было никакого дела до поливановской энергетики!..

— Я его уволила за дело! — Предательская слезища все-таки капнула в самую середину ощетинившегося ежа, который раньше был розой, и Митрофанова сердито отерла глаза. — Чтобы он знал... чтоб в издательстве все знали... чтобы неповадно...

— Оно, конечно, не мое дело, — перебила Поливанова. — Я ведь не сотрудник издательства!.. Я романы сочиняю. Но уволила ты его напрасно, Кать. Вот, ей-богу, напрасно!..

Митрофанова взялась рукой за лоб и наконец-то зарыдала — громко, по-детски, слезы закапали на ежа часто-часто, как дождь.

— И как детективный автор я тебе скажу, — продолжала Маня, словно не слыша рыданий, — это еще и очень подозрительно!

Митрофанова заикала, замотала головой и зажала рот рукой.

— Кать? А Кать?..

— Что... что еще... почему подозрительно?..

— Да потому что в детективах так избавляются от свидетелей! Произошло убийство — это раз. В Интернете появились фотографии — это два. Ты немедленно увольняешь человека, который мог хотя бы концы найти, — три. И какие из этого можно сделать выводы?

— Ты... что?.. Маня, ты с ума сошла, что ли?! Какие концы он мог найти?! Почему избавляюсь?! От каких свидетелей?!

— Он же айтишник, — пояснила писательница Поливанова как ни в чем не бывало. — Он, наоборот, мог бы разобраться, кто эти фотографии выложил и зачем! Ну, там всякие адреса-пароли-явки, секретные почтовые ящики, социальные сети, странные ресурсы, я в этом совсем не петрю! А ты? Петришь?..

— Я... не... нет, не петрю я...

— Вот именно. И в одну минуту увольняешь профессионала!.. То есть выходит, тебе невыгодно разбираться. Тебе нужно избавиться от свидетелей. Тогда возникает вопрос: зачем?

— За... зачем?

— Затем, что ты как-то связана с убийством, вот зачем! — заключила Маня Поливанова торжествующе. — Нет, я-то знаю, что ты никак не связана, но у людей вполне может сложиться такое впечатление! Да оно уже и сложилось, вот клянусь! А оно тебе надо? Так себе репутацию портить?..

Катя Митрофанова сгребла со стола салфетку с ежами, бывшими розами, прижала к глазам и заплакала еще горше.

— Мамы нет, — выговорила она с трудом, — я бы хоть ей пожаловалась... А так... Кому я нужна?..

— Ты всем нужна, — перебила Маня, слишком быстро и не слишком убедительно. — Ты вот сейчас из-за чего плачешь?

— Я... совсем одна. Понимаешь?.. И... этот... сказал, что мне только со свиньями и сама я свинья...

— Ну, это он в запале ляпнул!

— А я так испугалась, Маня! Как я испугалась! Я думала, он меня убьет! Я даже представила, как это будет, понимаешь? И Вадим. Там же был Вадим! И он все видел, все слышал и даже пальцем не шевельнул, понимаешь?..

Писательница Поливанова помолчала.

— Так все это представление в «Чили» затевалось ради Вадима? — Ее контральто стало расстроенным. — Ты его увидела, и мир перевернулся у тебя в голове, а сердце в груди, так, что ли?..

— Так, — призналась Катя горестно. — Я его сто лет не видела!.. Ну, с тех пор. Понимаешь?

— Хочешь, я приеду? — вдруг предложила Поливанова. — Еще не поздно! Я мигом! Куплю самого дорогого французского шампанского, рукколы и креветок, чтоб все как у порядочных. Какое там самое дорогое? «Мюэт и Шандом»?

— «Вдова Клико».

— А хоть бы и вдову!

— Не надо, Мань. Спасибо тебе. Главное, мамы нет, понимаешь?.. Я бы маме все рассказала, а ее нет... — Слезы опять полились, салфетка, разрисованная синей ручкой, совсем промокла.

— Я эту рукколу терпеть не могу. Вот просто с души воротит! Как вы ее едите, непонятно. Может, лучше отбивных? Жирненьких, сочненьких, в пять минут нажарим! — Писательница Поливанова помолчала в трубке и вдруг спросила очень тихо: — А что, Кать? Все еще... болит?

Катя кивнула молча, как будто Поливанова могла ее видеть, и та поняла.

— Надо же... А я думала, прошло. Срок давности истек. Все долги заплачены. Сколько же можно?..

— Я тоже так думала. Но ничего, ничего не прошло, понимаешь?..

— Нет, — сказала писательница. — Не понимаю. Он тебе жизнь испортил. Ну, не всю, конечно, но какую-то часть точно испортил! И ты его все любишь, что ли?..

Катя только всхлипывала, и слезы лились, падали в чашку, из которой остро пахло больницей.

— Еду! — заключила Поливанова. — Везу этот самый «дом» или, как ее, «вдову»!

— Не надо, — пискнула Катя Митрофанова, но в трубке было уже пусто. Поливанова ринулась ее «спасать».

Повздыхав длинно, с оттягом, Катя глотнула из «больничной» кружки, поперхнулась и долго надсадно кашляла.

А потом перестала.

Ветер за окном все громыхал железом, и, пригорюнившись, она слушала громыхание и думала, что сделано столько ошибок — и все непростительные!.. И ничего не изменить, не поправить. Вот и Береговой ее ненавидит — зачем, за что?! Она всего лишь уволила его, испортив ему жизнь и карьеру!..

Ненавидит так, что готов убить.

Глаза опять налились слезами, горло свело, Катя изо всех сил распрямила спину и быстро задышала.

Было еще нечто ужасное в том, что выкрикивал Береговой — «в запале», сказала писательница Поливанова!.. Ужасное и невероятное настолько, что сознание отказывалось воспринимать. Но что-то же было!..

И это «что-то» обязательно нужно вспомнить.

Теперь ей казалось, что от того, вспомнит она или нет, на самом деле зависит ее судьба.

Катя быстро поднялась и пошла в ванную. В грушевидном антикварном зеркале — подарок Вадима на прошлый Новый год! — отразилось ее зареванное лицо с заплывшими глазами и синими разводами на лбу и щеках. Она рассматривала разводы и думала, что непременно надо вспомнить, но заставить себя мысленно вернуться в «Чили» и пережить все сегодняшнее еще раз никак не могла.

— А что это у вас, матушка, на физиономии? — громко спросила она себя, чтобы не вспоминать. — Трупное окоченение?..

Это было никакое не окоченение, а пятна от чернил, которыми она рисовала на салфетке, а потом утирала слезы, и на осознание этого у нее ушло некоторое время.

Она смыла пятна, опять посмотрелась в грушевидное зеркало и сказала, как давеча:

— Я больше не могу. Я не хочу!..

Нужно позвонить Стрешневу, вот что.

Позвонить и сказать *ему*, что она ни в чем не виновата! Чтобы *хоть он* не считал ее сукой и последней дрянью!..

Чтобы... хоть кто-то не считал ее такой!..

— Саша, это я, — бодро сказала она в телефонную трубку, пахнущую больницей. — Как ты поживаешь?..

Стрешнев, кажется, усмехнулся.

— А ты как?

— Я прекрасно, — сообщила Митрофанова. — Ты посмотрел бумаги от Канторовича?..

— Что это такое сегодня было?.. В «Чили»?..

— А что сегодня было в «Чили»? — позабыв о том, что собиралась каяться, Митрофанова ринулась в атаку. — Ничего не было! Я просто не успела тебя спросить, что прислал Канторович!..

— Прислал все, что нужно, — ответил Стрешнев не спеша. — Почему Береговой орал, будто ты причастна к убийству? Не знаешь?..

Вот оно!.. То, что надо было вспомнить!.. Вот то ужасное, от чего наотрез отказывалось сознание!

Да. Да. Береговой во всеуслышание заявил, будто она убивает людей, и поклялся, что он это докажет!..

— Саша, — голос у нее опять повело вниз. — Ты же понимаешь, что все это ерунда! Ерунда на постном масле! Он просто придурок! И был... — она вспомнила поливановское выражение, — и был в запале!..

— Ну, в запале, не в запале, но сказал же!.. Он что-то знает, Катя?..

От его осторожного тона у Митрофановой похолодела спина.

Стрешнев... верит?! Верит, что она может быть причастна к убийству?!

— Саша, ты с ума сошел?! Поливанова тоже говорит, что я...

— Что говорит Поливанова?

— Будто я не хочу расследования и избавляюсь от свидетелей! — выпалила Катя. — Но это же... это же дикость какая-то!

— Поливанова детективы пишет, ей видней. Но история на самом деле странная. Странная, Катя!

— Береговой обозлился, что я его уволила, вот и все!

— Ты его уволила совершенно напрасно, но убийство тут ни при чем!

В голове у нее стучало, и дышать было трудно.

— Ка-ать?..

— Ты где? Далеко? Поливанова сейчас приедет, и ты приезжай тоже. Нам надо поговорить.

— Поливанова приедет? — немного удивился Стрешнев.

Как правило, писатели не приезжали к издателям по ночам, чтобы потолковать по душам. Это было что-то из области фантазий Анны Иосифовны, добивавшейся идеальных, возвышенных отношений на работе и вне ее!..

— Ну, хорошо, — сказал он задумчиво. — Я тут совсем рядом. На набережной. Ставь чайник и открывай дверь.

Хорошо хоть не добавил — так и быть!..

Морщась от лекарственной вони, Катя вылила остатки «успокоительной смеси», собрала со стола залитые слезами мятые салфетки и посмотрела, что у нее есть к чаю.

Ничего не было. Даже самой завалящей надкушенной шоколадки!..

В детстве мама читала ей сказки, и маленькая Катя Митрофанова горько рыдала, когда Буратино искал хотя бы куриную косточку, обглоданную кошкой. Искал и не мог найти, потому что ничего, ничего не было в каморке у папы Карло!..

Катя рыдала, а мама утешала ее, и, в общем, историю про Буратино они обе не очень любили, и прошлой весной заместитель генерального директора издательства Митрофанова с вполне определенным чувством не поставила в план именно эту сказку!..

Засопев от жалости к Буратино и к себе заодно, Катя расставила на столе три чашки, сахарницу и молочник — просто так, чтобы было побольше посуды и казалось, что стол красивый и богатый, — и пошла открывать. Она слышала, как стукнул, причаливая, лифт. Кто-то из них уже прибыл, то ли писатель, то ли издатель!..

Не глядя, она распахнула дверь, и тут в глубине квартиры зазвонил домашний телефон, почти всегда молчавший.

— Проходи, — пригласила Катя то ли писателя, то ли приятеля и повернулась, чтобы бежать на телефонный зов, но зацепилась шеей за что-то острое и жесткое, мгновенно впившееся ей в горло.

Захрипев, она попыталась сбросить это острое и жесткое, но только еще сильнее зацепилась.

Она рванулась, забилась, почти упала, и очень отчетливо и спокойно подумала, что сейчас умрет, потому что ей нечем дышать.

Весь воздух в мире кончился, и больше его не будет.

Не могу. Не хочу.

Это совсем не страшно. Уволенного начальника IT-отдела она испугалась гораздо больше, чем отсутствия воздуха. Лишь немного больно шее, но она знала, что боль пройдет, как только она перестанет биться.

Она перестала, и бестелесный голос сказал над ней почти нежно:

— Ты убийца. Я это точно знаю.

— Господи, почему ты опять такой бледный?!

— А?..

— Ты что?! Заболел?

Алекс стащил башмаки, посмотрел на себя в зеркало, но ничего там не увидел. Он часто смотрел — и не видел.

— Где ты был?

Волоча сумку за лямку так, что она почти ехала по полу, Алекс дошел до Даши и потянулся ее поцеловать, но она отстранилась. Вид у нее был недовольный.

Ну, конечно. Просидела весь вечер одна, покуда он таскался неизвестно где и с кем. Любая на ее месте...

— Алекс, я звонила тебе семь раз!

Семь — хорошее число, подумал Алекс. И, главное, она точно знает, что звонила именно семь раз. Отчего не шесть и не восемь?..

— Я не мог ответить. Я... был на встрече.

— С президентом?

Тут он вдруг заинтересовался и посмотрел на нее.

— Почему?..

— Ну, если ты *совсем* не мог мне ответить, значит, с президентом!

— Я встречался с прекрасной дамой. Такое объяснение сойдет?..

...Почему меня все время тянет ее злить? Она ни в чем не виновата. Зато я во всем — не отвечал, не звонил, не приехал вовремя, не повел в ресторан, не пригласил в театр, не подарил шубу или бриллиантовое колье!..

— Как ты мне надоел, — выговорила Даша у него за спиной. Голос у нее был расстроенный.

Он пожал плечами, плюхнул сумку на стул, откуда она немедленно съехала, вывалив все содержимое.

Среди оного обнаружился хорошенький пакетик из аппетитной плотной бумаги. Анна Иосифовна заставила его «принять гостинец» — немного кулинарных шедевров кудесницы Маргариты Николаевны.

— Давай пить чай, а?.. — Это была попытка оправдания, довольно вялая. — Здесь пироги какие-то, прекрасная дама меня угостила.

— Я не хочу.

И Даша ушла в комнату, держа спину очень прямо, и он проводил ее глазами.

...Собственно говоря, этого ты и добивался, правильно? Ты все знал заранее! Знал, что нужно перезвонить, и не перезвонил. Знал, что обидится, и она послушно обиделась. Знал, что «прекрасная дама» ее заденет, — и задела!.. Зато теперь весь вечер свободен! Можно ничего не объяснять, думать, молчать. Можно вслед тоже на что-нибудь обидеться — все сойдет.

В эту минуту он себя ненавидел.

Нужно было что-то сделать, чтобы унять немного ненависть — лучше всего пойти сейчас к ней, обнять, поцеловать в ухо, попросить прощения за все грехи чохом, рассказать, где был, что делал и что видел, пожаловаться на то, что устал, и еще на то, что ничего не понимает!..

Никуда он не пошел. Разорвал хрусткую бумагу, вытащил пирог, сунул его в рот и включил компьютер.

Бабушка утверждала, что с таким характером лучше всего заделаться смотрителем маяка в Баренцевом море. Никаких людей вокруг, и всем легче!..

Компьютер развернул перед ним дивной красоты сайт издательства «Алфавит» с портретами писателей и сотрудников.

Писателей Алекс моментально закрыл, а сотрудников перелистывал долго и внимательно.

Особенно его интересовали Владимир Береговой, которого уволила Митрофанова, сделав «страшную глупость» — так, кажется, выразилась Анна Иосифовна, — и Надежда Кузьминична, начальник отдела женской прозы.

Береговой работал в «Алфавите» три года, приличный срок! Алексу понравилась фотография, очень смешная. Вернее, не столько фотография понравилась, а... как бы... отношение к процессу Владимира Берегового: ему явно не было никакого дела, «вышел» он на снимке или нет!..

И еще понравилась «Памятка», придуманная, видимо, самим Береговым и размещенная так, что первым делом на глаза попадалась именно она, а не героическая биография и смешная фотография!..

«Товарищ, — было набрано крупным, красивым, уверенным шрифтом. — Помни! Если не включается компьютер, проверь питание! Не свое, а компьютера. Думай — если не печатает принтер, положи бумагу! В принтер, а не в туалет! Осознай — если не можешь зайти на «одноклассников», это не «Интернет не работает», а ты не работаешь! Интернет не есть «одноклассники». Научись — если компьютер «завис», выключи его и потом включи по новой! Знай — если комп не работает, будучи подключенным к розетке, а принтер не печатает, будучи заполненным бумагой, звони нам, и мы придем на помощь!»

Все это было забавно и характеризовало Владимира Берегового совершенно определенным образом.

Алекс вытащил из пакета еще один пирог, откусил, крупно написал на листочке: «Береговой — хороший парень», — и стал читать дальше.

У Надежды Кузьминичны оказалась вполне... окололитературная биография. Никаких полиграфических курсов при институте повышения квалификации металлургов. Филологический факультет, затем аспирантура — диссертация озаглавлена «Влияние творчества М. Горького на тему социалистического реализма в произведениях современных болгарских писателей», — работа на кафедре, затем в толстом журнале. Девяностые обойдены стыдливым молчанием. Судя по всему, Надежда Кузьминична не избежала участи, постигшей тогда всех филологов, зоологов, пушкинистов, постмодернистов и артистов, — продавала в палатке пиво или распространяла итальянскую косметику, произведенную в Малаховке. Затем некое крошечное издательство детской литературы, затем издательство побольше, потом еще побольше и, наконец, «Алфавит» — венец карьеры!..

На фотографии Надежда Кузьминична была представлена на фоне пылающего камина. У ног — огромная черная собака. Через ручку кресла живописно перекинут лохматый плед.

Должно быть, кадр «выстраивали» очень долго, несколько раз перекладывали плед. Похоже, «модель» пересаживалась эдак и так и на разные лады пересаживала свою собаку.

«Лежать! Лежать здесь! Вот молодец, хорошая девочка!»

Собака?.. *Собака?!*

Алекс вскочил, сильно ударившись коленкой, постоял, отвернувшись от монитора, и заставил себя вернуться за стол.

Он дважды видел такую собаку — если только у него не было галлюцинаций. Когда-то он почти поверил в собственное сумасшествие, но собака рядом с Надеждой Кузьминичной была реальной, непохожей на призрак!.. Фотография не фиксирует... привидений!

Надежда Кузьминична почему-то оказалась в том самом коридоре, где был найден убитый. Она никак не должна была там оказаться, и тем не менее!.. Именно она первой принесла «ужасную весть» Екатерине Петровне. Алекс был в это время в митрофановском кабинете, все видел и слышал.

В тот же вечер его избили так сильно, что он два дня не мог ходить и дышать.

В тот же вечер он в первый раз *увидел* ту самую собаку.

В тот же вечер ожили и задвигались чудовища, пожиравшие его изнутри, — молодая стремительная кобра и душный, тяжелый, как жернов, удав!..

Все началось в тот вечер, когда ему привиделась собака!..

Он снова посмотрел на фотографию.

Могла или не могла именно *эта собака* появиться на детской площадке, где его били? И тогда — что выходит?.. Выходит, что била его Надежда Кузьминична?! Литературная критикесса, филолог и начальник отдела женской прозы?!

И она же сегодня пробралась в усадьбу Анны Иосифовны, чтобы тайно наблюдать за ним?.. И притащила с собой собаку, которая промчалась столь быстро, что ее видел только он один, хозяйка так ничего и не заметила!..

Или он на самом деле... ненормальный? Видит то, чего нет?!

Он часто видел то, чего нет, — в прошлой своей жизни. Иногда видения эти оказывались мучительны, иногда прекрасны, но тогда он был уверен, что может контролировать игры собственного разума! А теперь, выходит, нет?!

Алекс еще раз посмотрел на фотографию, закрыл глаза и посидел так некоторое время.

«Перестань истерить! — брезгливо говорила Даша в подобных случаях. — Возьми себя в руки! Нельзя так распускаться!»

Он открыл глаза, посмотрел на свои руки и немного поразмыслил о том, как именно следует себя в них взять.

Нужно позвонить Береговому и договориться о встрече. Вряд ли он захочет встречаться с кем-то из «вражеского стана», то есть из издательства, значит, придется его уговаривать. Это первое.

Надо собрать как можно больше сведений о Надежде Кузьминичне и ее... собаке. Сам он не справится, значит, понадобится помощь. Это второе.

Необходимо разыскать Вадима Веселовского, который себе на горе в последний момент раздумал жениться на Митрофановой, оказавшейся не Екатериной Петровной, а «Катюшей», и поплатился местом!.. Порасспрашивать о «Катюше», об издательстве «Алфавит» и о царице Анне Иоанновне, то есть Иосифовне, конечно!.. Это третье.

Четвертое, пятое, шестое и сто восемнадцатое — почему это самое издательство, такое благостноумильно-семейное, образцово-показательно-правильное, все больше и больше напоминает ему Зазеркалье, где все не то и не так, как кажется на первый взгляд?

Почему генеральная директриса морочит головы сотрудникам? И даже замам?! Что за нелепая игра в неумение пользоваться компьютером?! Зачем?! Так ли уж она беспомощна в том, что называется бизнес, или все ее повадки «доброй барыни» тоже театральная постановка в духе русских народных сказок?.. Кем она обернется, когда Иван-царевич верхом на сером волке явится ее спасать, — Василисой Премудрой, Кощеем Бессмертным или Бабой Ягой?!

Так ли на самом деле она любит своих «птенцов», которых подобрала выпавшими из гнезда в «трудные для них времена»? Надо же такому случиться, «трудные времена» выпали у всех сразу, и именно всех «добрая барыня» облагодетельствовала! Беспокоится она, переживает или — высматривает, выжидает, прикидывает, какую пользу можно извлечь из своих благодеяний?!

Почему она все время врет? Зачем? Она сказала, что не знает его и никогда не знала, и тут же намекнула на то, что нынче можно разыскать какие угодно сведения, даже самые секретные, и еще что-то про талант!..

...Что она может знать про мой... талант?! У меня больше нет таланта! Я знаю только один правильный ответ на замучивший меня вопрос: «Вы кто?!» Я никто.

Никто.

Того меня, который был когда-то талантлив, больше нет. От того меня осталась только оболочка, ходячая тряпичная кукла со всем набором кукольных недостатков — я теряю ключи, роняю телефоны, никуда не могу приехать вовремя, забываю звонить, не хочу разговаривать, плохо сплю! Я вынуждаю окружающих валандаться со мной, чтобы как-то напоминать им о том, что я живой. Все еще!

Этого себя, который стал тряпичной куклой, я знаю мало и плохо, и он меня не интересует. Он существует просто потому, что существует! Куда же его девать, он все же есть!..

Он есть, и он никто.

Но Анна Иосифовна ничего не может об этом знать!..

— Алекс! Что это такое?! Господи, я миллион раз тебя просила! А ты опять!

Он повернулся, уставился на Дашу и не увидел. Он часто смотрел — и не видел.

— Что?..

— Да ничего!

Раздражение. Он слышал только раздражение, как будто сгустившееся в некую туманность и надвигавшееся на него.

— Почему, почему вокруг тебя все время... помойка?! Нет, ну это невозможно! Зачем ты опять нарвал бумаги?!

— Я?..

— Ты, ты!.. — Резкими, сердитыми движениями Даша сгребла со стола кучу изорванных салфеток и сунула ему под нос. Он посмотрел на салфетки — белый ком в изящной женской ладони, ногти похожи на розовый миндаль — и закрыл глаза, пытаясь спастись. — И чашки! Ты что, пил сразу из трех?! Я устала за тобой убирать, мне надоели твои помойки!

— Не убирай! — предложил он, не открывая глаз.

— Я не желаю жить в помойке! А у тебя она кругом! Ты из нее не вылезаешь. У тебя даже в голове помойка! И ты никак не можешь в ней разобраться.

— Я стараюсь.

— Я вижу, как ты стараешься! Ты сколько времени без работы просидел?! И палец о палец не ударил! Картошку бы пошел копать, что ли!.. Ну, нет, как же мы можем картошку! У нас высокие идеалы, а на остальное нам наплевать! Смилостивились добрые люди, пристроили хоть куда-то, спасибо им за это! — Она отвесила земной поклон, видимо, тем самым «добрым людям», которые «смилостивились» над ним. — А сам-то?! Сам-то ты кто?!

У Алекса тяжело бухало сердце, разгонялось, набирало обороты, поднималось все выше к горлу, и змеи у него внутри застыли в охотничьем предвкушении, подняли головы, приготовились — жертва слабеет и вот-вот ослабнет совсем.

— Ты никто, понимаешь?! А тебе, между прочим, тридцать восемь лет! Ты ничего не можешь, ничего! Ты даже позвонить не можешь, хотя знаешь прекрасно, что я волнуюсь! Меня в следующий раз «Скорая» увезет, а ты и не заметишь! Почему ты себе позволяешь так обращаться с людьми?! Кто ты такой?!

— Никто, — выговорил Алекс. Это слово далось ему с трудом. Змеи дрогнули и замерли, приготовились атаковать.

— Вот именно! А ведешь себя, как принц датский! Тебе на всех наплевать, ты ничего не ценишь! Я ухаживаю за тобой, ухаживаю!.. Я-то, в отличие от тебя, работаю все время! Каждый божий день! — Она постучала по столу розовым миндальным ногтем. —

А ты даже посуду за собой убрать не способен! Ты отвратительный, избалованный, мерзкий ребенок! И никогда не вырастешь, потому что тебе удобно сидеть на моей шее! Ловко устроился! Ты меня извел, совсем, совсем!.. Салфеток нарвал! Сто раз просила — не рви ты их, или тогда покупай сам! Иди и покупай! Но ты и на это не способен!

Она сгребла со стола его бумаги, записки, блокноты, швырнула в мусорное ведро и заплакала.

Змеи ненависти молниеносно ринулись вперед, впились, — стало больно и нечем дышать, и руки затряслись постыдной мелкой потной дрожью.

— У тебя все время проблемы! Бесконечно, постоянно! — рыдала Даша. — Ты на улицу не можешь выйти! Ты сразу попадаешь под дождь, а потом у тебя температура сорок, и я тебе должна таблетки таскать! Больше не могу, не хочу!

— И не надо.

— Что?!

Он смотрел мимо.

...Ты все знал заранее, да?.. Собственно говоря, именно этого ты и добивался! Все началось не сию секунду, не сегодня и не вчера, и салфетки тут ни при чем. Ничего не выйдет — ты понимал это совершенно отчетливо, но... трусил, тянул, мямлил.

Не жалел. Не разговаривал. Не пускал ее в свою жизнь, огораживал территорию красными флажками.

Ты сам во всем виноват. Ты один. Даже точку не можешь поставить. И эту свою работу ты переложил на нее!.. Потому что тебе так удобно, и ты вроде бы ни в чем не виноват!..

Он молчал, и Даша знала, что он может так промолчать час или до завтра. Слезы капали, и она поискала, чем бы их вытереть. Вытереть было нечем, салфеток не осталось, и она вытащила из ящика кухонное полотенце, пахнувшее жареным луком.

Они все еще были рядом — только протянуть руку, дотронуться, принять, простить. И оба знали, что так далеко, как нынче, они не были никогда, и руку не протянуть, и дотронуться уже невозможно.

Никто не спасет.

Да и спасать нечего.

Даша еще немного поплакала, а потом перестала. Огляделась вокруг, будто удивившись, как она сюда попала.

— Ты будешь ужинать, Алекс?

Он покачал головой.

— Все ясно, — заявила она определенным голосом, и тут он вдруг посмотрел на нее.

И улыбнулся.

— Ну и слава богу. Я рад, что тебе... все ясно.

Она швырнула полотенце в раковину и стремительно вышла из кухни.

Он еще посидел, потом медленно, как старик, поднялся, раскопал на полке какое-то пойло, хлебнул и вытаращил глаза.

Предполагалось, что пойло — некая водочная настойка, а оказалось, сироп от кашля. Даже выпить с горя у него не получилось, куда там!..

Ты никто. Ты ничего не можешь.

Змеи терзали и рвали его изнутри, и он знал, что за дело!..

Дело. Дело.

У меня же есть *дело*, и пока я не доведу его до конца, я не дам им себя сожрать. Пока не дам, а там посмотрим. Сейчас самое главное не думать, не разрешать себе, не отпускать себя! Делать хоть что-то.

Сверяясь с цифрами в записной книжке, выуженной из мусорного ведра, Алекс набрал номер.

В трубке пискляво прогудело. Он вытащил из раковины полотенце и вытер потную ладонь. Прогудело еще, и, переложив телефон, он вытер вторую. От рук сразу же запахло луком.

— Алло, да! — нетерпеливо сказал в трубке Владимир Береговой. Почему-то Алекс был к этому не готов.

— Здравствуйте, моя фамилия Шан-Гирей.

— Вы кто?!

Алекс стиснул зубы.

— Я новый сотрудник вашего издательства, и мне нужно с вами...

— Я больше не работаю в издательстве! И вас я не знаю.

— Тем не менее мне хотелось бы поговорить.

— О чем?! О Митрофановой?! — Береговой завелся с полоборота. — Это она вам велела со мной... побеседовать?!

— Владимир, меня никто ни о чем не просил. Давайте договоримся...

— Я не желаю договариваться с Митрофановой! — заорал Береговой. — Это она во всем виновата! И я это докажу! Она врет! Она только врет и гадит! Она... она сука, ясно вам?! Так ей и передайте! Я ее ненавижу! И если я... если я ее встречу, убью!.. К чертовой матери!..

Короткие гудки, и Алекс аккуратно положил опустевшую трубку на край стола.

...«Я убью ее, если увижу!»

Дурак, мальчишка, что ты знаешь о ненависти?! Которая пожирает изнутри, которая с тобой, даже когда ты спишь, ежесекундно готова к атаке?..

Алекс постоял, раздумывая, — ни звука не доносилось из глубины квартиры, — сунул ноги в мокрые ботинки, прихватил куртку и тихо прикрыл за собой дверь.

Он знал, что, когда вернется, в его доме никого не будет.

Он останется один. Как всегда.

Писательница Поливанова лихо заехала колесом на бордюр — машину сильно тряхнуло, и в багажнике звякнули бутылки.

— Вот черт возьми, — беспечно сказала она сама себе и так же лихо сдала назад. Бутылки уже не звякнули, а грохнули.

Огромная черная собака, бегавшая в отдалении, приостановилась и посмотрела с подозрительным неудовольствием.

Водила машину Поливанова очень плохо и даже немного этим гордилась.

Пыхтя, она выбралась под дождь и угодила прямиком в лужу. Она то и дело попадала в лужи и падала на ровном месте.

— Вот черт возьми!..

Высоко, как цапля, задирая ноги, Поливанова обошла машину и нырнула в багажник. Бутылки все раскатились по углам, «кура-гриль» ускакала под огнетушитель, батон завалился под подушку. Маня Поливанова всегда возила с собой плед и думку — вдруг захочется соснуть в дороге!..

Хорошо хоть «главное» — корзиночку свежей

клубники — догадалась поставить на сиденье, а не пихать в багажник. Получилось бы сейчас озерцо клубничного конфитюра!..

Какое дикое слово — конфитюр. Куда б его вставить, только так, чтоб оно означало вовсе не то, что означает на самом деле?..

— Прикинь, какой конфитюр, — собирая в пакет бутылки, Маня Поливанова попробовала слово на вкус. — Да это ж полный конфитюр!..

Какое-то движение вдруг почудилось ей за спиной, и она резко подалась из багажника, выпрямилась во весь гренадерский рост и прищурилась. Дождь моросил, попадал на очки, и видела она плохо.

Ничего и никого. Обыкновенный вечерний московский двор. В отдалении сопит какой-то «жигуленок», и свет из подъезда падает на сморщенную лужу. Все окурки ветром прибило к одному берегу, и они тыкаются друг в друга, как бесхозные рыбацкие лодки.

Рассеянно оглядывая двор, Маня Поливанова подумала, что хорошо бы в Закзенханс съездить, когда роман допишется. Скучнейшая страна Голландия, зато Северное море, лодки, селедка на жареном хлебушке в любом киоске, сильный ветер и вообще свобода!..

Черной собаки не было там, где Маня только что ее видела. Должно быть, домой увели — к полной миске, сухой подстилке и телевизору!..

Писательница Поливанова была совершенно уверена, что у каждой собаки должны быть подстилка, миска и добрые хозяева, у всякой старушки веселый внучок и великодушный зять, у девушки приличный молодой человек, а у ребенка добрая мама, пижамка и хорошая книжка.

Вот так правильно!..

А то, что сегодня произошло в издательстве и из-за чего мучается сейчас подруга Митрофанова, — неправильно!.. Вообще в издательстве как-то неладно, и тонкая писательская натура давно это подметила, но вот сегодня!..

— Конфитюр! — фыркнула Поливанова и выволокла из багажника тяжеленные мешки. — Сплошной конфитюр!..

А еще ж клубника!.. Корзиночка свежей клубники, предусмотрительно поставленная на переднее сиденье и даже пристегнутая ремнем. Тьфу, пропасть!.. Как же теперь ее доставать-то?..

Маня привалила пакеты к заднему колесу, кое-как захлопнула багажник и полезла в салон.

Тень, мелькнувшая перед капотом машины, на этот раз совершенно определенная, стремительно приблизилась, надвинулась, закрывая мутный свет фонаря. Поливанова взвизгнула, дернулась, сильно стукнулась головой и неловко повалилась на сиденье.

— Маня, ты, что ли?..

Потной от ужаса рукой она сдернула очки. Сунуть ключ в зажигание, захлопнуть дверь, закрыть все замки. Ногу на газ и попытаться спастись!..

Черт побери!.. Ключ! Ключ она забыла в багажнике!..

— Мань, что ты заметалась?! Я тебя напугал?!

— Фу-ты ну-ты!.. — Поливанова перевела дух, нацепила очки, помедлила в изнеможении и полезла из салона. — Сашка! А если б я тебя электрошоком?!

Стрешнев поддержал ее под монументальный локоток.

— А у тебя с собой специальный прибор?..

— Прибор! Чего ты подкрадываешься, да еще ночью темной?! Дурак совсем?!

— Да я только подъехал! И я не подкрадываюсь. И сейчас не ночь. Я смотрю — вроде машина твоя! И задница вроде тоже твоя!..

И впрямь стрешневский «Лексус» с заведенным двигателем стоял прямо перед Маниным носом, дверь нараспашку!

— Я хотел тебе помочь. Ты так... живописно торчала.

— Иди ты в задницу!

— Вот именно она и торчала.

— Пакеты забери. Они во-он, в луже стоят. И ключи я в багажнике забыла. Посмотри там, а?.. — Поливанова снова нырнула в салон и вытащила драгоценную корзинку. — А ты чего здесь?..

Хлопнула крышка багажника.

— Катя позвонила, — громко сказал Стрешнев, протискиваясь между машинами. — Сказала, что хочет поговорить. А я как раз поблизости был.

Писательница Поливанова, приготовившаяся утешать подругу клубникой, шампанским и задушевными разговорами, ничего не поняла.

Раз Митрофанова вызвала Стрешнева, значит, предполагается производственное совещание, что ли?.. Рассказывать о мужском свинстве, жаловаться на жизнь, рыдать, икать, биться головой, истерически хохотать полагается только в женском коллективе!..

Мужчины тут ни при чем.

Странно. Странно. Впрочем, сейчас все выяснится.

Стрешнев пристроил пакеты на лавочку, сунул Мане ключи, добытые в багажнике, и велел подождать, пока он найдет место, где бы ему поставить машину.

— Нынче нужно говорить — припарковаться, — сообщила Поливанова ему в спину. — Еще одно дурацкое слово! Мне оно напоминает доктора Айболита. Припарки! И ставит, и ставит им градусники!.. Обезьянам, да?.. Или ослам?..

— Я не слышу!

Место нашлось моментально — неподалеку от поливановской машины. Повезло. Хорошо, не пришлось в соседнем дворе бросать или на Ленинградке под знаком «Остановка запрещена».

Под дождем, с корзиной клубники, пакетами с едой и французским шампанским, о котором Маня несколько ревниво думала, что теперь придется делиться со Стрешневым, они зашагали к подъезду, и тут какая-то невменяемая машина влетела во двор, повернула так, что ее занесло, и ринулась на них.

Маня кенгуриным прыжком перескочила низкую оградку палисадника, Стрешнев попятился, закрываясь пакетами, автомобиль пролетел, обдав их грязной водой, притормозил, наддал и пропал из глаз.

— Идиот! — заорала Маня, вытаскивая ноги из жидкой земляной каши. — Придурок!.. Чтоб тебя!..

— Держись, упадешь!

— Да пошел он!.. Нет, ну кто так ездит?! Во дворе! Права напокупали, козлы проклятые, уроды!

Она вылезла из-за оградки и неистово потопала

туфлями, но куда там!.. Ноги были в грязи по щиколотку, и никаким топаньем ничего невозможно
улучшить, это уж точно!

— Осенью, Манечка, — сообщил Стрешнев нра-
воучительно, — в наших широтах полагается носить
резиновые сапоги, а не в туфельках фигурять! Поняла теперь правду народной жизни?

— Пошел ты тоже!

— Клубнику-то хоть спасла?..

Препираясь, они вошли в подъезд, и лифт сразу
же распахнул створки, как будто поджидал их.

Маня все ругалась, переступала мокрыми, гряз-
ными ногами, рассматривала их и пыталась отрях-
нуть. В лифте сразу стало грязно, как на скотном
дворе.

Странное дело, дверь в квартиру Екатерины Митрофановой оказалась приоткрытой, как будто тоже
их поджидала.

Писательница Поливанова тут же полезла
внутрь, продолжая бурно проклинать «недоумков и
придурков», а Стрешнев притормозил.

— Кать, это мы! Ты представляешь, нас какой-то
идиот на машине только что чуть не убил!.. Ка-ать! Ты
где?! Чего у тебя дверь нараспашку?! — орала Маня.

Потом вдруг хрипло хрюкнула, и все смолкло.

Стрешнев ринулся вперед.

Алекс вышел из перехода и долго озирался, не
понимая, куда идти.

...Деревня Юрьево или деревня Козлово? Налево
или направо?..

Анна Иосифовна, да благословит ее бог, по телефону подробно растолковала ему, как добраться, и

даже не спросила, для чего ему так срочно понадобился адрес Екатерины Митрофановой, и он, пристроившись на лавочке в метро, подробно все записал, только теперь никак не мог найти бумажку, на которой записал!..

Конечно, Даша права. Он сумасшедший, и его выходки невозможно терпеть нормальному человеку. Особенно близкому, которому есть до него дело!

...А Даше есть до него дело?.. Или когда-нибудь было?..

Дождь накрапывал, асфальт блестел тусклым масляным блеском, отсветы фар качались, надвигались и пропадали у него под ногами. Должно быть, не имело никакого смысла ехать так поздно, да еще без предупреждения, в дом к почти незнакомому человеку. Следовало завтра утром позвонить и договориться. А еще нужно было внимательно выслушать, как именно ехать, и бумажку с разъяснениями тоже терять не следовало!..

Но оставаться дома он не мог. Не мог, и все тут! Ненасытные змеи сожрали бы его, и Дашу заодно, а этого никак нельзя было допустить. Он и так слишком виноват перед ней.

Владимир Береговой был настроен не на шутку решительно, и Алекса это встревожило. Чего бы там ни наделала мадам Митрофанова, как бы ни была несправедлива, взрослый уравновешенный человек вряд ли станет по этому поводу орать в трубку: «Я убью ее!»

Впрочем, если орет, значит, вряд ли убьет!.. Настоящая ненависть... тиха. Алекс знал это точно.

Он шел наугад, наступал в лужи, в ботинках хлюпало и даже плескалось. Он вдруг подумал, что ему хочется заболеть, как в детстве, и болеть долго и сладко — чтоб мама поила клюквенным морсом и еще какой-то вкусной штукой, сваренной из шиповника, меда и лимонных долек. Чтобы вечером пришел с работы отец, пахнущий улицей, курткой и чужими людьми, присел к нему на диван и выложил на плед подарок — новую пожарную машину, непременно красную и с выдвижной лаковой лестницей, или книжку про пиратов с каравеллами, бригами, пушками и одноглазым корсаром в треуголке. Чтобы бабушка хлопотала над ним, но не слишком, а с веселым лукавством подыгрывала ему — уж ей-то все его хитрости были отлично известны!

С тех пор, как все сделалось сложно и перестало получаться... жить, он болел натужно, всерьез, тяжело и очень быстро надоедал окружающим — еще бы! — и никто не ухаживал за ним особенно и не дарил красную пожарную машину!

...Налево или направо?..

Что он скажет мадам Митрофановой, если все-таки ему удастся до нее добраться?..

Добрый вечер, моя фамилия Шан-Гирей. Я решил нанести вам визит. Бумаги от Канторовича не привез.

Добрый вечер, я пришел проверить, не приступил ли вас не в меру темпераментный Владимир Береговой.

Добрый вечер, я только что расстался с единственным человеком, который казался мне близким. Во всем виноват я сам. Я ничего не смог — ни стать надеждой и опорой, ни сделать ее счастливой, ни заработать кучу денег, ни принять ее со всеми женскими штучками, в общем, вполне безобидными! Я лез в бутылку, вредничал, капризничал, «считался», кто кому и за что больше «должен», — зачем, зачем?.. Скажите мне, мадам Митрофанова, все дело в том, что я просто плохой, никуда не годный человек? Объясните мне, почему у меня все не то и не так?

Впрочем, как и подробно записанный маршрут, сама мадам Митрофанова потерялась и расплылась — ему то вспоминался пионерский галстук, то ефрейторские лычки, то ее перепуганные глаза. Ко всему прочему, она еще оказалась Катюшей — кто бы мог подумать!..

Зачем она уволила Берегового? Что именно произошло у нее с человеком по имени Вадим Веселовский — действительно банальная любовная история или Анна Иосифовна выдумывает прекрасные сказки, уводя его от чего-то важного, главного? Почему Береговой орал, что Митрофанова во всем виновата? В чем именно?.. И что именно он собирается доказать? Что Митрофанова заколола ножом постороннего мужика в крохотной кладовой издательства «Алфавит»?!

А если с тем, другим, пока не известным ему Веселовским она обошлась точно так же, как с Береговым, значит, тот тоже имеет вполне веские поводы для ненависти! И... труп! В конце концов, пока так и не установлено, кем был тот человек, что делал в издательстве и какое имел к нему отношение! Может, и он был когда-то оскорблен мадам Митрофановой?..

Впрочем, это уже гадание на кофейной гуще.

Кофе хочется. Очень крепкого и очень горячего.

Алекс дошел до какой-то тихой улицы, на которой не было ни машин, ни людей, повернул исключительно потому, что ему понравилась ее совсем не московская опрятность и даже некоторая дождливая уютность, похожая на европейскую. Пожалуй, надо начинать все сначала — звонить Анне Иосифовне, извиняться, оправдываться, спрашивать адрес и маршрут, или таким образом он вскоре придет в Бельгию!..

Он сунул руку в карман, вместе с телефоном оттуда полезла какая-то бумажка, выпала, он подобрал и увидел, что это и есть маршрут с адресом — как он умудрился ее потерять?..

Тихая улица, на счастье, оказалась той самой, записанной на бумажке. Без труда он разыскал дом, здесь не было никаких корпусов с дробями — восемнадцать дробь три, корпус пять! — и производить сложных вычислений, по какой именно улице числится нужный дом, не понадобилось.

Какая-то машина с работающим двигателем стояла возле подъезда, перегородив дорогу так, что пришлось обходить ее по луже. В ней сидел человек и тыкал в кнопки мобильного, и был так занят и озабочен, и погружен в свой телефон, и настолько ему не было дела до всяких человеческих букашек, вынужденных из-за его машины лезть в лужу, что Алекс ему позавидовал.

Уметь бы так!..

Он всерьез струсил, войдя в лифт, где оказалось грязно, как будто в нем только что перевезли небольшую отару овец. Он даже некоторое время думал, куда бы наступить половчее, и чуть не упал.

...Что я ей скажу? Зачем я приехал? Как вообще стану с ней разговаривать?! Что подумает ее муж — у нее есть муж?.. Или дети? Или родители?.. С ними со всеми наверняка тоже придется объясняться!..

Квартир на этаже оказалось всего две, и, сверяясь с бумажкой, зажатой для верности в кулаке, Алекс позвонил в ту, которая ему требовалась.

...Или лучше уйти? Не создавать никому проблем?

В квартире громко говорили, слышались топот и даже плач, и, не раздумывая больше, Алекс толкнул дверь и вошел.

Везде горел свет, остро пахло бедой. Он очень хорошо знал этот запах — нашатырного спирта, сердечных капель и еще какой-то дряни. Бабушка умирала именно в этом запахе. Вид у нее был виноватый, ей было неловко, что она умирает и доставляет родным столько хлопот и огорчений. Человек в белом халате чем-то колол ее, мать совала под нос нашатырный спирт, а она все смотрела на внука — видишь, мальчик, как получилось?.. Ты, самое главное, не огорчайся, все это ерунда, подумаешь!..

На секунду Алексу показалось, что он потеряет сознание — от страха, того, давнишнего, когда он понял совершенно отчетливо, что бабушка сейчас умрет и больше ее никогда не будет.

...Нет. Остановись. Это чужая жизнь, чужая беда. *Свою* ты уже пережил.

Где-то что-то громыхнуло, потянуло сквозняком, входная дверь у Алекса за спиной с грохотом затворилась, и в коридоре возникла очень высокая растрепанная женщина, показавшаяся ему смутно знакомой.

— Вы кто? — издалека спросила она у Алекса. — Врач? Проходите! Да быстрее, что вы возитесь!..

У нее за спиной кто-то зашелся в хриплом кашле, женщина пропала из глаз. Алекс ничего не понял.

— Не надо никакого врача! — прокашляли из комнаты. — Ну, я же проси... просила!

— Лежи и молчи! Саша, держи ее!

Мадам Митрофанова сидела на узком диванчике, сильно наклонившись вперед. Окно было распахнуто, колыхалась белая штора, открывая чернильную уличную осеннюю мглу. Растерянный Александр Стрешнев совал ей ко рту стакан, а Митрофанова мотала головой, морщилась и пыталась отодвинуться. Повсюду разбросаны какие-то пакеты и свертки, а на стуле почему-то боком приткнулась корзина.

— Здрасте, — хмуро поздоровался Стрешнев и отвернулся.

— За... за... зачем вы?.. Кто... вас... — Митрофанова опять закашлялась и замотала головой.

— Меня никто, — сказал Алекс, помедлив. — Я приехал с вами поговорить. Я не знал, что вы больны.

— Она не больна! — загрохотала издалека давешняя смутно знакомая женщина. — Просто ее душили, и теперь она говорит не так чтоб очень!.. Да что ж такое происходит, господи боже ты мой!

Она выскочила из кухни, мешая ложечкой в очередном стакане очередную бесцветную жидкость. И уставилась на Алекса.

— Вы кто?!

Он вздохнул и завел:

— Меня зовут Александр Шан-Гирей, я работаю...

— Вы врач?!

— Я же просила не вызы... зы... зывать никаких врачей!.. — прокашляла Митрофанова.

— Да я никого и не вызывала, он сам вперся! На, выпей теперь вот это!

— Я не могу. Я не могу глотать.

— Так, все!.. Я звоню в «Скорую»!

— Не... не... на... да...

— Нада! — отчеканила женщина. — В «Скорую» и в милицию!

— Расскажите мне, — негромко попросил Алекс стрешневскую спину. — Что случилось?

Спина сделала оборот, Стрешнев глянул на него, глотнул из стакана, который держал в руке, и сморщился.

— Екатерину Петровну, — он подбородком указал на Митрофанову, которая корчилась на диване, словно уточнил, что именно эту Екатерину Петровну, — кто-то пытался... Ну, в общем, на нее напали и чуть не убили. Мы приехали, дверь открыта, она на полу. Мы ее подняли и перенесли сюда.

— Маня, не звони никуда, — выговорила Митрофанова таким голосом, как будто наглоталась папиросной бумаги, — ты что, не понимаешь, что этого нельзя делать?!

Алекс подошел и присел перед ней на корточки. Лоб у нее был очень белый и блестел от испарины, под глазами чернота, на щеках лихорадочные пятна и белые пленки на губах.

— Скажите хоть вы ей, — Митрофанова облизнула губы. — Скажите, что нельзя. Анна Иосифовна не переживет.

На шее у нее был длинный и узкий рубец, огненный, полыхающий.

...Душили? Митрофанову пытались задушить?! Вот только что?! Совсем недавно?! Пока он бродил по улицам, потеряв в собственном кармане бумажку с ее адресом?!

— Не звоните никуда, — велел он громогласной женщине, которая настырно тюкала кнопки телефона, и она воззрилась на него с изумлением. — Помогите мне! Где кухня?..

Он поднялся, закрыл окно и взял у Стрешнева стакан.

— Вы будете это допивать?

Тот покачал головой.

— Нет, я не поняла, почему не звонить-то?! — спросила женщина.

— Я вам сейчас все объясню.

Подталкивая ее вперед, очень неловко, Алекс вышел на кухню и прикрыл за собой дверь.

— Мне нужен мед, лимон и виски. И чай, лучше всего какой-нибудь травяной. Вы не знаете, где чай?

— Вы кто?!

Алекс забрал и ее стакан и аккуратно вылил содержимое обоих в раковину.

— Меня зовут Алекс, я работаю в издательстве «Алфавит» вот уже... несколько дней. — Он открывал и закрывал створки старинного буфета, самодовольно выпятившего потемневшее от времени пузо. — А вас?

— Нет, а откуда вы взялись-то здесь?! Или вам Митрофанова тоже позвонила?!

Алекс нашел коробку с чаем и теперь рылся в поисках меда.

— А вам она позвонила?

— Нет, я сама! — с вызовом сказала женщина и

тряхнула головой. — Позвонила! И она попросила приехать! Чего вы уставились-то?! Это рис, вы что, не видите?

— Мне нужен мед.

— В холодильнике мед!

Она прошла мимо, очень высокая, намного выше его, — в буфете задрожали и запели бокалы на высоких юбилейных ножках, — распахнула какую-то резную дверцу, за которой, о чудо, оказался холодильник. Она подала ему малюсенькую увесистую баночку и съежившийся то ли от времени, то ли от холода лимон.

— Чего вы еще просили? Виски, что ль, вам?

Алекс кивнул, заваривая чай. Она пожала плечами, куда-то вышла и вернулась с бутылкой.

Он налил в большую кружку виски, довольно много, выжал половинку лимона и ложкой, очень аккуратно, стал накладывать мед.

— Что здесь стряслось? — спросил он, не поворачиваясь.

— Я толком не поняла, — тихо сказала женщина. — Мы с Сашей приехали. Катя ему позвонила и была в очень плохом настроении. Сегодня в издательстве вышла ужасно некрасивая сцена, я даже не ожидала!.. Володя Береговой шумел, и как-то очень... — она поискала слово, — очень страшно. Катя его уволила, и он кричал что-то ужасное! А слышали все, понимаете?

— Понимаю, — согласился Алекс. Он наливал в кружку чай, сосредоточенно глядя в самую середину чайной воронки.

— Я позвонила ей, а она Саше. Мы приехали...

— Вместе?

— А?.. Нет, сначала я, потом он подъехал. Мы на улице встретились. Поднялись сюда, а Катя на полу и почти без сознания.

— Почти или без сознания?

— Ну, какое-то время она точно была без сознания!.. Но когда мы вошли, она уже пришла в себя. Сидела на полу и кашляла.

— Как вы вошли? Она вам открыла?

— Нет, — быстро сказала женщина. — Дверь была не заперта.

— Это ваша сумка?

— Что?!

Алекс повернулся с кружкой в руке.

— Вот эта. Ваша?

На столе, накрытом к чаю, прямо посередине, стоял дамский ридикюль. Он стоял как-то неловко, так что блюдце покосилось и съехавшая чашка лежала на боку.

— Нет, это Катина! А что?!

— Как вас зовут?

— Маня, черт возьми! — вдруг взорвалась женщина и запустила пятерню в свою и без того расстроившуюся прическу. — Что вы все выспрашиваете? Моя сумка, не моя! Кто приехал, куда приехал!.. Надо в милицию звонить, а вы!..

— Тихо-тихо-тихо, — быстро перебил ее Алекс, и она опять уставилась на него с изумлением. — В вашем издательстве происходят странные события. Одно за другим. Милиция тут никак не поможет, а репутацию на самом деле можно потерять навсегда, понимаете?

Она кивнула, разглядывая его.

— Насколько я знаю, Анна Иосифовна никогда

не привлекает к своим делам... посторонних. Издательский мир устроен своеобразно, — он улыбнулся в ее растерянные глаза. — Авторы должны доверять издателю, иначе они понесут свои бессмертные произведения конкурентам.

— О, да! — кивнула Маня, как ему показалось, с удовольствием. — Это точно.

— Я не думаю, что издательство, где убивают рабочих и душат начальников, может у кого-то вызвать симпатию и доверие.

— Я вас откуда-то знаю, — объявила она. — И это занятно, что вы объясняете мне, как устроен издательский мир! Вы писатель?

— Нет.

— Тогда, стало быть, издатель.

Алекс пожал плечами и вышел.

Маня посидела, раздумывая, и вышла следом за ним.

Митрофанова, держа кружку обеими руками, крохотными глотками пила невиданный чай. Стрешнев собирал с пола раскатившиеся свертки. Маня тоже подобрала один.

«Колбаса «Салями миланская» — было написано на ценнике, и она вдруг подумала, что они с Митрофановой собирались пировать. Утешать друг друга в своих несчастьях, заедать их колбасой с клубникой и запивать шампанским.

Какие там несчастья!..

Странный тип возился в коридоре, кажется, ползал по полу. Мане было видно его спину и задравшийся над ремнем джинсов свитер.

— Это кто такой? — шепотом спросила она у Стрешнева. — Откуда он взялся?!

— На место Веселовского взяли. — Стрешнев покосился на Митрофанову. — Кто, откуда, ничего не известно.

— Я прошу прощения, — сказал тип, внезапно возникнув на пороге. — Там стоят туфли. Очень грязные.

— Это мои! — громко сказала Маня, которой стало неловко. — У нас сегодня просто день ЧП! Меня чуть машина не задавила!

Митрофанова зашлась в кашле, расплескала чай, и Стрешнев посмотрел укоризненно.

— Да никто тебя не давил! Просто какой-то джигит налетел, как раз когда мы к дому подходили. Его занесло, Маша испугалась и оказалась на клумбе.

Алекс вдруг вспомнил машину, перегородившую тихий дворик, и человека в ней.

— Я сейчас, — пробормотал он. — Сейчас...

Он выскочил на лестницу и скатился кубарем вниз, позабыв про лифт.

Ветер ринулся навстречу, раскидал волосы, немедленно залепившие глаза. Алекс замотал головой.

Никакой машины, конечно же, не было возле подъезда.

Только вдалеке по освещенному квадрату мокрого асфальта неспешно пробежала большая черная собака. Замерла на миг, повернув голову в его сторону, и пропала с глаз.

Береговой открыл задницей дверь в палату — руки были заняты, — состроил радостно-бодро-утешительное лицо, повернулся и заговорил с ходу очень громко и очень фальшиво:

— Мам, привет, ну, как ты? Я тебе звонил, звонил, а ты трубку не берешь! Ты что тут? Загуляла?..

— Володя, сыночек, зачем же ты приехал? Такие пробки, целый день по телевизору показывают! Ужас, что творится!

Береговой аккуратно пристроил пакеты на стул. В одном было чистое белье, а в другом термос с бульоном, паровые котлеты, над которыми он вчера страдал полвечера, книжки и диски. Приучить мать смотреть кино с флэшки у него пока никак не получалось, приходилось валандаться с дисками.

Он вытащил из пакета термос, водрузил его на стол и объявил матери, что она очень хорошо выглядит.

— Ну, конечно, — согласилась та грустно. — Володь, ты бы все-таки позвонил сначала, а уж потом ехал! Мне ничего не нужно, ты занимайся своими делами, зайка!..

Зайка тридцати лет от роду и метр девяносто ростом нагнулся и смачно поцеловал мать в нос. Она улыбнулась ему радостной девчачьей улыбкой.

— Я и так отдыхаю в этой больнице, как никогда в жизни не отдыхала!.. И лечат, и ухаживают, и подают-убирают.

— Скоро твоя курортная жизнь закончится и придется домой возвращаться!.. Так что ты расслабляйся пока.

— Да я и так... на всю катушку. Ты же видишь.

Береговой все видел.

Мать худела и бледнела день ото дня. Операция, маячившая на горизонте уже почти месяц, все откладывалась и откладывалась, и они оба не понимали почему. Мать очень боялась, изо всех сил скрывала страх, но сын знал это так хорошо, как будто она к каждому слову прибавляла «боюсь, боюсь, боюсь»! Они говорили друг другу ничего не значащую ерунду, натужно шутили, рассказывали последние новости из телевизора, и во всем этом было одно — ее болезнь и страх.

Врачи ничего не объясняли толком, и на все приставания Берегового строгий заведующий отделением Николай Карлович только сопел и шевелил бровями. А однажды расшумелся и выгнал Владимира за дверь — что вы все ходите, работать мешаете, когда надо, тогда и сделаем операцию, и вообще я вам ничего не обещал!..

Раз «ничего не обещал», значит, дело плохо, вот как понял заведующего Береговой. Значит, надежды почти нет. И вполне может статься, что операции никакой не будет вовсе, мать вернется домой, и... и...

Дальше он думать не мог. Как будто дверь закрывалась — дальше нельзя.

— Мам, смотри, вот тут котлеты, только их надо погреть. — Он заговорил опять очень быстро и громко. — Я рецепт у Вайля перепер, «Русская кухня в изгнании», блеск! Я даже лук на терке тер! На мелкой! Ты знаешь, что получается из лука, если тереть его на терке?..

Мать смотрела на него с грустной улыбкой.

— Из него получается лужа! Самая натуральная лужа. И вообще его надо тереть в противогазе. Но я справился! А потом еще белки взбивал, а из желтков себе яичницу поджарил, только она вышла странная.

— Володь, что случилось? — перебила его мать.

— А что такое? — удивился Береговой, как ему

показалось, очень натурально. — В каком смысле случилось?

— У тебя все в порядке?

Он по одному выуживал из пакета диски в целлофановых пакетиках и складывал друг на друга. Сначала долго копается в пакете, потом выудит, положит и посмотрит!..

— У меня все чудесно, — уверил он, вытащив последний. — Я устал чего-то.

— Вот и не ездил бы!

— А котлеты?..

— Сам бы и ел!

«Сам» он ничего не ел — одному ему было неинтересно. Он даже сыр ленился себе отрезать, кусал от целого куска, заедал батоном и захлебывал остывшим чаем, и все было невкусное, пресное, жесткое, как картон.

Вся жизнь Владимира Берегового с тех пор, как заболела мать, стала похожа на картон.

И еще Митрофанова выгнала его с работы.

...Меня выгнали с работы, представляешь, мама?! Меня никогда раньше не выгоняли, да еще публично, да еще так унизительно! Я был к этому не готов. Нет, в трудностях закаляется характер, это всякий понимает, но вдруг характер так и не закалится, а деньги кончатся совсем?! Что мы с тобой станем делать, мама?! Как я буду тебя спасать?! И мне страшно. Я совсем большой мальчик, но если бы ты знала, мама, как мне страшно!.. Я совсем один.

— Тебе бы в отпуск, — сказала мать, рассматривая его. — Может, хоть денька на три съездил бы, Володя? Вон хоть в Завидово! Ты же любишь речку...

— Какая речка! — воскликнул Береговой, опять

очень «натурально». — Ноябрь месяц на дворе! Скоро снег пойдет. Вот ты поправишься, вместе тогда съездим.

— Ну да, — тут же согласилась мать. — Конечно.

Они помолчали, думая об одном и том же — как им страшно и не верится в то, что может вернуться прежняя прекрасная беззаботная жизнь с выходными в Завидове, детективом по вечерам, чаем с чем-нибудь «вкусным» из любимой кружки и поездками по магазинам — Береговой ненавидел эти поездки!

Странная штука. Раньше ему казалось, что живет он трудно, гораздо труднее, чем все остальные люди, и только недавно он понял, как легко и весело ему жилось на самом деле!..

— Мам, я не завтра приеду, а послезавтра...

— И послезавтра не вздумай! Мне ничего не нужно! За бульон спасибо и за Вайля тоже, в смысле котлет, но здесь прекрасно кормят, как в ресторане!

— Ясный хобот.

— Володя!

— Ну, это просто такое выражение, мам.

— Привези мне детективов, — попросила она. — Вот Покровская мне нравится! Ее твое издательство издает, да?

Береговой чуть не завыл.

— Умных книг не вози, там одна тоска! А Покровскую можно. У нее про любовь хорошо получается. И про убийства! — Она засмеялась. — Я прошлую ночь заснуть не могла, все читала. И ведь никак не оторвешься!

Береговой погладил ее по голове, как нежный родитель, и она пошла его провожать. Вниз он ее не пустил, только до лифта, и потом все вспоминал, как она засмеялась и попросила детективов!

Он вышел на улицу, вдохнул сырой, морозный воздух и поднял воротник куртки. Было ветрено, сыпала крупа, и туча, свинцовая, тяжелая, нависала над больницей и дальним лесом. За воротник все равно попадало, на шее таяли ледяные крупинки, и он бежал все быстрее.

Зачем он бежит?.. Торопиться все равно некуда. Единственное сегодняшнее дело — заехать к матери — уже завершено. И дальше что?..

Береговой почти добежал до машины, нащупал в кармане ключи, и тут его окликнули:

— Молодой человек!

Он оглянулся, прищурился, ничего не понял. Смахнул с ресниц снежинки и моргнул.

К нему неторопливо приближалась Марина Покровская — та самая, что «хорошо» писала про любовь и «страшно» про убийства. Никак не оторвешься!..

— Вы Владимир, да?..

— Да, — пробормотал он с некоторым сомнением, рассматривая ее.

В издательстве они встречались очень редко. Покровская посещала исключительно «бабкин терем», пятый этаж, где царила Анна Иосифовна, а он все больше торчал у себя в кабинетике. Несколько раз водитель привозил к нему в отдел ее ноутбук с коротенькими записочками, вроде «через три минуты после запуска уходит в черное поле» или «виснет сразу после сохранения». Береговой вправлял ноуту мозги и возвращал водителю — с «самой» не разговаривал ни разу.

В последний раз он видел ее в «Чили» — в тот самый гадкий день его жизни!.. Вспомнив, *как именно* все было, Береговой тяжело покраснел, до лба, до корней волос, и шее, на которую сыпался снег, моментально стало жарко.

— Я не хочу!

— Чего не хотите? — удивилась Покровская.

...Ничего не хочу! Вспоминать не хочу. Заново переживать унижение. Выглядеть идиотом или буйнопомешанным. Разговаривать с вами не хочу тоже. Почему я сказал это вслух?..

— Владимир, — начала писательница Покровская проникновенно и так же проникновенно взяла его под руку. Он уставился на ее перчатку на рукаве его собственной куртки. — Уделите мне несколько минут. Мне бы хотелось...

Вдруг со стороны автобусной остановки, на которой толпился народ, жался от снега под узкую крышу, набежала какая-то тетка в длинном пальто. Шапка съезжала ей на глаза, и она то и дело нетерпеливо задирала ее.

— Ой, здрасте, вы Марина Покровская? Я вас сразу узнала! А вы как здесь? Или у вас тут лежит кто?.. Можно мне автограф? Ой, мы все, все вас читаем! На работе девочки только и ждут, когда новая книжка появится!.. Только вы больно долго пишете! Если я расскажу, что вас видела, никто не поверит!

Пока разбирались с бумажками и ручками — «ой, а у вас есть чем написать, а то у меня нечем!» — Береговой пришел в себя.

Писательница Покровская сияла улыбкой, кивала, обещала, что вскоре выйдет новый интересный роман, передавала приветы всем, всем «девочкам на работе, которые ее читают», и немедленно согласилась «сфотографироваться вместе на телефон».

Народ на остановке смотрел во все глаза.

Потом она сунула Береговому теткин телефон — «сфотографируйте нас, пожалуйста!» — вместе с теткой посмотрела, хорошо ли вышло, еще раз передала всем приветы, взяла у него телефон, вернула счастливой владелице и как-то моментально забралась в его машину.

Береговой заглянул — и впрямь сидит!..

От остановки потянулись еще какие-то люди, и Покровская скомандовала тихо и решительно:

— Быстро! Садитесь, и поедем!..

Береговой сел за руль, и они поехали.

— Ничего страшного, конечно. Просто пришлось бы автографы еще час раздавать, а я замерзла, пока вас дожидалась. — Она оглянулась на остановку, размотала шарф и вздохнула. — Я вообще-то так никогда не делаю, но сегодня холодно очень.

— Холодно, — согласился Владимир Береговой.

— А кто у вас в этой больнице?

— Мама.

— И... что у нее?

Он пожал плечами, и продолжать расспросы она не решилась. Он тоже ни о чем не спрашивал — никак не мог взять в толк, что происходит.

...Что происходит-то?!

Покровская искоса посмотрела на него, и он взглянул тоже. У нее горели щеки — видно, и вправду долго пробыла на улице. От шарфа, который она держала на коленях, пахло духами, тревожно, волнующе. На коротких волосах, постриженных как-то беспорядочно и непонятно, блестели капельки воды.

Длинные ноги в джинсах почти упирались в панель, но сказать, чтобы она отодвинула кресло, Береговой не решился.

А еще у нее был портфель. Не дамская сумочка размером с ладошку, а именно портфель, довольно потасканный, на широком длинном ремне. Он ей мешал, и в конце концов она засунула его в узкую щель между сиденьем и дверью. И вздохнула с облегчением.

— Владимир, — начала Покровская совершенно тем же тоном, что давеча на улице. — Мне нужно с вами поговорить. У вас есть время?

— Сколько угодно. А что случилось? И как вы... меня нашли?

Она самодовольно улыбнулась.

— Я же пишу детективы, Владимир! У вас есть сотрудница по имени Жанна?

Береговой хмуро взглянул на нее и уставился на дорогу. Метель все усиливалась, и ехал он медленно. Будь его воля, он бы вообще остановился!.. Он ничего не понимал, и разговаривать не желал, и решительно отказывался осознавать, что знаменитая Марина Покровская, краса и гордость издательства «Алфавит», любимая писательница его матери, сидит сейчас рядом с ним в его собственной машине!..

...Я не хочу!..

— Так вот, Жанна. Она вас обожает, Владимир! Я позвонила к вам в отдел и сказала, что у меня опять не работает компьютер. А починить его можете только вы, ибо я больше никому, никому на свете не могу доверить свои бесценные рукописи! И я спросила, как мне вас найти. И они, конечно, не смогли от меня ответеться! Ну, то есть Жанна не смогла.

Она сдала мне все пароли и явки, Владимир! То есть мобильный, домашний, мамин и все имеющиеся в ее распоряжении телефоны! И сказала, что по средам вы уж почти месяц посещаете триста девятнадцатую клиническую больницу и на работу приезжаете не раньше двенадцати. Я произвела нехитрые вычисления... — Тут он глянул на нее внимательно и с подозрением, но Покровская была совершенно серьезна, — ... вызвала такси, и вот я здесь, Владимир!

— Почему вы все время называете меня Владимир?

— А разве вы Петр? — удивилась Покровская.

На этот вопрос Береговой не смог ничего ответить, и некоторое время в машине царило молчание.

Снег летел, и «дворники» мотались по лобовому стеклу.

— Слушайте, — вдруг сказала звезда совершенно обычным, нормальным, человеческим голосом. — Я все понимаю! Нет, на самом деле все! Я вам некстати, и мы почти незнакомы, но, ей-богу, мне нужно с вами поговорить!..

Береговой вспомнил, что Ольга из отдела русской прозы тоже повторяла, что должна с ним поговорить, а потом показала фотографии трупа, которые выложила в Интернет!.. И сказала, что во всем виновата эта сука Митрофанова!..

— Вы знаете, что Катю Митрофанову пытались убить?

— Да ладно!..

— Да не ладно!..

Береговой опять взглянул внимательно. Она была очень серьезна. Даже покивала, подтверждая, — да, да, пытались!..

— В ее собственной квартире, между прочим! Как раз в тот день, когда вас... ну, когда она вас вышвырнула, короче! То есть произошла вся эта петрушка в «Чили», вы публично пообещали доказать, что она чуть ли не укокошила того типа, и вечером ее пытались задушить!

— Я не пытался ее душить!

Покровская нетерпеливо взъерошила и без того взъерошенные волосы.

— Да я и не утверждаю, что пытались именно вы! Но, согласитесь, мотивы у вас были! И есть.

— Идите. Вы. К чертовой. Матери, — четко и раздельно выговорил Владимир Береговой, съехал на присыпанную мокрым снегом обочину и тормознул так, что Покровская почти ткнулась носом в свои джинсовые колени. — Выметайтесь. Я вас дальше не повезу.

Она покрутила головой и фыркнула. Кругом был лес, пустая дорога, снежная круговерть.

— У вас есть сигареты?

— Выметайтесь из моей машины!

— Тю!.. — сказала писательница, как ему показалось, с некоторым уважением. — Сама не пойду. Вытаскивайте силой.

«Дворники» стучали, и снег летел.

— Что вы знаете об убийстве, Володя? С чего вы взяли, что Митрофанова к нему причастна?

Он молчал. Ему вдруг пришла в голову ужасная мысль.

— А... когда ее пытались задушить?

— Вечером того же дня, когда она вас выперла.

— Это... точно?

— Абсолютно.

...Я был возле дома Митрофановой. Тем самым вечером. Я приезжал, и уезжал, и снова возвращался, и даже напугал какую-то парочку с пакетами и нелепой корзинкой!.. Я приехал, чтобы показать ей те самые фотографии и заставить ее во всем сознаться!.. Я был очень зол на нее. Я пытался ей звонить, но она не подходила к телефону!.. Конечно, я уехал, даже в подъезд не заходил, но я же был там!..

Об этом никто не должен узнать. Женщина, которая сидит рядом с ним, — враг. Она сильна и опасна.

Его выгнали с работы под совершенно нелепым предлогом. Теперь его могут засадить за решетку — просто так. Потому что они сильнее, они явно что-то скрывают. Им нужна жертва, и жертвой назначен он, Владимир Береговой.

Он бы с удовольствием задушил и Митрофанову, и эту, что сидит рядом, тоже!..

— Девочка, разве так можно? — Анна Иосифовна стремительно поднялась, подошла и положила Митрофановой на лоб узкую прохладную руку. — Вроде бы температуры нет. Но все равно нужно было остаться дома и как следует отлежаться! У тебя же совсем голос пропал!

— Ничего, — мужественным контральто, чем-то напоминающим поливановское, отозвалась Катя. — Я и так два дня не выходила на работу, а больничного у меня нет.

— Ах, какие глупости! — отмахнулась директриса. — Больничный! Тебе нужен не больничный, а крепкий чай с молоком, теплое одеяло и хорошая книжка! Я сейчас распоряжусь, и тебя отвезут домой.

— Не стоит, Анна Иосифовна! — взмолилась Катя. — Я вас прошу! Я нормально себя чувствую, не надо меня домой!

Ей не хотелось домой — еще бы!.. Там было страшно, холодно, и все еще пахло лекарством — так ей казалось. И коврик, по которому она ползла, пытаясь дышать, ползла и билась головой о стены и мебель, так и лежал, свернутый, в прихожей. Почему-то она до сих пор его не выбросила. И ей все время не хватало воздуха. Она держала окна открытыми — и все равно не хватало.

— Н-ну, напрасно, — с сомнением протянула Анна Иосифовна. — Не люблю, когда дети болеют! Есть в этом нечто неправильное. Болеть должны старики.

Катя, подыгрывая, улыбнулась благодарной улыбкой хорошей девочки. Если бы Анна Иосифовна знала причину ее «болезни», наверное, сошла бы с ума.

Или нет?..

Она всегда преувеличенно беспокоилась о своих великовозрастных «детях», собранных в издательстве, «под крылышком», вникала в их дела, иногда неожиданно подкидывала денежек в виде каких-нибудь премий, отправляла в дорогостоящие командировки, и Катя Митрофанова вдруг первый раз в жизни подумала, что понятия не имеет, так ли уж ее любит Анна Иосифовна, или все это делается для того, чтобы скрыть крайнее равнодушие — и к людям, и к жизни.

— Мы все какие-то странные в последнее время, — задумчиво произнесла директриса и вздохнула. — Впрочем, это понятно и объяснимо. Даже Саша, на что уж сдержанный мальчик, но нервничает, нервничает, я же вижу!

Саша нервничает?.. Митрофанова удивилась. Ничего подобного она за Стрешневым не замечала, хотя общалась с ним гораздо больше Анны Иосифовны. Или та что-то знает, чего не знает она, Катя?.. Нет, он, конечно, друг — до известной степени! — но расслабляться нельзя ни на секунду, иначе друг обойдет ее на повороте, оставит позади, уйдет вперед, только его и видели.

— Ну, ничего, ничего. Скоро Новый год, выпадет снег, укроет все наши печали, и заживем мы по-прежнему, хорошо и спокойно. Правда, Катюша?..

Митрофанова думала о Стрешневе.

— А?..

Директриса усмехнулась — едва заметно.

— Что там с программой продвижения Манечкиного романа?..

— Я принесла распечатки, Анна Иосифовна. Вот, взгляните. Это предполагаемые затраты на прямую рекламу, ну, там все, как всегда, — метро и «наружка», а это планы по встречам в крупных книжных магазинах. На первом месте, конечно, «Москва»...

— К Леденевой надо бы съездить, — озабоченно вставила Анна Иосифовна и черкнула что-то на хрусткой бумажке с ее личным вензелем. Блеснуло золотое перо. — Сто лет не виделись!

Мариной Леденевой звали директора огромного книжного магазина на Тверской.

— Потом питерский «Буквоед». У них всегда продажи хорошие, и Поливанова очень любит в Питер ездить. Ну, то есть Покровская, — сказала Митрофанова.

— Любит, отправим, — директриса улыбнулась доброй улыбкой и любовно взяла со стола свежевыпеченную Манину книгу. Осмотрела со всех сторон, кажется, даже погладила и едва удержалась, чтобы не прижать ее к груди. И спросила, не меняя тона: — Зачем ты уволила этого славного мальчика из электронного отдела? Нехорошо, Катюша!..

Митрофанова подняла глаза от бумаг и уставилась на безмятежную директрису. Вдруг стало трудно дышать, и шею — в том самом месте! — как будто вновь стянуло ремнем.

— Анна Иосифовна...

— Да-да, тебя, конечно, огорчило чудовищное происшествие, и тебе было особенно трудно, ты же осталась одна, и я никак не могла помочь. — Тем же любовным движением директриса вернула книгу на стол и посмотрела на Митрофанову.

Глаза у нее были ледяные и плоские, как у рептилии.

Митрофанова коротко перевела дух, и краснота стала подниматься с ее шеи вверх, залила щеки, лоб, и уши заполыхали.

— Я не могла ни помочь, ни проконтролировать тебя, моя девочка, — продолжала Анна Иосифовна. — И ты наделала непростительных ошибок. Во-первых, наказала ни в чем не повинного человека неизвестно за что. Во-вторых, заставила его всех нас ненавидеть. В-третьих, устроила скандал. Скандал в нашем издательстве, в присутствии разных, *совершенно посторонних* людей! Ведь, насколько я знаю, Вадим тоже почему-то там оказался, да, Катюша?

Митрофанова кивнула, как зомби.

— Ты была растеряна, я все понимаю, но ты руководитель, и тебе отлично известны принципы — не только мои, но и всего издательства!.. Мы никогда и ни с кем не расстаемся врагами. Мы никогда не бываем замешаны в скандалах ни с авторами, ни с конкурентами, ни с налоговой службой! Мы делаем все для того, чтобы нам доверяли самые разные люди. Вот хотя бы Марина Леденева, директор магазина «Москва»! Уверяю тебя, ей небезразлична наша репутация. Она направляет к нам начинающих авторов, именно у нас заказывает подарочные издания, мы вместе проводим благотворительные акции! Ей ни к чему наши скандалы! Ты не подумала об этом, Катюша?..

Митрофанова помотала головой. Как зомби.

— Тебе придется исправить положение.

Митрофанова не поднимала глаз.

— Ты меня слышишь, Катюша?..

— Как исправить, Анна Иосифовна? Я готова...

— Нет-нет, сию минуту ничего не нужно делать, Катюша! Только когда ты поправишься и придешь в себя...

— Я целиком и полностью в себе, — заявила Митрофанова мрачно, и Анна Иосифовна мельком улыбнулась, как улыбаются родители наказанным, но уже почти прощенным детям.

— Вот когда у тебя появятся силы, ты, во-первых, восстановишь мальчика на работе и, конечно же, перед ним извинишься. Во-вторых, ты должна пообещать, что все решения такого рода будешь согласовывать со мной. В-третьих, тебе стоит немножечко подправить собственное поведение. Ты очень темпераментная и вспыльчивая девочка. — Митрофанова была уже вся красная, словно из бани, но директриса безжалостно продолжала препарирование. — Это от молодости, это пройдет, но мне бы хотелось, чтобы в будущем ты не принимала столь скоропалительных решений. Ну? Что ты?

— Ни... ничего, Анна Иосифовна, — выдавила Митрофанова. — А если он, Береговой, я имею в виду, не захочет возвращаться?..

— Ты его уговоришь, Катюша.

Это было сказано железным тоном.

После чего Анна Иосифовна поднялась из-за стола, погладила ее по голове и захлопотала насчет чаю с лимоном и медом, от которого Катя наотрез отказалась.

— Что ты такая красная? — первым делом спросила секретарша Настя, когда она выскочила из «бабкиных покоев». — У тебя температура?

Митрофанова промычала нечто нечленораздельное и кинулась по лестнице вниз, не дожидаясь лифта. Ни видеть людей, ни разговаривать с ними она не могла. Впервые в жизни директриса устроила ей выволочку, от которой огнем горели уши и щеки, и где-то примерно на уровне живота было противно, и как будто что-то скреблось.

Впрочем, кошки скребут как раз на душе, но душа не может же находиться в животе!.. Или может?..

Анна Иосифовна несколько минут посидела, размышляя, потом порылась в крохотной лакированной сумочке и достала мобильный телефон. Звонить по городскому не стала — Настя могла подслушать.

— Ты знаешь, — задумчиво сказала директриса, когда ей ответили, — все же она подозрительна!.. Я так и не поняла, зачем она проделала такой фортель, да еще сразу после убийства, будь оно неладно!.. Или он что-то знает, этот Береговой? Или мог что-то узнать?.. — Она послушала немного и кивнула. — Я думаю поговорить с Алексом. Да, очень странный. Но если он хотя бы вполовину так умен, как мне кажется, мы получим все, что нам нужно, и без всяких усилий!..

Она нажала «отбой», рассеянно подумала, как жаль, что нельзя закурить — установленные ею самой правила были очень жесткими! — переставила штучки на столе, поднялась и подошла к окну.

Ну, вот и снег. Слава богу. Анна Иосифовна улыбнулась. Кончилось тягостное и унылое ожидание зимы, значит, вскоре окончится все неприятное, затянувшееся так надолго!.. В издательство привезут елки, достанут из кладовых короба с игрушками и лампочками, и все будут улыбаться, перешагивая через растянутые по полу гирлянды. Озабоченная Маргарита Николаевна поедет на рынок за гусями, индейками, яблоками и мандаринами, и водитель Коля, недовольно сопя, примется таскать на кухню ящики и корзины — рождественский банкет всегда готовят сами, никаких рестораторов не нанимают, у нас все равно вкуснее!.. На усадьбе тоже все поменяется — снег укроет деревья и кусты старой сирени, станет просторно и свободно, дворник Степан каждое утро будет ширкать своей лопатой, расчищая дорожки и площадку перед гаражом. С чердака достанут лыжи — Анна Иосифовна любила по воскресеньям прокатиться с горочки, пройтись ельником над речкой Ламой и чувствовала себя при этом юной северной красавицей. Любила вернуться домой, позвать собаку Боню, набегавшуюся на морозе, и всласть напиться чаю в коротких розовых зимних сумерках, не зажигая света.

Ах, как все было бы прекрасно, если бы не события, изменившие привычный, уютный, хорошо устроенный мир!..

Впрочем, все наладится, Анна Иосифовна была в этом уверена. В жизни попадались задачки и посложнее, и она решала их точно так же, как отражала удары, — молниеносно и точно. Как кобра.

Она еще посмотрела в окно, поправила белоснежную манжету с бриллиантовой запонкой, потом кликнула Настю и велела принести кофе.

Алекс помедлил некоторое время и позвонил. Мелодичные трели побренчали и затихли, и ни звука.

Никакого движения за старой двустворчатой дверью. Он постоял, прислушиваясь.

В подъезде старинного дома на Покровке было тихо и глухо, как в аквариуме, будто и не существовало за стенами многомиллионного, шумного, изнемогающего от пробок города!.. Здесь были неохватная мраморная лестница, истертая множеством ног и застеленная ковровой дорожкой, решетчатая клетка лифта — чтобы попасть внутрь, следовало потянуть чугунную ручку, и лифт озарялся слабым желтым светом. На площадке в кадке рос «щучий хвост», а на широких подоконниках кудрявилась провинциальная уютная герань.

Вот это дом так дом!..

Везет ему в последнее время на дома и их хозяев.

— Вы кто? — из воздуха вдруг материализовался странный механический голос, Алекс вздрогнул и уронил телефон, глухо стукнувший о ковровую дорожку.

Он нагнулся и поднял его.

— Вы кто?! Вы куда пропали?! Я вас не вижу!..

Он помолчал. Шевельнулись и замерли его змеи — старый душный удав и молодая стремительная кобра.

...Я ненавижу всех, кто задает мне этот вопрос. Я больше не могу на него отвечать! Не могу и не хочу!..

...Никто не виноват в том, что ты неврастеник. Ты неврастеник, и ты никто. Так что — вперед!..

— Меня зовут Александр Шан-Гирей, — затянул он куда-то в сторону, — и мы договаривались о встрече с Мариной Алексеевной.

В воздухе как-то неопределенно и с сомнением хрюкнуло, и неведомый голос произнес:

— Спрошу.

И все пропало.

Потом вдруг загремели какие-то цепи, защелкали замки, ударила и смолкла музыка, за спиной проехал лифт, и Алекс на него оглянулся.

Дверь квартиры распахнулась.

Перед ним предстала писательница Марина Покровская в мятой майке — белые почти вытертые буквы «Divided we'll stand» на синем фоне оказались прямо перед его носом. Писательница была значительно выше его ростом.

— Проходите! — пригласила она и сделала широкий жест. — Извините, что заставила ждать, у меня музыка грохочет, а еще я пишу, а когда я пишу, то ничего не слышу, а Викуся просто так заехала, и я ей не сказала, что вы должны приехать, но вы приехали, да еще вовремя, а вот я никогда и никуда не могу приехать вовремя!

Все это она выпалила разом, повернулась к Алексу спиной и пропала.

— Да вы проходите, — позвал откуда-то другой голос. — Не обращайте внимания. Она сейчас вернется.

— Здравствуйте, — наугад поздоровался Алекс.

В огромной прихожей горели все лампы, он даже зажмурился на секунду — слишком много света после аквариумной полутьмы подъезда!

— А что, на улице опять дождь?..

Светская беседа началась неудачно — собеседницу он не видел, зато вешалка, представшая перед глазами, сразила Алекса наповал. Огромная, раскидистая, как дуб, на львиных лапах, с чугунной корзиной для зонтов у основания. Вместо бархатного берета с соколиным пером и шпаги, что было бы уместно, на ней болтались невразумительная курточка и какой-то розовый плащ, а в корзине валялся портфель, довольно потасканный, с раззявленной крышкой, похожий на лежащую на боку уставшую собаку с высунутым языком.

— Она нам досталась от моей мамы, — миниатюрная женщина возникла откуда-то из глубин квартиры, — я имею в виду это произведение. — Она кивнула на вешалку. — Представляете, я хотела ее выбросить, а Маня — ни за что!..

— Такие вещи нельзя выбрасывать, — помедлив, сказал Алекс.

— Да видели бы вы, в каком она была состоянии!.. Эти бараки на Соколе! Вы помните бараки, молодой человек?..

— Викуся, отстань от него! Не помнит он никаких бараков.

Писательница Покровская вырулила в прихожую, согнулась вдвое и обняла женщину за плечи — Алексу показалось, что сейчас она посадит ее на ладонь, как Гулливер лилипута.

— Это моя тетя. Мы все зовем ее Викуся, хотя на самом деле она Викторина Алексеевна!..

— Тетя? — пробормотал Алекс.

— А что такое?..

Алекс не мог признаться в том, что эта парочка выглядит уж слишком комично, но, кажется, Покровская и так поняла.

— Ну, во всяком случае, не дядя, — заявила она, чмокнула Викусю и распрямилась.

— Манечка, я пойду. Не забудь предложить гостю кофе.

— Не забуду.

— Там свежий хлеб и колбаса краковская.

— Поняла.

— И еще торт, ореховый, как ты любишь. Вечером обязательно мне позвони! И не сиди до ночи за компьютером. И не кури много, — хлопотала Викуся.

— Тетя — дивное существо! — провозгласила Покровская, закрыв за ней дверь. — Черт, откуда это?..

— Из «Покровских ворот».

— Точно. Пойдемте в кабинет? Или сразу на кухню за краковской колбасой?.. Впрочем, кухня так себе. Здоровая, конечно, но неуютная, и окно немножко на соседнюю стену приходится! Света почти нет. Когда эти дома строились, предполагалось, что в кухне должна метаться кухарка, а господа в гостиной кушать чай, оттопырив мизинцы. А потом случился весь этот конфитюр, в смысле революция, и все переменилось!

Алекс смотрел во все глаза: высоченные потолки, крашеные стены — никаких обоев! — тяжелые полосатые кресла, вытертая ковровая оттоманка, а на ней книжка страницами вниз, торшер на латунной ноге с нефритовым шариком, выпуклые пуговки электрических выключателей, льняные занавески на белых двустворчатых дверях.

Как ни странно, хозяйка в мятой майке с иностранными буквами и джинсах с дыркой на коленке выглядела неотъемлемой частью этого невесть как уцелевшего мира. В том, что мир на самом деле каким-то волшебным образом уцелел, а не придуман «по мотивам» неким продвинутым дизайнером, у Алекса сомнений не возникло.

— Вы не удивляйтесь, — посоветовала Покровская. — Квартирка не куплена на гонорар от последнего романа. Даже если бы я писала по роману в день, мне на такую все равно не хватило бы! Это прадедушкина квартира. Здесь бабушка родилась. А папа уже на Соколе, в бараках, о которых толковала Викуся. Викуся — папина сестра.

В кабинете было точно так же — тяжелая мебель, молочная люстра на длинных цепях, громадный турецкий ковер на полу, и легкомысленный ноутбук на крытом зеленым сукном столе с массивными тумбами, и новейшая стереосистема, втиснутая в антикварный комод, и чугунные батареи с завитушками, дышавшие ровным уютным теплом.

— Вам повезло, — Алекс провел пальцем по выцветшим чернильным пятнам на сукне. Сколько лет назад пролили чернила на этот самый стол? Пятьдесят?.. Или, может, сто?.. — Не каждому удается пожить в квартире прадеда.

— Да и мне бы не удалось, — Покровская пожала плечами. — В революцию, ежу понятно, всех уплотнили, здесь даже по тем временам была какая-то чудовищная коммуналка, душ на сорок, наверное!.. Ну а потом выяснилось, что Советской России нужны аэропланы, и всех обратно разуплотнили.

— Из-за аэропланов?!

— Ну, прадед был авиаконструктор! — Она вздохнула, как будто удивляясь его тупости. — Знаменитый. Его сгоряча чуть было не расстреляли, но потом кто-то сообразил, что аэропланы-то сами собой уж точно ниоткуда не возьмутся! В смысле, без прадеда. И его передумали расстреливать, и отсюда всех пролетариев выперли взашей, а его оставили.

— Вот это да, — сказал Алекс от души. — Вот это история.

Она сверху посмотрела на него.

— Ну да. Прадед по какому-то недоразумению в двадцатых годах не уехал с Сикорским в Америку, остался здесь. Они вообще очень дружили. Только Сикорский строил тяжелые самолеты, вот «Илья Муромец», к примеру, самый знаменитый, а прадед — истребители. А когда началась война в Испании, эти истребители расколошматили весь немецкий люфтваффе! И сбивали «мессершмитты» как нечего делать!.. У нас с появлением его истребителей вдруг образовалось полное превосходство в воздухе — а все потому, что прадеда своевременно не расстреляли!..

Она уселась за стол и поддернула штанину, так чтоб не было видно дырку.

— И фильм этот знаменитый! Ну, где Крючков и Меркурьев, помните?.. «Небесный тихоход»! «Я думала вы ас, а вы У-2-с?!» Этот женский полк воевал как раз на его самолетах, только в конце войны они уже назывались не «У-2», а «По-2». Их все немцы до смерти боялись. Потому что они летали медленно и низко и бомбили прицельно, а «мессеры» все мазали, у них же скорость в разы выше...

— Позвольте, — перебил Алекс, — а как фамилия вашего прадеда?..

Она удивилась.

— Поливанов. Как и у меня. И мне дико, что я придумываю детективы за столом, где прадед придумывал истребители!.. Я все время сравниваю, понимаете?.. И все время получается, что занимаюсь какой-то фигней.

— Ну да, — пробормотал Алекс себе под нос. — Поливанов. Конечно.

— А бабушка вышла замуж за «недостойного»!.. Правда, он был не пролетарий, а инженер, но все равно из «новых», и прадед с прабабкой до конца жизни называли его на «вы» и исключительно по имени-отчеству. А бабушка гордая была, вот и съехала отсюда в барак!

— Значит, вы тоже не та, за кого себя выдаете, — произнес он задумчиво. — Вы вовсе не Покровская, а Поливанова и родом из знаменитой семьи.

Спохватился и замолчал.

— Покровская — псевдоним, — сказала она осторожно. — Я живу на Покровке, все очень просто! В непосредственной близости от Покровских Ворот! И почему я... не та, за кого себя выдаю?! Я — это я, автор второсортных детективных романов!

— Второсортных?

— Все детективы второсортны! — отрезала писательница Покровская-Поливанова. — Если бы я написала «Муму», тогда моя фамилия была бы Тургенев, и я была бы настоящим писателем. Колбасы хотите?.. Краковской? Викуся очень ее рекламировала!

Пока она возилась на кухне, он все осматривался — удивительная квартира! Вышел в коридор и поизучал книжные полки, начинавшиеся на уровне его ботинок и терявшиеся в невообразимой высоте, где-то под потолком. Развеселившись окончательно, зажмурился и вытащил наугад толстый, насмерть зачитанный том в коричневой плотной обложке.

Интересно, какую книгу в этой семье зачитали почти до дыр, так что едва держится некогда упитанный и солидный переплет?..

Ну что?.. Лев Толстой, сыщицкие приключения, «Княжна Джаваха» Чарской или Александр Солженицын в каком-то там очередном круге?

Алекс открыл глаза и глянул.

Жуковский Н. Е., «О присоединенных вихрях», 1905 год.

Как хорошо.

— Are you with me? Nothing to trust in. You have the answers. What are the questions? — громко распевала на кухне хозяйка.

Он втиснул на место увесистый том.

Интересно, у нее тоже чашки тончайшего китайского фарфора и пирожки в плетеной корзинке, укрытой теплой салфеткой?.. Или, наоборот, толстые самодовольные белые американские кружки с сердцами и надписями «I love you» и наспех нарезанный вчерашний хлеб?..

Она показалась на пороге, толкнув задницей дверь, и Алекс перехватил тяжеленный поднос. На нем не было вовсе никаких чашек, зато позвякивали в серебряных подстаканниках чистые стаканы, и лимон истекал соком на серебряной тарелочке, и конфеты в памятных с детства обертках, и та самая колбаса, пристроенная очень аппетитно, как-то так, что Алексу сразу захотелось есть, и он понял: в доме авиаконструктора Поливанова ему будет вкусно, просто, и можно ничего не стесняться и танцев не танцевать.

Как давно он ничего не делал... «просто»!

Они чинно уселись в гостиной, с краю громадного стола, за которым, должно быть, умещалось человек двадцать гостей, и писательница объявила, что он может называть ее Маней.

— Прошу прощения, что не узнал вас тогда, дома у Екатерины Петровны. Должен был бы...

Она щедро выложила колбасу на хлеб, полюбовалась, добавила еще круг и протянула Алексу. У нее были длинные пальцы без всякого маникюра и узкая, совсем девичья кисть.

— Дома у Екатерины Петровны никто никого не узнавал! Мы все в обмороке были. — Себе она тоже соорудила бутерброд и смачно откусила. — А вас-то чего туда принесло? Ну, нас она позвала — в годину лишений и испытаний, — а вы?..

— Я просто хотел с ней поговорить. — Он улыбнулся. Маня очень ему нравилась. — Я и с вами хочу поговорить.

— Говорите! — разрешила Поливанова. — Вам с лимоном?

— Расскажите мне про Веселовского.

— Тю!.. — Она поставила чайник на литую чугунную подставку и воззрилась на Алекса. — Вспомнила бабушка первую ночь. Зачем он вам сдался?..

— Правда, что его уволили из издательства после какой-то истории с вашей подругой?..

Поливанова аккуратно пристроила бутерброд на тарелку и крошечной, жесткой от крахмала салфеткой стряхнула крошки со своих необыкновенных пальцев.

— Да, — задумчиво сказала она. — История. Ничего особенного. Она любила его, а он любил родину, только и всего.

Алекс молчал, ожидая продолжения.

— Может, вся фишка в том, что она его *на самом деле* любила. Ну, по крайней мере, мне так казалось. А может, просто слишком долго ждала принца. Хоть какого-нибудь! Ведь не у всех получается, понимаете?.. — Она распрямила плечи. — У Кати не получается, у меня вот тоже ничего не получается!.. А это тяжело, особенно когда становится очевидно, что скоро на пенсию, а перспектив никаких — ну, в этом смысле!

— И у меня не получается, — невесть зачем признался Алекс. — Совсем.

— Мальчикам проще, чем девочкам.

— Откуда вы знаете? Вы разве когда-нибудь были мальчиком?

Она хмыкнула:

— Так принято считать. А что? Не проще?..

— Думаю, всем одинаково.

— Ну, — жестко сказала писательница Поливанова, — по крайней мере, ни одна ваша возлюбленная не может заставить вас сделать аборт. Ведь не может?..

— Никто никого не может заставить!..

— Да бросьте! Конечно, может. Или вы ничего не знаете о жизни!.. Или вы никогда не попадали в зависимость, такую, из которой не выбраться! Да и неохота выбираться. И точно известно, что в тот момент, когда зависимость кончится, кончится и жизнь, потому что ничего не надо... вне объекта. Совсем ничего, понимаете?..

Она взъерошила короткие волосы, и без того торчавшие в разные стороны.

— И Катька пропала! Когда он пришел на работу и у них все началось, это было так красиво, так правильно! Ну, как и должно быть. Не в смысле сахаринного мармелада, иди сюда, дай я тебя поцелую, а в смысле — вот и кончилось вселенское одиночество и ненужность! И во Франкфурт на ярмарку они вместе летали, и к Анне Иосифовне на дачу ездили!.. Интересов общих тьма, и всегда есть о чем поговорить. И всякое такое.

Она скривилась и отхлебнула чаю. Алекс молчал.

— Ну а потом был аборт — вроде рано ребенка, не ко времени, давай подождем, поживем для себя. Эти песни нам известны. Чего там рано, всем за тридцать, у всех зарплаты-квартиры-машины!.. — Она махнула рукой. — Уж какие есть, но ведь есть же, под мостом никто не спит и в общежитии не прописан. Но ребенка все-таки нужно было истребить, и его истребили. А потом оказалось, кстати, вскоре после аборта, что от него параллельным курсом еще какая-то дура забеременела, и вот там как раз ребенок будет, уже на подходе совсем. А двоих, да от разных баб, ему не надо, еще бы! А у Кати как раз в это время мама умерла, и в общем... — тут писательница Поливанова вскочила, сказала, что ей нужно подогреть чайник, и ушла.

Когда вернулась, нос у нее был совершенно красный.

— Вот даже мне тяжело, — сказала она с сердцем. — До сих пор тяжело! А ей каково?.. Конечно, она когда его в «Чили» увидала, так и закатила истерику на все издательство, ничего в этом нет ни стыдного, ни ужасного. Хотите, горячего добавлю?.. — Она взялась за чайник и понурилась. — Хоть бы малыш остался. А так... ни мамы, ни ребенка. Никого и ничего. Только сознание, что все это время рядом было чудовище. Мерзкое, скользкое, подлое и вонючее.

— Не плачьте, Маня.

— Да ладно! — Она шмыгнула носом, выхватила салфетку и стала яростно тереть свой многострадальный нос. — И как его в издательство-то пустили, непонятно! У него сама Анна пропуск отобрала и охранникам сказала, чтобы ноги его не было в «Алфавите»!

Она швырнула салфетку на стол и стала маленькими глотками пить чай, быстро-быстро.

— Его уволила Анна Иосифовна?

— А он сам и не ушел бы! Что такого-то?! Ну, амурничал с одной, потом на другую перекинулся, подумаешь, фунт изюму!.. И для здоровья хорошо, и для карьеры. Катя девушка неглупая, к начальству близкая, успешная, вдвоем они большая сила! Он и не понял ничего, поверить не мог, что его всерьез выставят, да еще почти с «волчьим билетом»!

— Что это значит?

— Да ничего не значит. Конечно, по статье его никто увольнять не стал, Анна ни за что бы не решилась на открытый скандал, даже если бы придумали какое-нибудь «служебное несоответствие», но у нас ведь работа очень специфическая, правда?..

Алекс кивнул, понятия не имея, какую именно работу она имеет в виду.

— Все друг друга знают — авторы издателей, издатели книготорговцев, книготорговцы оптовиков, и так по кругу!.. Я сама не слышала, конечно, но говорят, Анна пообещала, что работать в издательском бизнесе этот ферт никогда больше не будет. Это на самом деле очень просто сделать! Всего пару звонков Олегу Голикову, это издательство «Эсно», Льву Моисеевичу из «ТАС», ну, и Леденевой Марине, которая — книжный магазин «Москва»! Она очень уважаемый человек в отрасли. И готово дело. Никто никогда никуда не возьмет.

— И где сейчас Веселовский?

— А в колбасе! Чего вы смеетесь? На колбасной фабрике, клянусь вам! То ли в отделе маркетинга, то ли в кадрах, что-то в этом роде. И может быть, вот эта самая колбаса, — провозгласила она ни с того ни с сего, — произведена при непосредственном участии подлого, мерзкого и вонючего чудовища!..

Маня выбрала на тарелке кусок потолще и отправила его в рот с мстительным видом.

— А вы чего, расследование ведете, что ли? — спросила она, прожевав. — Вот только не врите сейчас, что вы, как новый человек в издательстве, знакомитесь с обстановкой! Врать мне нельзя. Во-первых, я это сразу чувствую, а во-вторых, вы мне почти родственник. Только что познакомились с тетей и столуетесь в уютном гнездышке за нашим семейным столом!

Черт, как она ему нравится, удивительно даже!.. С ее растрепанными волосами, дыркой на коленке, очками в роговой оправе, тонкими запястьями и гренадерским ростом!

— Анна Иосифовна меня пригласила, — ответил Алекс до какой-то степени честно. — С некоторых пор ее стали беспокоить разные... непонятные события. Например, она регулярно получала письма с угрозами. Вот и попросила меня заняться, но, к сожалению, я опоздал. Я появился в издательстве как раз в день убийства.

— Нарыли что-нибудь интересное?

— А?..

— Что-нибудь выяснили?

Алекс помедлил.

— Угрозы, как мне кажется, никакого отношения к убийству не имеют. Вообще анонимные письма — это... своеобразный способ сведения счетов.

— Это точно, — согласилась Поливанова. — Бабский такой способ. Вы это имели в виду?

Он пожал плечами.

— Но есть кое-что, имеющее к нему отношение. Или мне кажется, что имеющее! Например, увольнение Берегового. Зачем ваша подруга его уволила?

— В истерическом припадке находилась и в помутнении рассудка, вот и уволила. С ней бывает.

— Возможно, — согласился Алекс. — Почему ее пытались задушить? Кому она мешает?.. Что она может знать такого, за что ее хотели убить?.. Почему открыла дверь? Почему повернулась спиной к вошедшему? Она же не видела, кто на нее напал, верно?

— Нет, — задумчиво сказала писательница, — не видела. А дверь открыла, потому что думала, это мы приехали. Она нас ждала!..

— Маня, все это притянуто за уши, неужели вы не чувствуете? То есть напавший на нее человек полагался на удачу — откроет, задушу, а не откроет, ну и ладно?..

Она хрюкнула по-поросячьи.

— Я смешлива, — пояснила как ни в чем не бывало. — Если вы будете меня смешить, я не смогу думать.

— Или она открыла дверь знакомому и врет, что никого, кроме вас, не ждала, или тот человек *заранее* знал, что вы приедете, и подгадал свой визит к вашему приезду.

— Заранее никто ничего не знал, даже сама Катя! Я позвонила, она стала рыдать, я собралась и поехала. Саша катался где-то рядом и тоже заехал. Мы не планировали никаких посиделок. Это так, — она сделала движение рукой, — визит-эффект, мистерия-буфф.

— Выходит, врет ваша Катя, — заключил Алекс. — Выходит, она знает, кто пытался ее задушить. И почему-то молчит. Кого она может покрывать? Этого вашего колбасного деятеля?

— Да ладно! — басом сказала Маня. — Бросьте. Нет, конечно.

— Если ее хотели убить, почему не убили? Кто-то спугнул?.. В последний момент духу не хватило? Или убивать не собирались? Или?..

Он замолчал, и молчание было долгим.

Потом они одновременно посмотрели друг на друга.

— Кто вы такой? — спросила Поливанова задумчиво. — Мне все время кажется, что я вас откуда-то знаю!

— Вряд ли.

— Вы пришли из другого издательства?

— Нет.

— Эх, неправильно я спросила, — посетовала она как бы про себя. — Нельзя так топорно! Вот как надо: где вы работали раньше?

— Я долгое время вообще нигде не работал.

Она смотрела очень внимательно.

Он вдруг смутился — всерьез. Заюлил, завозился, стал зачем-то отряхивать джинсы и озираться по сторонам.

— И все-таки я вас знаю, — заключила она и прикрыла глаза, как будто отпустила его. — У вас волосы были еще длиннее, — заговорила через секунду, словно описывала картину, — завитки за ухом, почти локоны, я тогда подумала — надо же, как у девчонки. Несправедливо, когда у мужчины такие ресницы и волосы, они должны были барышне достаться, а достались...

У него моментально взмокли ладони, и в голове ударил набат — еще чуть-чуть, и она вспомнит, действительно вспомнит, и все пропало!..

...Она не могла меня видеть! Это было слишком давно, и почти неправда, и я бы тоже запомнил ее, если б увидел хоть раз в жизни. Впрочем, тогда я никого и ничего не замечал, это уж точно!

Нужно бежать, спасаться!

Во второй раз не спастись.

Он и в первый-то уцелел чудом.

Маня Поливанова открыла глаза и не узнала его — так он изменился. Сейчас перед ней на прадедушкином стуле сидел совершенно другой человек.

— Я сказала что-то не то?..

— Спасибо вам за помощь и за колбасу, — едва шевеля губами, выговорил этот новый человек. — Я должен ехать. Еще только один вопрос. У вас остался телефон Вадима Веселовского?

Она кивнула. Ей стало страшно.

Вверху опять загремело, и стены затряслись так, что остывший чай в кружке пошел кругами. Береговой длинно вздохнул, пошарил сначала с правой стороны от компьютера, потом с левой, ничего не нашел, выдвинул ящик и тоже пошарил. Под руку все время попадались диски в коробках, пакетах и без всяких коробок и пакетов, маркеры, тюбики, пластмассовые крышки от флэшек и термопасты, вдруг какая-то книжка — он оторвался от монитора и взглянул, оказалась Донцова, — давным-давно вышедшие из строя пульты от телевизора, которые он все собирался починить, да так и не удосужился. Потом под рукой что-то зашелестело, он опять взглянул и обрадовался. В ящике завалялась открытая плитка шоколада, подзасохшая, в белом налете, но еще вполне приличная. А наушников так и нет!..

Он вытащил плитку, отломил кусок и кинул за щеку. Щека оттопырилась.

Опять загремело и загрохотало так, что с потолка посыпалась меловая пыль.

— А вы чего хотите-то? — с философским видом вопрошал «председатель кооператива», когда докучливые жильцы приставали к нему с такой ерундой, как тишина в квартирах. — Дом-то новый! Всем ремонтироваться надо, все перфораторами стучат, куда же деваться? Никуда не денешься! А кто нервный, тот пусть ухи ваткой заткнет, и потише, и нервов меньше.

Береговой ваткой «ухи» не затыкал, а наушники все пропадали куда-то. Перед носом, за окном, простирался пустырь, на котором громоздились строительные плиты, и кран мотался туда-сюда, крутил длинным решетчатым клювом.

Дальше, за белым полем с расчерченными квадратиками огородов, было чуть-чуть видно реку, темную, угрюмую, и Береговому почему-то хотелось, чтобы она скорее покрылась льдом — отдохнула бы от надоедливых людей, мрачных небес и унылых деревьев по берегам!..

Он переехал сюда совсем недавно, три месяца назад, и все здесь оказалось непривычно, неудобно. На ремонт и перфоратор денег не было, он спал на раскладушке посреди гулкой пустой комнаты, казавшейся огромной. В ней пахло бетоном и сыростью, и на стеклопакетах кое-где еще осталась голубая строительная пленка. Ему не хотелось ее отдирать. Она свидетельствовала о том, что квартира — новая, только купленная, и еще о том, что он, Владимир Береговой, молодец!..

У него нынче своя квартира с новенькими окнами, запахом бетона и раскладушкой.

Еще у него был стол, перевезенный от матери, огромный, навороченный, с поворотами и углами, дизайнерский шедевр. И такой же навороченный компьютер — когда Береговой его включал, на панели зажигалось серебряным лунным светом надкусанное яблочко, символ, придуманный знаменитым Стивом Джобсом, красой и гордостью мирового компьютерного сообщества!.. Стариной Стивом гордились даже конкуренты, восхищались и завидовали, и Владимир Береговой гордился и завидовал, и втайне мечтал стать таким же блестящим, умным и хватким, как Джобс. Не для того, чтобы им восхищались и завидовали, а... просто так. Для себя.

Ну, и чтоб мать свозить в круиз на «Квин Мэри-2»!

Он решительно не понимал тяги к круизам, но матери хотелось, и почему-то именно на этой самой «Мэри», должно быть, потому, что она насмотрелась сериалов про знаменитого сыщика Эркюля Пуаро!.. Там время от времени доктора прописывали героям «морские прогулки».

Странное дело, за три месяца он привык к своей необустроенной квартире, где с утра до вечера стучали отбойные молотки и перфораторы, что-то с шумом падало, разбивалось, гремело и грохотало и затихало только к ночи. Он привык к ней и полюбил ее, и ему нравилось считать ее своей, и он совсем не знал, что будет делать, когда придет срок следующего кредитного платежа.

Нынче он не может платить ни по каким кредитам. Все, что у него осталось, пойдет на оплату больницы.

Он жил, как и большинство таких же, повязанных кредитами по рукам и ногам, от зарплаты до зарплаты, выгадывал, выкраивал, подсчитывал, носил в починку сапоги, чтоб не тратиться на новые, а в отпуск ездил в Завидово, где был старый-престарый деревенский дом, очень неудобный, хотя бы потому, что там приходилось сидеть без Интернета и без телефонной связи. И мобильник не всегда брал.

Последние дни Береговой только и делал, что искал работу, изо всех сил — на всех сайтах, где размещались вакансии, по всем газетам, где печатались объявления, по всем друзьям, кто мог хоть как-то... поспособствовать.

Пока дело с места не двигалось.

Самым реальным предложением на данный момент была должность системного администратора в какой-то мутной конторе с зарплатой в семь тыщ пятьсот рублей. Или двенадцать двести, что ли!..

Он уговаривал себя, что рано или поздно работа найдется, стоящая, интересная, перспективная и, главное, такая, где будут платить, и днем эти самоуговоры действовали.

Мучения начинались ночью.

От страха он не мог спать — совсем. Мать, когда он в прошлый раз приехал к ней в больницу, сказала, что глаза у него «совсем провалились» и на «человека он не похож». Часов до трех он сидел за компом, хотя никогда особой любовью к «стрелялкам» и социальным сетям не страдал, людей, которые живут «виртуально», не понимал, искренне удивляясь, как можно заменить этой самой «виртуальной» настоящую жизнь, в которой, вот, снег пошел, девушка процокала каблучками и взглянула заинтересованно и лукаво, пробежала с деловым видом соседская собака Макс, на работе с утра вдруг всем принесли деревянные ящички, и в каждом бутылка молодого «божоле» в застеленном соломой гнездышке и кусочек козьего сыра, заесть вино, — Анна Иосифовна развлекается, значит, все хорошо, все в порядке!..

После трех он тоже не спал, вставал, садился, пробовал читать, пил чай скверного желтого цвета и все думал, думал.

Надумалось пока только одно: нужно как-то ухитриться доказать всем, что Митрофанова, сука и сволочь, на самом деле причастна к убийству неизвестного мужика, и тогда, может быть, у него появится шанс вернуться на работу.

Впрочем, это тоже большой вопрос. Если они там все заодно — и Покровская с ними! — значит, никаких шансов у него нет, кроме одного. Угодить за решетку.

Понес его черт тем вечером отношения выяснять!..

Хорошо хоть до митрофановской квартиры не дошел, а то наверняка бы уже допрашивали в «дежурной части», били в зубы, выкручивали руки, ломали пальцы, как показывают во всех кинокартинах про ментов.

Береговой нажал клавишу, и очередное резюме в очередной раз свалилось в очередную контору, которой вроде бы требовались айтишники.

Наверху теперь визжала циркулярная пила, а за стеной отчаянно выл Макс, истерзанный шумом. Где же чертовы наушники?..

Спина устала — от бесконечного сидения скрючившись. И голова устала — от тягостных мыслей. И глаза устали — от навязчивого мелькания картинок на мониторе.

«Самые красивые девушки — тут!», «Самые достоверные и правдивые гороскопы на год!», «Звезда эстрады Лера Полтавцева была замечена в обществе Николая Крышкина!»

Кто такой этот Николай?.. Собственно, и кто такая Лера, тоже неясно.

Береговой поднялся, походил вокруг своего необыкновенного стола, сделал махи руками, туда-сюда покрутил шеей, доел шоколадку и рассеянно подумал, что надо бы суп заварить, время к обеду, и есть хочется.

Вчера им решено было в целях экономии есть исключительно лапшу. Большой магазинный пакет, набитый желтыми засушенными брикетами, так и стоял при входе.

...Если Ольга права и на фотографиях рука Митрофановой, значит, у нее на самом деле был прямой резон от меня избавиться, потому что она дура и, ясный хобот, уверена, что все имеющее отношение к компьютерам и Интернету имеет отношение и ко мне тоже, а фотографии были выложены в Сети тем же вечером!..

Береговой вернулся за стол, открыл файл и уставился на снимки — в тысячный раз. За последнее время он изучил их до мельчайших подробностей, знал наизусть и все же смотрел и смотрел.

Если митрофановская рука вытащила из кармана трупа пропуск, значит... Что это может значить?..

Где ты, где ты, великий сыщик Эркюль Пуаро, умевший делать выводы из всякой ерунды и гордившийся своими «серыми клеточками»? В очередном круизе на «Квин Мэри-2»?..

Макс за стеной уже не выл, а стонал, наверху, похоже, забивали сваи, а за стеной захлебывалась дрель. В редкие секунды передышки тишина казалась оглушительной, и тогда становилось слышно, как под окнами натужно ревет бульдозер.

Где-то в отдалении зашелся трелями мобильный телефон, Береговой стал шарить в бумагах, и шарил довольно долго, а телефон все не находился.

Наконец нашелся почему-то в ящике, где были навалены маркеры и диски, — как он там оказался?! — но к тому времени трубку уже положили.

Береговой посмотрел номер. Звонили из издательства.

Сердце вдруг стукнуло очень сильно и очень высоко, в горле.

...Зачем я им понадобился? Кто мог звонить? Меня оттуда выперли, а потом еще был скандал, и еще Покровская зачем-то караулила меня и что-то вынюхивала!..

...А может, это из кадров звонили — никак не могут свой чайник найти? Или что там у них было? Микроволновка?..

...Или это Жанна, спросить, как дела, и рассказать последние сплетни и пожаловаться — в утешение! — что без него «все не так, и работать невозможно!».

Во всяком случае, перезванивать он не станет.

Однако этот звонок вдруг навел его на мысль.

А что? Это вполне логично! Кроме того, подумаешь — спросить! Он спросит, да и все дела, терять ему нечего.

Боясь передумать, он нажал кнопку, выслушал сладкоголосые приветствия и сообщение о том, что он позвонил в издательство «Алфавит», и предложение «оставаться на линии или набрать номер абонента в тоновом режиме».

Он послушно набрал, прижал телефон плечом к уху и вытер вспотевшую ладонь о джинсы.

— Але, вас слушают, — деловито отозвалась трубка, и Береговой вздохнул.

— Пал Семеныч, это Береговой Владимир.

— Здоров!..

— Пал Семеныч, я вот по какому вопросу. Мне же пропуск, наверное, нужно сдать. Да?..

— Ну, верняк надо. Но ты с этим делом не колготись, Владимир! У нас пока никаких указаний нету.

— Каких... указаний?..

— Ну, чтоб изъять. Так что спешки никакой. А ты чего, где? На стройку, что ль, пошел?

— Почему на стройку?

— Шумно у тебя больно, говорю! Или ремонт наладил?

— Пал Семеныч, — сказал Береговой, — я пропуск обязательно сдам, только я его найти никак не могу. Куда-то сунул, и не знаю куда!..

На том конце хмыкнули довольно отчетливо.

— Чегой-то прям эпидемия с пропусками-то! Павел Семенович был язвителен. — Все теряют, как один. Да ты небось заливаешь, Владимир! Ничегой-то ты не терял, а сдавать тебе неохота! Так я и говорю — можешь не торопиться. Указаний на твой счет не поступало.

— А кто еще потерял? — осторожно спросил Береговой.

— Дак все подряд! Митрофанова, твоя подруга душевная, но это уж давно было, Настя, бабкина секретарша, ну, та вообще без головы, она то и дело теряет, потом еще новенькая из хозслужбы, а тут на днях вообще история вышла на сто рублей убытку! У нас одну смену поменяли, взяли новых, а тех в Видное перевели, а тут Донцова возьми да приедь! А пропуска-то у нее сроду никакого нету и не было никогда, зачем ей пропуск, когда ее по физиономии лица вся страна знает! Так и не пустили ее, едрены пассатижи!..

— Донцову не пустили?!

— Дак говорю же, новых охранников взяли, а тех на склад в Видное перевели, с повышением, стало быть! А у этих инструкция — без пропуска чтоб муха не пролетела! Нет пропуска — до свидания! Вот она и стояла, по всем телефонам названивала, чтоб ее в родное издательство провели. Беляев, начальник наш, та-а-акой скандалешник закатил, та-а-акой разбор маневров с последующей рекогносцировкой местности, хоть стой, хоть падай. Но тут за дело. Инструкция инструкцией, а соображать-то надо, верняк!

— Верняк, — повторил Береговой. — Пал Семеныч, а когда Митрофанова пропуск потеряла? Не помните?

— А ты че? Нашел, что ли?

— Да нет, я так просто.

— А так просто я тебе не вспомню. Вот когда новый ей выдали, могу сказать — тому три недели, это в журнале зафиксировано, потому за них расписываются. И не лезь ты в пекло поперед батьки, Владимир Береговой! Указаний нету твой изымать. Так что если тебе чего надо, приходи спокойненько!..

Береговой поблагодарил и попрощался.

...Значит, что-то с этим пропуском действительно не то!.. Значит, Митрофанова его вроде бы теряла, и ей даже выписали новый, и она расписалась за него в журнале у Павла Семеновича. Если она и впрямь его потеряла, им мог воспользоваться кто угодно — охранники пропусков не проверяют. При-

ложил карточку к турникету, как в метро, и вперед!..
А если не потеряла, а отдала? Например, убитому —
непонятно зачем, но отдала и потом вытащила у него
из кармана, чтобы не оставлять следов! Такое возможно?

Вполне. И тогда на самом деле получается, что
Митрофанова причастна к убийству!

Тут Береговой вдруг подумал, что ничего о ней
не знает — совсем. Интересно, а кто-нибудь в издательстве знает хоть что-то? Например, откуда она
взялась, где работала раньше или, может, училась?
Известно только, что она «отличница» и «бабкина
любимица» и еще что она окончательно спятила, когда ее Веселовский бросил — а как такую не бро-
сить?! Жениться, что ли, на ней прикажете?!

Тут Береговой фыркнул и покрутил головой — от
негодования.

Надо узнать о ней как можно больше, вот что.
Вдруг за ней водились какие-то темные делишки, ну,
в прежней жизни! Интересно, Ольга о ней хоть что-
нибудь знает?.. Впрочем, есть масса способов узнать
подноготную, и он, Владимир, попробует что-нибудь выяснить — ну, хотя бы пока не прибыл очередной «ответ с отказом» из очередной конторы, куда он
кинул очередное резюме!..

Телефон опять задребезжал.

Странное дело, звонили из издательства.

Что такое?.. Павел Семенович получил указание
изъять у него пропуск?

Береговой выждал несколько секунд, а потом нажал кнопку.

— Алло.

В трубке молчали, и в отдалении слышался привычный офисный шум и движение, и он вдруг понял, как соскучился по работе!.. До слез, до детского спазма в горле.

— Алло?!

Он взглянул — телефон работал, и секунды бежали.

— Перезвоните, я не слышу.

И нажал «отбой».

Митрофанова осторожно подергала дверь в собственную квартиру — заперта — и постояла, прислушиваясь.

Тихо.

Только слышно, как на четвертом этаже, путаясь и ошибаясь, играют гаммы. Или на пятом?..

Зайти в квартиру она не решалась — со страху.

Ей теперь все время было страшно!.. На работе она сильно вздрагивала, если ее неожиданно окликали, в маршрутке лезла на последнее сиденье, чтобы видеть весь салон, в магазине то и дело оглядывалась и сегодня обнаружила, что за ней неотступно следует человек в мятом костюме и несвежей рубашке. Хорошо хоть не завизжала на весь зал, сообразила: это охранник — должно быть, она показалась ему подозрительной!..

Так и ушла, ничего не купив, и ужинать теперь нечем.

Наверху бабахнула дверь, Катя быстро вставила ключ в замочную скважину, повернула и юркнула внутрь.

Лоб у нее был мокрый, шее больно, и дышалось тяжело — все от страха. Морщась, она потерла шею под воротником водолазки и пристроила сумку под вешалку.

Свет везде горел, она не выключала его даже на ночь.

— Я пришла, — хрипло объявила она неизвестно кому и зачем, и голос пропал где-то за кухонной дверью.

Ногам было холодно, надо бы сапоги купить, да уж теперь не до сапог!.. Митрофанова, кряхтя и держась рукой за стену, стряхнула мокрые ботинки.

Что же за жизнь-то такая началась?!. Трудная, неприкаянная.

Как будто с петлей на шее.

Настороженно заглядывая за все углы, как в кино, где бравые ребята в камуфляже и с автоматами тоже заглядывают за все закоулки и врываются куда-нибудь непременно на счет «три», Митрофанова на счет «десять» добрела до кухни.

Тут тоже горел свет, и холодно было так, что застучали зубы, — окно открыто настежь, и на подоконнике и на полу растеклась лужа от растаявшего снега.

В холодильнике, ледяном и пустынном, обнаружилась банка маминого абрикосового варенья, бережно и трепетно хранимая, половина привядшей луковицы в пакетике, «тунец в масле» и одно яйцо.

Митрофанова захлопнула холодильник — чего в него смотреть-то без толку? — покосилась на окно, за которым было черно и от этого страшно, села к столу и пригорюнилась.

Значит, каков итог сегодняшнего дня?..

Анна Иосифовна вызвала ее и почти указала на

дверь — да, да!.. Пусть это не было сказано словами, но Екатерина Митрофанова поняла именно так.

Ты наделала непростительных ошибок и должна за них поплатиться.

Увольнение Берегового только первая из них. Она была почти уверена, что, как только вернет уволенного начальника IT-отдела на работу, Анна Иосифовна найдет изящный, совершенно необидный способ избавиться от нее самой.

Что-то было сделано не так. Что-то такое, чего директриса никогда ей не простит.

Где она, Екатерина Митрофанова, умная, жесткая, осторожная, могла просчитаться? Что именно она упустила — да так, что теперь никак не может поймать?!

И Стрешнев!..

Последние дни он ведет себя странно, как будто залег на дно и чего-то выжидает. Избегает ее, почти не звонит, на совещании помалкивал, и когда Анна Иосифовна за что-то ему пеняла, только улыбался совершенно по-щенячьи и махал рукой — простите, мол, дурака, никак с мыслями не соберусь!..

Это на него совсем не похоже.

Он что-то знает и скрывает от нее, Кати.

Что это может быть?.. Убийство?.. Всплыли какие-то новые детали?.. Или они оба, и Стрешнев, и Анна Иосифовна, что-то узнали от Берегового, который кричал, что «она убивает людей»?! Что он мог им рассказать?! И когда и где они могли с ним встретиться так, что она, Катя, ничего об этом не знает?

Митрофанова закашлялась, в горле стало горячо и жестко. Она наклонилась и сунула лицо в ладони.

— Меня саму чуть не прикончили, — шептала

она, раскачиваясь. — Вот прямо на пороге. Они же видели!.. И Маня, и Сашка!.. И теперь я должна звонить этому... который на все издательство орал, что я людей убиваю...

Она долго шептала и раскачивалась, но не плакала, а только мелко дрожала и время от времени приказывала себе не дрожать.

Потом выпрямилась, по-ефрейторски расправила плечи и повела подбородком.

В конце концов, трус не играет в хоккей, это она усвоила давно и четко.

Если нужно звонить и каяться и нету, нет другого выхода, значит, она будет звонить и каяться!

В конце концов, это просто работа. Обстоятельства непреодолимой силы, как пишут в договорах. Она, Екатерина Митрофанова, не может преодолеть эту самую силу и поэтому должна звонить.

Печатая шаг, она вышла в прихожую и достала из сумки телефон.

Можно себе представить, *что именно* испытает человек, которому она сейчас позвонит! Что именно и как именно он ей скажет.

Впрочем, лучше не представлять.

Телефон прогудел раз. Другой. Третий.

Только бы он не взял трубку!.. Если не возьмет, «обстоятельства непреодолимой силы» не станут преодолимыми, но необходимость преодолевать их отложится хоть на какое-то время.

Ну, еще один гудочек, последний, и я нажму «отбой»!.. Только не бери трубку, не бери ни в коем случае!..

— Да.

Голос показался ей холодным и угрожающим.

— Владимир, это Екатерина Петровна Митрофанова.

— Я узнал.

Митрофанова дышала быстро и очень тихо, чтобы он не слышал.

Что говорить?! *Как* говорить?!

— Владимир, мне необходимо с вами встретиться. Приезжайте завтра в издательство часам к одиннадцати, у меня как раз закончится совещание, и мы сможем...

— Я не приеду.

Она села под вешалку, прямо на сумку. В трубке молчали.

— Вы, наверное, неправильно меня поняли, — заговорила она снова через некоторое время. Голос у нее подрагивал, и она ненавидела себя за слюнтяйство. — Мне на самом деле необходимо с вами побеседовать. Это имеет отношение к тому, что произошло в издательстве. Нам нужно кое в чем разобраться, но если вам неудобно к одиннадцати, давайте...

— Я не приеду, — повторил Береговой. — До свидания.

Она отняла трубку от уха и провела по ней пальцем.

Пластмасса была совершенно мокрой — от ее усилий и страха.

Он не приедет. Все логично. Она тоже не поехала бы ни за что!..

Пошарив в сумке, Катя выудила из нее пакетик с салфетками, аккуратно развернула и старательно протерла липкий телефон.

В горле дрожало, и казалось, что оно вот-вот лопнет.

Анна Иосифовна *приказала* ей вернуть чертова Берегового на работу. Она не может не вернуть его, это ясно.

«Это твой вопрос», — формулировала директриса, давая кому-то персональное поручение.

Это вопрос Екатерины Митрофановой, а она давно привыкла решать свои вопросы самостоятельно и отвечать за то, что сделано, — всегда.

Значит, так не пойдет, пропади ты пропадом!.. Я доведу дело до конца, каких бы унижений мне это ни стоило. Ты можешь швырять трубки, кричать грозным голосом, но я должна поговорить с тобой — и я поговорю.

А об унижениях я знаю столько, сколько тебе и в кошмарном сне не приснится, ублюдок, придурок!.. *Тебе-то* уж точно не удастся меня унизить.

Митрофанова выпрямилась и решительно нажала кнопку.

Если ты сейчас не возьмешь трубку, завтра я позвоню тебе домой, или стану караулить на лестничной площадке, или под дверью твоей подружки, но — черт возьми! — я сделаю все, чтобы решить этот «мой вопрос», и, может быть, Анна Иосифовна оставит меня на работе!

Должно быть, Владимир Береговой чувствовал то же самое, когда его увольняла Екатерина Митрофанова: обиду, страх, унижение, и все пытался объясниться, оправдаться, но она была непреклонна — тогда, а он будет непреклонен сейчас!

Это даже никакая не месть. Это просто... симметричный ответ. Как ты со мной, так и я с тобой.

— Да.

— Если вы не можете приехать в издательство, давайте приеду я к вам, — четко и холодно произнесла она. — Говорите, куда и когда.

Вадим Веселовский на встречу согласился легко, впрочем, Алекс в этом нисколько и не сомневался. Он был уверен, что Вадиму станет любопытно, что именно понадобилось от него новому сотруднику издательства «Алфавит», а от любопытства, как известно, кошка сдохла!..

— Только я очень занят, — весело сказал Веселовский в трубку, — если хотите, приезжайте ко мне на работу!.. Но это далеко, за МКАДом.

Таким образом, роли были распределены сразу: нам от вас ничего не надо, а вам, если уж приспичило, придется тащиться семь верст до небес и все лесом, так что как хотите.

— Приехали за секретами фирмы? — заговорил Веселовский, едва Алекс вошел в кабинет, просторный и светлый, как дельфинарий. — Так нету никаких секретов, нету! А вы еще и по шее получите, если в издательстве узнают, что вы со мной сепаратные переговоры ведете! У вас там не любят нашего брата!..

Помедлив, Алекс переспросил рассеянно:

— Вашего брата?..

— Ну да! Уж больно всех задевает, что мы вперед идем, а они в своем болоте загнивают! — Тут Веселовский радостно захохотал.

...Что-то ты переигрываешь, дружок. Нервничаешь сильно? С чего бы тебе нервничать? Ты даже не предложил мне сесть и не спросил, как меня зовут, а по телефону я представлялся только по фамилии! Посмотрим. Поглядим. Оценим.

Алекс стоял посреди «дельфинария», разматывал с шеи шарф, хозяин кабинета вольготно сидел в кресле, покручивался из стороны в сторону, похохатывал, поигрывал карандашиком и ни секунды не был спокоен.

— Ну, и как там? В бывшем отчем доме? Все та же благость и сладость? Бабку в дом престарелых еще не сдали? Давно пора, давно! Да и вообще вся эта история с издательским бизнесом на ладан дышит, позапрошлый век! Первопечатник Василий Федоров уже не в моде! Технологии, друг мой, технологии! За ними будущее. А в Сети каждый сам себе и писатель, и читатель, и редактор, и директор!

И он опять захохотал.

Алекс сказал равнодушно:

— Иван.

— Извиняюсь, я даже не спросил, как вас зовут! — И Веселовский покрутил головой, будто посмеиваясь над своей забывчивостью и прощая ее себе.

— Первопечатника звали Иван, — объяснил Алекс. — Не Василий. Вы ушли из «Алфавита», потому что бизнес бесперспективный?..

— Я ушел, потому что здесь мне предложили повышение и оклад больше почти вдвое! — Он казался раздосадованным. Еще бы, так промахнуться с первопечатником-то! А начал хорошо, просто отлично, и вся комбинация предполагалась легкой, выигрышной! — Ну, и, конечно, все оскорбились, особенно императрица Анна! Такого никогда в жизни не было, чтоб ее драгоценное издательство по своей воле кто-то кинул! А я осмелился! Да бабка и не отпустит никогда, она же змеюка! Ядом изойдет, всю жизнь отравит, это она может.

— Она отравила вам жизнь?

Тут Веселовский вновь захохотал, и Алексу, так и стоявшему посреди кабинета, показалось, что с каждым разом хохотать ему все труднее и труднее.

— Да господь с вами, юноша! Вы посмотрите! — И он простер руку. — И еще вот сюда посмотрите! — И он простер другую. — Где я и где они?! Отравила жизнь, я вас умоляю! Да если б она даже попыталась, разве ей со мной тягаться!

Следом за его простираниями дланей Алекс послушно оглянулся и посмотрел сначала туда, а потом сюда. Огромный кабинет с окнами от пола до потолка, со стеклянной мебелью и немыслимыми перепадами света, который эти стены и потолок излучали, казалось, сами по себе, был увешан дипломами. Вадим Веселовский, должно быть, собирал все награды, полученные в разное время за самые разнообразные достижения, и украшал ими свою жизнь.

Дипломы в стеклянных и деревянных рамках производили совершенно определенное впечатление.

— А вы что хотите узнать-то? Спрашивайте, у меня времени не так чтоб очень... — тут Вадим стряхнул на запястье толстые часы розового золота и полюбовался на них. — Совещание за совещанием, ох, уж эти большие компании!.. Мне после нашей избушки на курьих ножках первое время даже тяжеловато было. За настоящим бизнесом не угнаться, друг мой! Но я привык, привык.

Алекс никак не мог взять в толк — то ли этот мужик редкостный болван, то ли играет роль, стремясь увести его от правды.

Но зачем? И от какой правды?..

— Вы работали с авторами?

— Ну да, если их можно так назвать. Коммерческое поле, вы ж понимаете, если редактор! Вы редактор?

Алекс промолчал.

— Ну, вот, с Гориным работал — не Горин, а сплошное горе, — и он опять засмеялся. Должно быть, от того, что получился каламбурчик. — Умнее всех, в задницу пошлет и не поморщится, а писателишка-то так себе, прямо скажем, средненький, ничего особенного. Нет, премии всяческие получает, это бабке очень нравится, а как же, издательству престиж! А сам!.. — тут Веселовский махнул рукой. — То опоздает, то рукопись не сдаст, а у нас план! То вдруг в Израиль его понесет, ему, видите ли, для работы нужно! Какая там у него работа, сиди себе, выдумывай и выдавай на-гора! А бабка ему все прощала, привечала, в кабинете чаем отпаивала, если вдруг с бодуна приедет, — как же! Гений! А какой он, на фиг, гений! В Интернете каждый второй такой гений!

— Ну, Горина печатают и читают. Покупают за деньги, обсуждают, по телевизору показывают, — осторожно заметил Алекс.

Разговор становился все интереснее. Особенно интересным Алексу показалось то, что Веселовский, топ-менеджер процветающей частной компании «Колбасы России», про «скромное» издательство «Алфавит» сказал «у нас».

— Ну, читают! Ну и что?! Раскрутка хорошая, вот и читают! Да я сам его раскручивал, боже мой! Я про это столько могу вам порассказать! Или вот Покровская! Тоже ведь покупают и читают!

При этом имени Алекс насторожился.

Правнучка авиаконструктора Поливанова — писательница Марина Покровская — не выходила у него из головы.

— Вы ее видели? Ну, вам же надо с авторами работать, вас должны были представлять! Или бабка и это упустила?!

— Я Покровскую видел.

— А читали?

— Нет.

Веселовский захохотал.

— И не читайте! От скуки подохнете, клянусь мамой! А туда же — детективный автор! В Интернете таких авторов...

— Каждый второй? — перебил Алекс, но Веселовский его не слушал.

— А самомнение какое! Ей бы вагоны разгружать, а она в литературу лезет и в телевизор, где ее спрашивают и где не спрашивают! То про гаишников рассуждает, то про любовь, то про политику! А кто ее на телевидение за руку привел?

— Кто?

— Да я же и привел! Она сидеть не умела прямо, в камеру не смотрела, краснела, кашляла, двух слов не могла связать! Я тогда всех редакторов упрашивал — только возьмите, только возьмите! А ее не хотел никто! А потом — конечно! Когда в нее такие миллионы вбухивают, как не раскрутиться! Вы с ней поосторожней, кстати, — вдруг предупредил Веселовский доверительно. — Ее бабка обожает, и... другие менеджеры тоже. Так что она в издательстве вес имеет.

— Другие менеджеры — это Стрешнев и Митрофанова?

— И они тоже, — согласился Веселовский с некоторой, кажется, заминкой. — И, главное, знаете, Маня все святую из себя корчит! Приезжает, подарки привозит, за всеми ухаживает, со всеми дружит, а все это вранье. Сожрет и не подавится. Никто и ничего ей не нужно, кроме ее вселенской славы!

— Мне так не показалось.

— Да какая разница, что там вам показалось! — Веселовский вдруг рассердился. — Вы же пришли хорошо если неделю назад! И мой вам совет — уматывайте оттуда, пока не поздно, не связывайтесь вы с ними! Все равно работать в полную силу не дадут, а задницы всем лизать быстро надоест. — Тут он вдруг замолчал на секунду и спросил совершенно серьезно: — А вы кто?

Алекс посмотрел ему в переносицу:

— Меня зовут Александр Шан-Гирей, и я...

— Да нет! Вы кто? Редактор? Пиарщик?

— Я не пиарщик.

— Вам бы все равно ничего делать не дали! Там все решает одна бабка, а она уже давно в маразме! Все ваши проекты и идеи, если они у вас есть, полетят псу под хвост, если бабка их не одобрит! Вы из штанов вылезете, а бабку с места не сдвинете! Вот она взялась любить эту самую Покровскую, а на всех остальных ей положить! Никто не пробьется, никто, хотя я сколько талантливых авторов приводил!

— Вы хотите сказать, что издательству не нужны новые авторы? Так не бывает.

— Еще как бывает! Вон Ольга из отдела русской

прозы та-акие детективы выдает! Мы и под ее фамилией посылали, и под чужой, по-всякому, а ей — от ворот поворот! Место, мол, занято! Покровская заняла! А ей мно-ого места нужно! Она же у нас не женщина, а конь с яйцами! Да и вообще под бабами работать — хуже некуда, — и Веселовский опять махнул рукой. — Так что мой тебе совет, парень, сваливай ты оттуда, пока еще не заржавел там, в трясине этой.

Что-то в его пламенных речах казалось Алексу странным, непонятным, и кабинет, напоминавший дельфинарий, тоже был как будто откуда-то ему знаком.

Он вышел в коридор корпорации «Колбасы России», задумчиво постоял возле окна, за которым простирались поля, поля, и снег летел, самый настоящий, зимний, сухой и морозный.

...Простыну, слягу с температурой, буду спать, читать и ни о чем не думать. Особенно о писательнице Покровской, которой, оказывается, «ничего не нужно, кроме вселенской славы»!

Он еще постоял, потом разыскал пиар-отдел, соврал, что он новый фотограф, и его прислал Вадим Веселовский, и ему хотелось бы посмотреть кое-какие проекты.

Алекс мило улыбался, смущался, извинялся, стрелял глазами в девушку, туго обтянутую розовой водолазкой. Волосы у него доставали почти до плеч, на шее болтались наушники, а дубленка, которую он то и дело ронял, была дорогущая, с иголочки, — и материалы ему показали.

На посту директора по рекламе и пиару корпорации «Колбасы России» бывший сотрудник издательства «Алфавит» Веселовский провел акцию под названием «Без картона», суть которой сводилась к тому, что именно в этой колбасе нет никаких примесей, то есть бумаги. Привнес инновацию — давать изделиям названия литературных персонажей или писателей. На выбор были предложены: колбаса вареная «Обломов», корейка «Война и мир», шпик острый «Лев Толстой».

...Болван? Вот прямо редкостный?

Алекс поблагодарил девушку, закрыл объемистые папки с рисунками, диаграммами, слайдами и цифрами и вернулся в коридор. От батареи шло тепло, и он жмурился от удовольствия, грел руки, даже дубленку пристроил так, чтобы погрелась и она и потом надеть ее теплой стороной было приятно.

...Значит, некая Ольга из отдела русской прозы пишет романы, а Анна Иосифовна их зажимает и не печатает, потому что любит писательницу Марину Покровскую. В издательстве все зависит исключительно от мнения генеральной директрисы. А на всех остальных ей «положить». А таких, как Покровская или Горин, только что получивший в очередной раз «Большую книгу», самую престижную литературную премию в этой стране, в Интернете пруд пруди, но им никак не пробиться.

Занятно.

Вадим Веселовский сто раз посылал эти самые романы генеральной директрисе, и она их все отвергла! Нет, он сказал не так. Он сказал «мы», а не «я».

«Мы посылали», вот как он сказал.

Забыв на батарее дубленку, Алекс стремительно вернулся в кабинет Веселовского, тот что-то тревожно гудел в телефон, согнув обтянутые полосатым пиджаком плечи, в которых на самом деле была «косая сажень»!..

— Послушайте, вы же ушли! — Веселовский брякнул трубку на стол. — У меня совещание, я же вам сказал!

И он опять вытряхнул из манжеты упитанные розовые часы и потряс ими у себя перед носом.

— Сколько сейчас времени? — быстро спросил Алекс.

Веселовский моргнул.

— Сколько?

Веселовский уставился на циферблат в первый раз осмысленно:

— Три пятнадцать. Нет, а что такое, я не понимаю!..

— На какой адрес вы отправляли детективы вашей подруги? По электронной почте?

— Да. А что такое, я не понимаю!..

— Адрес помните?

— Да на бабкин адрес и отправляли! Анна-Иосиф, собака, алфавит, точка, ру. Или что-то в этом роде! А чего вам надо-то?!

— В издательстве всем известно, что Анна Иосифовна никогда не пользуется компьютером. Ей всё приносят исключительно на бумаге. Ее почту получают секретарь и заместители, но у них свои электронные адреса. Откуда вы взяли ее личный адрес? И откуда узнали о том, что он в принципе существует?

Веселовский вдруг переменился в лице. Кресло под ним дрогнуло.

— Во-он что! — протянул он задумчиво. — Ты, выходит дело, засланный казачок!

— Так откуда?

— Да пошел ты! Все равно ничего не докажешь!

Тут Алекс позволил себе улыбнуться.

— А мне и не надо ничего доказывать. — Он пожал плечами. — Я же не райотдел милиции. Тут ведь дело не в доказательствах, а в репутации. А она у вас и так подмоченная.

Веселовский стал медленно подниматься из кресла.

...Соображай быстрее! Ну что ты такой тугодум, ей-богу! Шпик острый «Лев Толстой»! Выходит, никакой ты не острый, а тупой?! Совсем тупой?!

— Я тебя на куски порву, — ласково завел Веселовский, — как козявку прихлопну. Ты посмотри на себя! Дунь — и рассыплешься! Бабкин лазутчик! Со мной тягаться вздумал?!

— Тягаться с вами действительно не имеет смысла, — заключил Алекс. — Скучно.

Он поправил на плече ремень сумки и пошел было прочь, но в дверях остановился:

— Интерьер обновите! Ну, что же вы так?.. Я все думаю, на что это похоже?! А похоже на конференц-зал ярославского футбольного клуба «Шинник». — Он, как давеча Веселовский, простер сначала одну руку, а потом другую. Сумка опять едва не упала с плеча, и Алекс ее подхватил. — Сплошные вымпелы, дипломы и кубки.

...Ну, вот и все, пожалуй. Вот так уже веселее. Еще не совсем «горячо», но уже и не «холодно». Можно начинать игру. Посмотрим теперь, куда ты кинешься. Хотя все и так ясно.

...Ехать было неблизко, в самый центр, и всю дорогу Митрофанова не разрешала себе думать. Ни о чем. На счастье, таксист попался болтливый. Первым делом включил радио погромче — «Шансон», разумеется, который грянул про тяжелую долю и еще что-то, кажется, про рябину, — потом повернулся к пассажирке передом, а к дороге, стало быть, задом и заговорил.

Начал с Путина и Медведева, перешел к футболу, оттуда перекинулся на Олимпиаду в Сочи, а оттуда уже рукой подать до всеобщего воровства и кумовства, а там и конец света близок!..

Митрофанова поддакивала и кивала, время от времени вяло удивляясь, как это им удается все же ехать, не задевая поминутно встречные и поперечные машины, а также фонарные столбы, цветочные палатки и пешеходов. «Шансон» все гремел, только теперь уже про шарманщика и Пальма-де-Майорку, и снег летел в лобовое стекло, и светофоры переключались, и желтый свет мутно расплывался за грязным стеклом.

Встречу Владимир Береговой назначил в кафе — Митрофанова аккуратно записала адрес — и буркнул, мол, «будет не один», и, только выбравшись из удалой «Волги», она сообразила, что, должно быть, испортила ему свидание.

Ну и черт с ним! Авось не первое и не последнее, переживет. А ей нужно довести затеянное Анной Иосифовной дело о возвращении «блудного сына» до логической точки и завтра уже с утра рапортовать о выполнении. Разбираться будем потом.

Впрочем, и не «сын», и не «блудный»!.. Берегового директриса едва помнила по фамилии, и ушел он не сам — Митрофанова его выгнала!

В кафе было людно, шумно, но «прилично», как мгновенно определила Екатерина Петровна.

— Вас ожидают? В курящем зале мест нет, только в некурящем! Это на втором этаже! — Девушка в черной кургузой жилетке, делающей ее похожей на еврейского портняжку из местечка, вооружилась тяжелой коленкоровой папкой, где, по всей видимости, были перечислены яства, представленные в данном заведении. Яств, судя по толщине папки, было немало. Митрофанова сглотнула голодную слюну и огляделась, прищурившись.

— Так на втором?..

Береговой оказался на первом — в очередной раз торопливо оглядывая зал, Митрофанова наткнулась на него взглядом. Он, видимо, давно ее увидел, но просто сидел и ждал, смотрел исподлобья.

Митрофанова независимо выпрямила плечи, сложила губы куриной гузкой, подумала и издалека кивнула. Щекам и шее под водолазкой стало жарко, как при температуре.

С ним за столиком, спиной к ней, сидел какой-то парень, и он поднялся, когда она подошла. Береговой остался сидеть. От него, как от айсберга, в душном зале веяло холодом.

— Добрый вечер, — ефрейторским голосом пролаяла Митрофанова.

— Здрасти, — пробормотал парень и посторонился, давая ей место.

Береговой — ледяной антарктический айсберг — ничего не сказал.

...Ну, хорошо же! Ты думаешь, мне приятно все

это проделывать?! Смотреть на тебя, умолять, каяться?! Да мне и не в чем каяться, ты понял, придурок!

— Может, сразу чего-нибудь принести? — спросила портняжка, по-птичьи высунув голову. — Воды? Свежевыжатый сок? У нас даже ананасовый есть! — добавила она хвастливо.

— Воды, — отрывисто приказала Митрофанова. — Холодной, газированной. И чашку кофе. Только сварите как следует, ладно? Чтобы можно было пить.

— У нас вкусный кофе, — обиделась портняжка. — У нас вообще все вкусное!

Береговой — мимо Екатерины Петровны — улыбнулся девушке доброй улыбкой, и она улыбнулась в ответ. В одну секунду они объединились против Митрофановой, злым голосом отдававшей дурацкие приказания, и она вдруг от этого еще больше расстроилась.

Ну, почему, почему так? Почему в последнее время все против нее?! Что случилось? Что пошло не так в тот день, когда в издательстве «Алфавит» обнаружили труп? Или еще раньше что-то пошло не так, только она этого не заметила, упустила?..

Вот упустила, и лови теперь, и не поймаешь, да и непонятно, что ловить!

— Владимир, мне нужно сказать вам два слова, наедине. Как нам это лучше сделать? Может быть, отсядем? Я не займу у вас много времени, — это было сказано ею со всем возможным сарказмом.

Так как Береговой молчал, Екатерина Петровна повернулась к парню, который мыкался у нее за спиной и никак не мог пролезть на свое место.

— Вы же нас оставите на пять минут?

— Разрешите я протиснусь, тут тесно очень.

Митрофанова подвинулась, он боком плюхнулся на стул и откинул со лба длинные волосы.

— Меня зовут Дэн Столетов. — Кате показалось, что представление, которое они на двоих с Береговым разыгрывают, его веселит. — Я в журнале «День сегодняшний» работаю. Слышали, наверное!..

Митрофанова вся подобралась.

Вот только журналистов нам и не хватает! И так скандал в издательстве стал достоянием гласности — между прочим, исключительно из-за попустительства этого самого Берегового, который сидит теперь цаца цацей, красна девица в высоком терему, ни на кого не глядит! Зачем он привел с собой журналиста?! Чтоб еще подпортить ей жизнь, а заодно и репутацию «Алфавита»?! На весь свет рассказать, что она сволочь и стерва?! Посвятить прессу в какие-то корпоративные тайны?!

— А что такого я сказал? — увидев, как она изменилась в лице, Дэн Столетов сунулся к Береговому. Тот пожал плечами, сфинкс проклятый! — Да нет, вы не волнуйтесь, я сейчас не на работе, интервью у вас брать не собираюсь!..

Митрофанова мрачно посмотрела на него. Он покивал, как бы ее успокаивая:

— Мы с Володькой давно дружим. И вот, ужинаем сейчас. Вы будете ужинать?.. Володь, скажи что-нибудь уже!

— Добрый вечер, Екатерина Петровна.

Тут она сообразила, что отчества Берегового не знает и отплатить ему той же монетой не может. Вот тебе и симметричный ответ!..

— Владимир, я не хочу никого задерживать. Уделите мне две минуты вашего драгоценного времени, и я поеду.

Береговой хотел было что-то сказать, но не стал, и пауза все затягивалась, как петля на шее, и журналист Дэн Столетов решил спасать положение:

— Вот мы с Сапоговым недавно материал сдавали — Сапогов — это фотограф наш — как раз про писателя. Он страшно знаменитый, только я фамилию забыл. Так он все рассказывал, как его издатели обирают! Сам на «Хаммере» ездит, а издатели его обирают!

И Дэн откинулся на спинку, чтобы насладиться произведенным впечатлением. Ни Береговой, ни Митрофанова это сообщение никак не прокомментировали, и тогда он продолжил:

— А его супруга или подружка, что ли, фотографией очень увлекается. Ну, хобби у нее такое! И вот писатель соглашается на интервью, но говорит, что супруга пойдет в нагрузку! А гонорар ей следует заплатить, как нормальному фотографу за нормальную фотосессию! Прикинь, Володь?! Вот он что, ненормальный?! Или они все такие?

— Я не знаю. Я с писателями никогда не работал.

— А вы, Екатерина... Ивановна?

— Петровна. Писатели бывают разные. Как и читатели. И программисты, и журналисты. Владимир, мне нужно с вами поговорить. Наедине.

— Вы уже говорите. Можете продолжать. И считайте, что мы наедине.

Митрофанова стиснула кулачок. В горле было тесно, и хотелось плакать.

— Я на секунду в бар, — заявил Дэн Столетов,

поднялся, очень высокий и лохматый, — сигареты кончились, а официантку не дозовешься!

— Спасибо вам, — в спину ему сказала Митрофанова, повернулась и смерила Берегового взглядом — с ненавистью. — Я не стала бы с вами возиться, если бы не Анна Иосифовна. Честно сказать, я бы вообще не вспомнила о вашем существовании!

— Возиться?.. — переспросил Береговой.

Эта баба так его бесила, что он делал массу лишних движений — передвигал на столе солонку с перечницей, менял их местами, изучил со всех сторон «Специальное зимнее предложение», сложенное пирамидкой и сулившее всем желающим «глинтвейн с корицей и долькой апельсина», только бы на нее не смотреть.

— Вы же знаете нашего генерального директора! Хотя откуда вам знать... Ей всех жалко, и она непременно должна всех спасать. В данном случае она решила, что вас следует спасти, иначе вы пропадете, а она этого допустить не может и не хочет. — Митрофанова излагала не совсем то, что говорила Анна Иосифовна, но какая разница! — Короче, вы можете вернуться на работу хоть завтра. Вот и все. До свидания.

И поднялась, очень решительная.

— Ваш кофе, — запыхавшаяся официантка поставила на стол круглую, дивно пахнувшую чашку с нарисованным кофейным зернышком и крохотную пузатенькую бутылочку минеральной воды. — Вы уже решили, что будете кушать, или еще подумаете?..

— Я подумаю, — заявила Екатерина Петровна и потянула свою сумку.

— Как — вернуться на работу? — спросил Береговой, и тут только она на него взглянула.

Реванш дан. Противник пал. Беднягу жаль. Победа за нами!

Антарктический айсберг растаял, испарился, и на его месте оказался растерянный донельзя начальник IT-отдела. В огромной ручище он сжимал солонку — может, перечницу — и хлопал глазами, как второсортный актер в сериале.

— Подождите, что значит — на работу?!

— Сигареты только дамские, — заявил вернувшийся Дэн Столетов, — а вы что, уже уходите, Екатерина... Васильевна?

— Петровна.

— Ну, кофе хотя бы выпейте! Они же старались, варили!

— Это точно? — спросил Береговой. — Про работу?..

Митрофанова сосредоточенно кивнула, поколебалась, боком присела на стул и отхлебнула кофе. Ей очень хотелось и поесть, и выпить, и от переживаний не держали ноги, но она знала, что надо немедленно уходить. Вот только еще один глоток.

— То есть я завтра могу приехать в издательство, прийти в свой отдел, и все будет по-прежнему?..

Он все еще не верил и уточнял — с осторожным восторгом.

Зато Дэн Столетов сразу все понял.

— Ну, я ж тебе говорил — рассосется! — И, перегнувшись через стол, хрястнул Берегового по плечу. — А ты — все пропало, все пропало! Ничего не пропало, и за это я предлагаю всем срочно накатить! Накатим?..

— Мне пора, — заявила Митрофанова со странным сожалением. Уезжать ей не хотелось.

Что такое?! Не будет же она *на самом деле* выпивать в обществе Берегового и его лохматого приятеля?!

— Вина? — деловито осведомился Дэн Столетов, проворно листая толстые страницы меню. — Или виски?.. Меня подруга научила виски пить, я раньше ни черта в нем не разбирался. А она спец! И купажированный, и односолодовый, и береговой, и островной, и торфяной, и дымный, и черт знает еще какой!

— Ваша подруга алкоголичка? — зачем-то спросила Митрофанова строго.

— Да не-ет, ну что вы! Просто у нее муж только виски и пьет, и она научилась! А сейчас так вообще в рот не берет, у нее ребенок маленький. Да вы не подумайте, она не так чтоб сердешная подруга, — он вдруг засмеялся. — На самом деле подруга. Друг то есть. Ее Глафирой зовут. Мы с ней в прошлом году в такой детектив попали — закачаешься! Вот если бы я романы писал...

— Я нахамил вам там, в «Чили», — негромко сказал Береговой, — вы меня извините. Я... не хотел.

— Хоте-ели, — повернувшись к нему, протянула Митрофанова. — Еще как хотели!.. И я на самом деле не знаю, как мы с вами теперь будем работать!

— Мы с вами никогда не работали вместе и теперь не будем.

— Только на это и надеюсь! — Она постаралась быть как можно более язвительной, но тут, вслед за его извинениями, вдруг вспомнила, что Анна Иосифовна велела ей раскаяться.

...Господи, что такое происходит в последнее

время в ее жизни?! Почему все вышло из-под контроля?! Или Вадим во всем виноват — она ему поверила, расслабилась, а потом слишком сильно закрутила собственные гайки, вот теперь их и срывает одну за другой?..

— Выбрали, что будете кушать? — возникла официантка.

— Мы пить будем! — радостно сообщил ей Дэн Столетов. — Мы будем пить виски в больших количествах. Или вы виски не пьете, Екатерина?..

Он опять позабыл ее отчество, осекся, моргнул, но продолжил так же лихо:

— Нам по сто грамм «Чиваса», двенадцатилетнего, и яблочный сок. А хотите кока-колу?.. Чтоб одно с другим бодяжить, «Чивас» — самое то. Благородное виски для этого не подходит. Это меня все Глафира научила, — добавил он хвастливо. Видно было, что ему почему-то приятно то и дело упоминать эту самую неизвестную Глафиру.

— А покушать?.. — влезла официантка.

— Кусок мяса на гриле, — вдруг брякнула Митрофанова. — И побольше.

— Вот это правильно! — одобрил Дэн Столетов, а Владимир Береговой от изумления, кажется, икнул, но у нее не было сил оценивать его изумление.

— «Кушать» — это ужасно, — процедила Митрофанова в спину удаляющейся официантке, но все же так, чтоб она не слышала. — Неприлично. Нужно говорить «есть»! Или тогда уж — ужинать, завтракать! Но точно не «кушать».

— Вот Глафира тоже всегда говорит, что так нельзя! Будто это лакейское слово! А вы где учились?

— В университете.

— И я тоже! И Глафира, между прочим...

— Я должна перед вами извиниться, — выговорила Митрофанова с отвращением. — Я дала Анне Иосифовне слово!.. С ее точки зрения, я уволила вас несправедливо.

— А с вашей...

— Да какое это имеет значение! Раз она считает, что несправедливо, значит, так и есть. Извините меня. Я ошиблась.

Береговой вдруг пристально посмотрел ей в лицо, и она не отвела глаз. Журналист Дэн Столетов притих, да и вообще ресторанный шум вдруг как-то отдалился, растаял. Зацепившись взглядами, они никак не могли оторваться друг от друга.

— Послушайте, — сказал Береговой негромко, — неужели вы на самом деле думаете, что я намеренно выложил в Сеть те фотографии?! Или что я мог как-то... проконтролировать, чтоб никто их не выложил, и не сделал этого?

— Не знаю, — призналась Митрофанова честно. — Но в тот момент мне казалось, что уволить вас — самое правильное решение. Вы допустили утечку информации, крайне нежелательную для нашего издательства! А за издательство отвечаю я! Ну, может быть, не я одна, — поправилась она быстро, — но это именно мой вопрос, репутация, престиж и все прочее!

— С чего вы взяли, черт побери, что всем остальным наплевать на престиж и репутацию?

— А вам разве есть до этого дело?!

— Есть, — сказал Береговой, который никогда в жизни не думал ни про престиж, ни про репутацию.

Он занимался любимым делом, и оно доставляло

ему удовольствие, радость, а иногда раздражало и утомляло, и, только посидев без *всякого дела* и рассылая во все стороны собственные унылые резюме, он оценил, какое это счастье — возможность заниматься любимой работой и ни о чем не думать!

— Мне есть дело до издательства, — повторил он упрямо, и скулы у него покраснели. — Только я не воплю об этом на каждом углу так, чтоб меня непременно слышало начальство и ценило мое служебное рвение!

— Тише! Ты чего опять разошелся, Володя?!

Береговой дернул плечом, за которое взялся Дэн.

— А я, выходит, воплю!.. — Катя вдруг с ужасом подумала, что все же заплачет, а плакать перед ними ну никак нельзя. — Исключительно ради начальства!

— Ну-у, показательные выступления вам удаются, Екатерина Петровна!

— А вам лучше помалкивать, пока никто не передумал...

Неизвестно, чем кончилось бы дело, если б у Берегового не зазвонил телефон. Но он зазвонил, грянул какую-то разухабистую мелодию.

— Да! — гаркнул Береговой, и Митрофанова быстро закурила, вытряхнув сигарету из пачки Дэна Столетова.

— Владимир, это Алекс Шан-Гирей.

— Да.

В трубке помолчали.

— Кто, кроме вас, знает, что Анна Иосифовна пользуется компьютером и у нее в кабинете есть Интернет?..

— Что?!

Там опять помолчали.

— Так кто знает, Владимир? Кто-то из вашего отдела?

— Из моего никто, — пробормотал Береговой и зачем-то прикрыл рукой трубку. — Кабель тянули интернетчики, их со стороны нанимали, никто из них в издательстве не работает... Нет, подождите! А с чего вы взяли, что у нее... что в кабинете есть Интернет и она...

— Электронный адрес вы для нее регистрировали? Пароли придумывали?

— Я...

— Кто еще знал пароль и адрес?

— Никто.

— Что случилось? — одними губами спросил Дэн Столетов, подсунувшись к самой трубке. Митрофанова тоже смотрела с интересом. Сигарета дымилась у нее в пальцах.

Береговой кое-как поднялся из-за стола и ушел с телефоном за вешалку, на которой громоздились груды одежды.

— Послушайте, — заговорил он приглушенно, втискиваясь за эти груды, — что вам нужно?! Почему вы задаете мне такие вопросы?

— Кто еще знал, Владимир?.. Из вашего отдела никто, значит, из другого! Девушка Ольга из русской прозы?..

— Ольга тут совершенно ни при чем! И те фотографии — просто глупость, шалость!..

— Какие фотографии? — помолчав, осведомился Алекс.

— За которые меня уволили! Но она мне все объяснила! И вообще это не имеет значения, потому что меня не уволили!..

— Вас вернули на работу?..

— С извинениями! — сказал Береговой со всей язвительностью, на какую был способен. — Сама Митрофанова извинилась! Передо мной!..

— Понятно. — Алекс еще помолчал немного. — Значит, увидимся в издательстве.

И пропал из трубки.

Береговой начал вылезать из-за вешалки, чуть ее не уронил, но вовремя подхватил, удержал.

— Вот черт, — сказал он сам себе, рассматривая чужую одежду. — Что за дела!..

Он вернулся за стол, хватил теплого виски из увесистого толстодонного стакана, немного подышал открытым ртом и осведомился:

— Кто такой этот Шан-Гирей?..

Писательница Поливанова прибыла в «Алфавит», как всегда, опоздав часа на полтора. Поначалу Настя звонила ей каждые десять минут, осведомлялась, где именно в данный момент находится Марина Алексеевна, ибо Анна Иосифовна заждалась, а ей необходимо отъехать «в город» — почему-то так говорили, когда встречи назначались не в издательстве, а на нейтральной территории.

Настя звонила, и Маня рапортовала, где именно сейчас проезжает, слегка привирая, конечно, в свою пользу. Например, доехав до Белорусской площади, Маня сообщала, что уже на «Соколе». Потом Настя звонить перестала. Видимо, Анна Иосифовна все же уехала, не дождалась ее.

Ну, и слава богу!..

С генеральной директрисой она еще успеет повидаться, а вот с Митрофановой ей давно надо серьезно поговорить. И вообще хотелось пошататься по издательству, в котором она давно не была!.. Она любила просторные коридоры, уютный свет, особый запах огромных принтеров, стоящих в коридорах. На этих принтерах распечатывались рукописи талантливых авторов — не талантливых распечатывались тоже! Любила отдел рекламы, целый этаж, поделенный стеклянными стенами на почти космические отсеки, где верстались сумасшедшей красоты плакаты, придумывались слоганы и разрабатывались стратегии и кампании, и в каждом углу стояли доски, исчерканные маркерами разных цветов и исписанные непонятными до ужаса иностранными словами. Однажды на такой доске Маня потихоньку нарисовала рожу, и ее долго не стирали, писали иностранные слова и рисовали стрелки вокруг рожи. Еще она любила, когда на первый этаж привозили только что отпечатанные книги, пачки, обернутые плотной коричневой бумагой и обвязанные шпагатом. На пачках было коряво написано «Дирекция № 1», или «Стрешнев», или «5 этаж» — смотря кому предназначались пачки. В библиотеке любила посидеть, в царстве Анны Иосифовны. Эта библиотека напоминала ей собственную квартиру, только была просторней и богаче, но Маня там всегда чувствовала себя уютно, она там даже иногда писала, дожидаясь кого-нибудь из начальства.

И — это все глупости, конечно! — еще Мане до смерти хотелось увидеть Алекса, который не шел у нее из головы.

Во-первых, она совершенно точно его откуда-то знает!.. Вспомнить бы, но никак не вспоминается.

Во-вторых, он занят расследованием убийства,

между прочим, по просьбе Анны Иосифовны, а на детектива решительно не похож, уж в детективах-то писательница Покровская разбиралась превосходно, и очень гордилась тем, что разбирается!..

В-третьих... В-третьих...

— Он вам, матушка, нравится! — громко сказала сама себе Поливанова, пристраивая машину на единственное расчищенное место в крохотном внутреннем дворике издательства, остававшееся свободным. — Вот уж вам не пристало!..

За плечами у писательницы Поливановой числился один давний и невразумительный развод студенческих времен, а больше ничего подобного не было. Случилась, правда, несколько лет назад «несчастная любовь» — не такая несчастная, как у Кати, и, в общем, даже не любовь, но все же история вышла... грустная.

«Предмет» — когда грусть поутихла, Маня мысленно стала называть его именно так — не обращал на нее никакого внимания, хотя она, как школьница, делала все, чтобы ему понравиться. Она... ухаживала за ним, вот в чем штука! Даже в театр приглашала, и на день рождения в ресторан, где собирались знаменитости, и еще на какие-то премьеры в Дом кино, бог весть куда!..

И «предмет» ничего, не отказывался. Ухаживания принимал, ходил и в театр, и в ресторан, и со знаменитостями с удовольствием общался, но дальше... дело не шло. В конце концов все свелось к какой-то странной дружбе, где один влюблен, то есть, влюблена, а второй этим пользуется, хорошо проводя время!

Эта странная связь продолжалась года четыре, и

Маня все глубже и глубже втягивалась в нее, как наркоман в тяжелые препараты, и в конце концов ей стало казаться, что она и впрямь без него жить не может и он — единственный, кто «ее понимает», и, значит, у нее такая любовь.

Любовь без любви.

И она сама, Маня Поливанова, существует только для того, чтобы «предмету» жилось легко и весело. С кем с кем, а с ней, Маней, всегда было весело!.. И деньгами она его выручала, если вдруг случались «перебои», и с нужными людьми знакомила, и мчалась по первому зову, если вдруг у него бывали неприятности на работе или плохое настроение, смотрела преданными глазами, развлекала, утешала.

Он никогда с ней не спал, и под дождем они не целовались — когда дождя не было, не целовались тоже! Но она все четыре года ждала, когда он наконец «прозреет» и поймет, какое она, Маня, сокровище и как его жизнь будет пуста без нее, если он, в конце концов, в нее не влюбится!

Вот черт побери!..

Сердясь на себя за дурацкие воспоминания, Поливанова выпрыгнула из машины прямо в сугроб — снег моментально набился в туфли — и вытащила с заднего сиденья свой потрепанный портфель.

В портфеле лежала рукопись, написанная совершенно неожиданно для нее самой гораздо раньше срока, и Маня заранее предвкушала восторг издателей.

Еще бы!.. Рукопись!..

— И пошло все к чертовой матери! Я все равно лучше всех! — во весь голос объявила она, выбралась на асфальт и потопала туфлями.

— Здравствуйте, Маня.

Она оглянулась, поскользнулась, замахала руками, и Алекс поддержал ее под локоть.

Может, из-за того, что она только что думала о нем, а может, потому, что он слышал то, чего слышать ему вовсе не следовало, или из-за «предмета», который так в нее и не влюбился, несмотря на все ее старания, Маня ни с того ни с сего рассердилась.

— Здрасти, — сказала она неприветливо, отняла у Алекса руку и пошла к высокому крылечку, на котором уже красовалась елочка и подмигивала гирляндочка.

Чтобы открыть дверь, следовало приложить в замку пропуск, и Маня стала ожесточенно рыться в портфеле.

Чертов пропуск — кусок заламинированного картона размером чуть больше визитной карточки — никак не находился. Маня перерыла все сверху донизу — нет пропуска! — и пошла по второму кругу. Краем глаза она все время видела Алекса, который стоял у нее за спиной, ничем ей не помогая.

Она рассердилась окончательно, перестала рыться, оглянулась и посмотрела злыми глазами.

— Вы что? Не можете дверь открыть?

— Не могу.

Тут она вдруг заинтересовалась:

— Почему?

— Потому что у меня нет этой штуки.

С некоторым усилием она отвела от него глаза — пропади ты пропадом совсем! — опять нырнула в портфель и процедила:

— Забыли, что ли?..

— Мне его еще пока не выдали. А ваш у вас в кармане.

Писательница Поливанова схватилась за карман, выудила оттуда пропуск и уставилась на него.

Алекс улыбнулся.

— Вы мне его... подбросили?!

— Вы стояли так, что мне был виден краешек вашего пропуска в кармане.

— Так и сказали бы сразу! Чего ж вы ждали?!

— Я сказал, как только увидел.

Он придержал перед ней дверь — очень галантно, — и они сразу разошлись в разные стороны. Он налево, к лифтам, а она направо, в «Чили», выпить кофе, раз уж все равно к Анне Иосифовне опоздала, и узнать последние новости.

Первой ей на глаза попалась Надежда Кузьминична, которая ждала своей чашки у стойки, и у нее было грустное, грустное и очень уставшее лицо.

— Мариночка! — просияла она, увидев Поливанову. — Здравствуйте! Вы с каждым днем хорошеете! Что вы такое делаете с собой, что все время улучшаетесь? Небось фитнес, да? Бассейн?

— Да-а, — согласилась Маня, отродясь не посещавшая ни бассейнов, ни тренажерных залов. Неизвестно, зачем согласилась.

Просто она сердилась на Алекса и на себя за то, что сердилась на него.

— Вы знаете, у нас новогодний вечер перенесли на после Нового года!

— Как это? — не поняла Маня.

— Анна Иосифовна распорядилась, — понизив голос, сообщила Надежда Кузьминична. — Сказала, что после того происшествия, — и она показала глазами куда-то вверх и вбок, — праздновать нехорошо и вообще не по-христиански. Ну, вы же понимаете?..

Маня кивнула, делая вид, что понимает. Неизвестно зачем.

Затем, что сердилась на Алекса, должно быть.

— И все вечеринки только после, когда уже все будет позади. А наша жизнь такая, господи, никогда не знаешь, что впереди, что позади! Может, это убийство, — Надежда Кузьминична почти зашептала, — и не самое страшное, знаете ли...

— А что самое страшное?

— Да вот конец света грядет, и по календарю майя все сходится. Все туда, туда идет, вы разве не чувствуете? Что творится, это же ужас, ужас!..

Маня Поливанова не любила разговоров про конец света, ибо была уверена, что ни предсказать, ни предотвратить, ни как-то подготовиться к такому широкомасштабному мероприятию все равно не удастся. А заранее бояться — только время терять, она и так постоянно его теряет! Книг написала мало, не рассказала еще и десятой части историй, которые постоянно лезли ей в голову, за «предметом» ухаживала много лет, и все без толку!.. Нобелевскую премию по литературе тоже все никак не получит, в общем, дел полно, только успевай поворачиваться! Но Надежду Кузьминичну с ее грустным лицом ей стало жалко.

— Да, может, все еще обойдется! — сказала она бодро и кивнула турку, который ей улыбнулся. — Может, мы пока поживем. А ужас-то в чем, Надежда Кузьминична?

— С мужем у меня... беда прямо. Не знаю, что делать.

— Заболел?

— Да нет, слава богу, здоров, но вот... Ведь из последних сил держусь, Мариночка! — вдруг выговорила Надежда Кузьминична сдавленным шепотом и всхлипнула. — Ну, совсем недостает мне их! Ни сил, ни денег!

— А что происходит?! Я ничего не знаю! Может, вам как-то помочь?..

Тут пожилая редакторша вдруг вся подобралась, втянула голову в плечи, оглянулась по сторонам, как в шпионском фильме, подхватила со стойки свою чашку и забормотала перепуганно:

— Ничего, ничего, Мариночка, вы не обращайте на меня внимания, я устала очень!.. Это все просто так. Пройдет.

— Надежда Кузьминична, погодите!

— Нет-нет, Мариночка, это я так!.. Я вот кофейку попью. Я вас заболтала совсем, наверное, вы ведь тоже за кофейком, да?.. Вы не слушайте меня, это нервное, а выглядите вы просто прекрасно, и все потому, что бассейн! Мне мой невропатолог все время говорит, что в бассейн надо, а у меня и времени нет, и не получается никогда...

Она говорила, не замолкая ни на секунду, отступая от стойки, крохотная чашечка дрожала у нее в руке.

Маня проводила ее глазами.

Странное дело.

Надежда Кузьминична особой истеричностью вроде бы не отличалась, наоборот, всегда была жизнерадостной и бодрой, и на корпоративных вечеринках, подвыпив, пела басом романс «Калитка».

— Отвори потихоньку калитку и войди в чудный сад ты, как пень, — пробормотала Поливанова себе под нос. — Как пень...

— Пардон? — переспросил турок, варивший ей кофе. — Пень?

По-русски он понимал плоховато, но все стремился научиться, и Мане это нравилось.

— Когда спиливают дерево, остается пень, — объяснила она охотно, и турок немного подумал, а потом кивнул — понял.

Потом еще подумал и опять спросил:

— Войди, как пень?..

— Это просто шутка. Игра слов.

— Играть так не всегда... можно, — выговорил турок с трудом. — Такой игра бывает опасный. Когда не знать, что игра. Думаешь, что настоящий слова, и она игрушечный.

— Игрушечные слова? — Маня задумчиво отхлебнула кофе, который он ей подал. — Да, это опасно.

Митрофановой не было на месте, но секретарша сказала, что она в издательстве и вот-вот будет, и Маня отправилась к Стрешневу, которого тоже на месте не оказалось.

Вот ведь дела какие!..

На эту рукопись, в кои-то веки написанную до срока, столько сил пошло, раздумий, эмоций, сожалений, недовольства собой, гордости собой, радостей, горестей, бессонных ночей, столько кофе выпито, да и валокордину, должно быть, целый литр — а похвастаться некому! Все разбрелись кто куда. Некому сию секунду оценить ее героический подвиг!

Нужно было этому, с его кудрями, ресницами, странными глазами и «интересною бледностию», сказать: «Вы знаете, я роман дописала!» Интересно, что именно он бы ей на это ответил?.. Должно быть, промолчал и пожал плечами. Маня давно обратила внимание, что он почти всегда секунду молчит, прежде чем ответить, и то и дело пожимает плечами.

— Пошел вон! — сердито сказала ему Поливанова. — Не приставай ко мне. Только тебя мне не хватало! И вообще!..

Она сделала круг по стрешневскому кабинету, очень уютному и хорошо обставленному, заглянула в книжный шкаф, достала Дидро — издательство Academia, 1936 год, перевод П. И. Люблинского, — открыла на первой попавшейся странице и прочитала: «Желательно сохранить у молодых девушек привычку краснеть перед мужчинами: этот легкий румянец украшает их, а он может утратиться».

— Мо-ожет, — громко согласилась Маня. — Вполне может утратиться.

И посмотрела название произведения. «О школе для молодых девиц», вот как оно называлось.

Она прикрыла дверцу и изучила свое отражение в стекле, как бы проверяя, утратила она эту самую способность или нет — будучи уже довольно пожилой девицей. В стекле отражалась краснощекая физиономия, довольно жизнерадостная. Никакой «интересной бледности».

— Сдалась она тебе, эта бледность! — фыркнула Поливанова. — Ты бы вот лучше просветителей почитала, пока время есть! Ведь только что думала о том, как бездарно живешь жизнь!

И она махнула зажатым в руке Дидро вместе с его «Школой для молодых девиц». Из книги вдруг выпал какой-то листок, и Маня кинулась его поднимать, совершенно уверенная, что от ее неосторожного обращения старинная книга разваливается прямо на глазах и Стрешнев ей за это всыплет.

Всем в издательстве известно, как он любит книги, трясется над ними и бережет — почти как Анна Иосифовна!..

Листок оказался не страницей из Дидро, а вполне современной бумажкой, сложенной вчетверо. Неизвестно зачем, Маня его развернула и посмотрела.

На нем ничего не было, кроме отпечатанной жирным шрифтом буквы «С».

Маня повертела листок так и эдак. Чепуха какая-то.

— Что ты здесь делаешь?!

Почему-то она испугалась так, что почти уронила томик, но подхватила и прижала его к животу.

— Ой, господи!..

— Что ты здесь ищешь?!

Стрешнев стремительно подошел и почти вырвал у нее из рук книгу.

— Сашка! — сказала Поливанова не очень уверенно. — Как ты меня напугал! Привет.

И улыбнулась, тоже неуверенно и как будто заискивающе. С чего это он так разозлился?..

— Что ты здесь искала?

Он повернулся к ней как-то так, что рослая Поливанова сделала шаг назад.

— Ничего я не искала. Я тебя ждала и просто... смотрела твою библиотеку. У тебя очень интересные книги! Я не знала, что нельзя.

Он взял у нее из пальцев листок, где не было ничего, кроме буквы «С», и быстро разорвал его пополам. А потом еще пополам. Маня смотрела на его руки.

— Саша, что случилось?!

— Ничего.

— Дверь была открыта, я просто зашла, я же всегда к тебе захожу, даже когда тебя нет...

Он все рвал и рвал листок, и Мане вдруг показалось, что он сейчас швырнет клочки ей в лицо.

— Я прошу прощения, — сказал он и засунул обрывки в задний карман брюк. — Просто я не ожидал тебя здесь увидеть. И я не люблю, когда трогают мои книги. Тем более это очень редкое и старое издание.

«...Что-то не то, — стучало в ушах у Поливановой. — Здесь что-то не то. Ты чем-то очень его напугала».

Чем?.. Дидро и «Школой для молодых девиц»? Или этим листочком, на котором была одна-единственная буква? Что такого ты могла увидеть, чего видеть не должна?..

Стрешнев осторожно поставил книгу в шкаф и закрыл дверцу.

— Маня, не сердись, — попросил он. — Просто я на взводе! С Митрофановой с утра поскандалил из-за этого, как его... айтишника, которого вернули на работу! Бабка уехала, а обещала аудиенцию дать, у меня миллион бумаг от Канторовича на подпись.

Он говорил это вроде совершенно обычным тоном, но Маня, чуткая к любой фальши, уловила страх и напряжение.

«...Что-то не то. Здесь что-то не то. Дело не в

редких и старых изданиях и уж тем более не в Митрофановой, с которой он «поскандалил»!..»

— Ма-ань! Не смотри ты на меня так! Ну, сорвался я, с кем не бывает!

— Бывает, — согласилась Поливанова, тоже изо всех сил стараясь говорить самым обыкновенным голосом.

— Ну, хочешь, я на колени встану?

И он шутливо раскинул руки и даже стал приседать, как будто на самом деле намеревался бухнуться на колени.

— Не надо на колени, зачем! — забормотала Поливанова и стала отступать к двери. — Где-то здесь я еще портфель свой кинула! А, вон же он!..

— Манечка, ну что ты?! Ну, не сердись на меня! Я же просто так!

Уговаривал он ее тоже как-то чрезмерно, избыточно и как будто фальшиво.

— Подожди ты со своим портфелем, давай лучше кофейку попьем, а? Как ты любишь, с холодными сливками, с сахаром! Ты же меня ждала! А когда тебя ждет такая красивая женщина...

— Я тебе роман привезла, — сказала Маня, рассматривая его очень внимательно.

— Дописала?!

— Нет, на середине бросила!

— Что, честно дописала?!

— Ну, конечно. И привезла. Как ты думаешь, Анна Иосифовна меня в Питер отпустит?

— Да она тебя до Питера на руках понесет! Прямо из своего кабинета! Манечка, это же счастье и ликование! Вот ты молодец какая!

— Я молодец, — согласилась Поливанова и подумала: а ты чего-то боишься.

И я подошла к этому совсем близко. Слишком близко.

Не влезай, убьет.

Почему-то долго не подавали багаж, и Митрофанова, побежавшая покупать то ли газеты, то ли минеральную воду, куда-то запропала. Маня, помыкавшись немного, присела на холодную решетчатую лавочку. Несколько таких лавочек стояло вдоль низкой перегородки, отделявшей зону прилета от зоны вылета. Вообще, в Пулкове все было проще, чем в Москве. Проще, понятней и уютней, что ли. По крайней мере, Мане так казалось.

Вообще, Питер казался ей понятней Москвы, логичней, правильней и закономерней.

Она любила прилетать сюда на работу. Для нее не было ничего лучше внезапно подвернувшейся — или запланированной! — поездки в Питер!..

Анна Иосифовна всегда отправляла ее «в командировку», не скупилась на дорогущую гостиницу и бизнес-класс в самолете, устраивала встречи в лучших книжных магазинах, с кем-то договаривалась, звонила, чтобы встречали. Отправила и на этот раз, в благодарность за только что сданный роман, и ничего лишнего не спросила — мало ли какие дела могут быть у девочки в Северной столице, даже если эта девочка известная писательница и утверждает, что летит в командировку, хотя все такие командировки всегда обговаривались и планировались заранее, и к ним серьезно готовились — чтобы отработать издательские денежки по полной программе и соблюсти все интересы!

На этот раз никто ни к чему не готовился. Позвонили Денису, директору огромной книжной сети «Буквоед», сказали, что летит Поливанова, и все дела. Бедный Денис за полдня подготовил две встречи в книжных магазинах — на Невском и в каком-то спальном районе, вот тебе и командировка!

Маня нарядилась в белое пальто, которое никогда не носила в Москве — жалела и немного стеснялась, — и лакированные ботинки на каблуках. В блестящих носах отражался свет, и она время от времени любовалась на отражение.

Куда ж это Митрофанова запропала?..

Маня перелистала журнал, захваченный из самолета, пересчитала все плитки на полу — они были разного цвета, черного и белого, через одну, всего шестьдесят четыре, встала и отправилась рассматривать немудрящие сувениры в витрине. Представлены были мишки, матрешки и хохломские плошки.

Багаж так и не подавали, а лакированные ботинки на каблуках все сильнее давили на пальцы, как пыточные колодки времен испанской инквизиции.

Кто такую обувь делает, а?.. Вот заставить бы их хоть полдня проходить в этих чертовых ботинках! Зачем она их надела?! Впрочем, несмотря на гренадерский рост, она любила воздвигаться на каблуки. Митрофанова считала, что это исключительно «от комплексов».

Маня переступала ногами, как стреноженная лошадь, и оборачивалась на ленту транспортера — без толку!.. Порассматривав мишек и матрешек, она вернулась на железную лавку — не было никаких сил стоять — и открыла опостылевший журнал.

Какой-то человек прошел в отдалении и остановился, отдельно от толпы, и, кажется, поглядывал на нее.

Она решила, что ни за что не станет поворачиваться, но он все маячил. Она листала журнал быстрее и быстрее, всем своим видом демонстрируя независимость, но он так и не уходил и, похоже, продолжал смотреть.

В конце концов ей это надоело. Если поклонник, то пусть уж подойдет и попросит автограф, а если просто так пялится, то она, Маня, всегда готова дать отпор кому угодно!..

— Пять минут, — еле слышно пропела она себе под нос, — пять минут, ждать осталось так немного!

Потом скатала журнал в трубку, посмотрела в него на пол, как в подзорную трубу, сделала специальное лицо, предназначенное для навязчивых поклонников, и быстро обернулась.

В двух шагах от нее стоял Александр Шан-Гирей, и у него было странное, растерянное выражение лица.

— Здравствуйте, — сказал он, не приближаясь. — Вы меня не узнаете?..

— Как я могу вас не узнать?!

— Ну да, — пробормотал он, — конечно. Извините.

Он еще постоял секунду, потом пошел к ней и заговорил на ходу:

— Я сидел в самолете прямо за вами, но не решился...

Маня Поливанова смотрела на него во все глаза.

Он был странно одет, то ли очень бедно, то ли очень богато, сразу не разберешь. Длинное распахнутое пальто, мягкий шарф, свитер с высоким горлом, джинсы, заправленные почему-то в сапоги. Волосы почти до плеч, бледные щеки, светлые беспокойные глаза, смотревшие прямо и как-то очень... откровенно.

Непонятно почему, известная писательница Поливанова — Марина Покровская! — вдруг страшно смутилась.

Ну, просто до слез.

От смущения она заговорила сразу резко и громко:

— А вы что здесь делаете?..

— Где... здесь?

— В аэропорту, конечно!

— А... я прилетел. Вместе с вами. Мы летели на одном самолете.

— Это я уже поняла, вы сидели прямо за нами! Что вы делаете в Санкт-Петербурге?

Вопрос был глуп.

Он помолчал, и в этой привычке не отвечать на вопрос сразу она узнала в этом новом человеке того самого, с которым недавно столкнулась в издательстве и который пил чай у нее на кухне.

Здесь был какой-то совершенно другой человек.

И он пояснил после паузы:

— В Санкт-Петербурге у меня дела.

Это означало: каков вопрос, таков ответ.

Где сядешь, там и слезешь.

В огороде бузина, а в Киеве дядька.

Подумав про дядьку, Маня как будто очнулась. Шан-Гирей по-прежнему пристально смотрел ей в лицо, словно хотел высмотреть что-то тайное, скрытое от всех остальных.

— А я на работу, — зачем-то объяснила она, хотя он-то ни о чем ее не спрашивал. — Здесь, в питерском «Буквоеде», презентация моей книги, только не новой, а старой, потому что новая пока не вышла, но меня все равно пригласил Денис, генеральный директор, несмотря на то что книга старая, а не новая.

Алекс как будто удивился немного:

— Презентация книги?..

Маня, почувствовав почву под ногами, усмехнулась с некоторым превосходством.

— Вы же в издательстве работаете! Так всегда делается! Книжники приглашают писателей. Писатели приезжают на встречи с читателями. Продажи возрастают. Книжный магазин радуется. Издательство ликует. Вам положено это знать.

Он кивнул совершенно равнодушно. Кажется, ей не удалось его уколоть.

Где же, черт возьми, Митрофанова?!

Тут вдруг зажужжало, зазвенело, замигало красным, дрогнул и поехал транспортер вдоль стены, и люди, истомленные ожиданием, освобожденно задвигались, заговорили и направились к ленте.

— Как выглядит ваша сумка?

— Простите?..

— Я принесу вашу сумку.

Маня Поливанова вдруг пришла в волнение. Она моментально засуетилась, подскочила, бросила журнал в урну — он шлепнулся так звонко, что какие-то иностранцы оглянулись на них, — и ринулась к транспортеру.

Алекс ничего не понял.

Она протолкалась в первые ряды, по-птичьи вытянула шею и уставилась завороженным взглядом в квадратную пасть, выплевывавшую сумки и чемоданы.

Он подошел.

Завидев свой коричневый саквояж в переплетенных вензелях и шашечках знаменитой европейской фирмы — предмет ее чрезвычайной гордости, ибо у каждой уверенной в себе женщины должны быть дорогие, уверенные в себе сумки! — она стала было тянуть его с ленты, но тот, что был в Москве совсем другим, не дал ей никаких шансов.

Он чуть-чуть подвинул ее плечом и легко стащил саквояж.

— Вас кто-нибудь встречает?..

Она посмотрела на свой багаж у него в руке.

— А?.. Нет, мы на такси.

— Подвезти вас?

Она просто глаз не могла оторвать от своей сумки. Следит, чтоб он не сбежал?..

— Спасибо, не нужно.

Он пошел вперед, как будто прокладывая ей дорогу в толпе. Она двинулась за ним, позабыв про Митрофанову, и попыталась вырвать у него из руки саквояж!..

— Спасибо вам большое, но я и сама могу.

Он очень удивился, но не отдал.

— Я донесу ваши вещи до стоянки.

— Мне неудобно, — пробормотала она, — спасибо, конечно...

Каждый раз, когда она бормотала «спасибо», он взглядывал на нее, как ей казалось, чуть насмешливо. Он вообще держался очень уверенно, от его московской нервозности не осталось и следа, и ей приходилось все время делать над собой усилие, чтобы соотносить того, кого она знала в Москве, с этим, который нес сейчас ее сумку.

Миновав стеклянную крутилку-дверь, куда ежеминутно ломился народ, они выбрались на улицу, в туман, сырость и серость, и тут она опять стала рвать у него свою поклажу.

— Алекс, дальше я сама.

— Все-таки я провожу вас.

— Некуда меня провожать!.. Я Митрофанову потеряла, сейчас пойду искать, куда ее черт понес, и мне бы сигарету выкурить...

— Я подожду.

— Да не нужно!..

— Я люблю «Буквоед», — вдруг сказал Алекс, вконец устав от препирательств. — Тот, что на площади Восстания!.. Там можно пить кофе и читать книжку сколько угодно. Однажды я так просидел до утра. Почему-то мне ночью пришло в голову, что я хочу почитать Мариенгофа. И я пошел его читать.

И он подумал с внезапным ужасом — зачем я это сказал?..

Он был совершенно уверен: Маня сейчас спросит — вы сумасшедший?.. И тут все и кончится.

Кончится даже то, что еще и не начиналось вовсе.

Никаких шансов. Жизнь линейна и однозначна, и в ней все повторяется раз от раза. Бег по кругу. Так по цирковой арене бегает дрессированный пудель. У него рябит в глазах, он все время чувствует один и тот же запах сырых опилок, пота и звериной мочи, но у него нет ни ума, ни сил, ни воли повернуть в обратную сторону, или выбежать на середи-ну, или перемахнуть манеж и броситься по ступе-ням вверх.

Это просто невозможно, и все тут.

Какой еще Мариенгоф среди ночи в «Буквоеде» на площади Восстания?! Вы сумасшедший?..

— Слушайте, — вдруг сказала писательница По-ливанова с неподдельным восхищением. — Я тоже так хочу!.. Сидеть ночью в книжном магазине и чи-тать что-нибудь странное.

Он помолчал, а потом пробормотал растерянно:

— В следующий раз я вас... приглашу. Можно?..

И в этот момент что-то случилось.

Вроде бы свинцовые питерские небеса не раз-верзлись, солнце не выглянуло из-за туч, мрак не был попран, и время не остановилось. Но она уста-вилась в асфальт и сказала:

— Можно. У вас есть мой телефон?..

Он даже не сразу сообразил, о чем она спраши-вает, а, сообразив, замотал головой. Волосы упали на лоб, и он нетерпеливо откинул их растопыренной пятерней.

— Мобильного нет.

— Запишете?.. Или, хотите, я вам визитную кар-точку дам, там есть мобильный номер.

Сердце у нее стучало, и хотелось придержать его рукой.

— Лучше карточку, — ответил он не сразу. — А вы долго здесь пробудете?

— До понедельника.

Он спрятал картонный прямоугольничек во внутренний карман.

— Я позвоню.

Вместо снега из низкой тучи вдруг пошел дождь, и Маня Поливанова подумала, что дождь — всегда к удаче.

— Володечка, солнышко, а у меня мышь опять не работает!

— Об стол стучала?

— Не-е-ет! Разве можно?

— Нужно! Постучи, может, контакт отошел. Спиртом протирала?

— Я ее духами протирала! Между прочим, «Диор», вот понюхай, как пахнет! Эротик?.. Ну скажи, скажи, правда эротик?..

— Эротик. Батарейку меняла?

Леночка или Олечка уставилась на него в изумлении.

Береговой едва удержался, чтобы не шлепнуть ее по заднице и таким образом побудить к мыслительному процессу.

— Так чего там с батарейкой-то, а?

— Ой, а у нее есть батарейка, да?

— Есть! — весело сказал Береговой Леночке или Олечке и, вместо того чтобы хлопнуть ее по заднице, галантно поцеловал руку, чего не делал никогда в жизни. Он не умел ухаживать за барышнями... красиво.

Он вообще не умел за ними ухаживать.

И за этой не ухаживал. Он был в превосходном настроении, вот что!..

— Там есть батарейка, и даже не одна, а целых две! На вот! — он кинул на стол упаковку. — Возьми и попроси кого-нибудь у себя в отделе, чтоб поменяли.

— Ой, Володечка, ну до чего ты умница! Ну ты просто красавец! И мы тут все без тебя так скучали, та-а-ак скучали!..

Береговой без «них» тоже скучал, та-а-ак скучал, знала бы она! Чуть с ума не сошел, рассылая чертовы резюме, мучительно думая, где бы взять денег на кредит и на материну больницу, и каждой извилиной мозга сознавая собственную ненужность и никчемность!..

Как страшно, когда никому не нужен.

Как здорово, когда нужен всем, и все ругаются, что чего-то там не успел, недоделал, недодал, недоглядел!..

Раньше Владимира Берегового раздражали претензии окружающих и их чрезмерные запросы, и еще то, что с некоторыми приходится валандаться, как, например, с этой Леночкой-Олечкой! Нынче его все это умиляло.

— Да! — крикнул он ей вслед. — Я самое главное забыл! Ты ее иногда переворачивай.

Леночка или Олечка сделала пируэт и притормозила у самого порога:

— Кого, Володечка?

— Мышь, — объяснил он совершенно серьезно. — Ну, это же устройство! И оно имеет свойство перегреваться. Ее нужно время от времени переворачивать на спинку, чтобы она отдохнула. Поняла?

— Поняла-а, — задумчиво протянула умница и красавица. — Теперь буду переворачивать, Володечка!

Из-за перегородки давно уже раздавались хихиканье и шуршание, в последние секунды переросшие в отчетливое хрюканье и возню.

— Береговой, — сказали оттуда, как только дверь

захлопнулась, — ну, ты дал стране угля! Ты это... чего бедной девушке голову морочишь?!

— А термопасту опять всю по домам растащили, сволочи?!

— Владимир, кажется, я коробку в шкаф переставила, — пискнула Жанна. — Там еще много оставалось, мы не всю растащили, правда!

Он распахнул дверцы шкафа, и первое, что увидел, — микроволновую печь.

В тот день, когда его уволили и он собирался уйти навсегда, он так же распахнул шкаф и наткнулся взглядом на эту самую печь!

...Дурацкая коробка, в которую он складывал свои пожитки, все норовила перекоситься, из нее то и дело вываливались какие-то вещи, он ожесточенно совал их обратно и думал только об одном — жизнь кончилась. Вот эта, нынешняя, вдруг оказавшаяся прекрасной и совершенно особенной, с микроволновками и чайниками, которые притаскивали, чтоб он чинил, — какие, на хрен, микроволновки в IT-отделе! — с летучками по понедельникам, с вечно неработающим оборудованием, с сервером, который накануне «упал»!.. Тогда позвонила директриса спросить, что случилось, почему ни один компьютер в издательстве не работает, сотрудники, мол, на нервах, и он ответил как раз в том смысле, что сервер «упал». «Не разбился?» — озабоченно уточнила Анна Иосифовна.

...Нельзя дважды войти в одну реку?.. Совершенно точно нельзя? А если вдруг так получилось, что это единственная река, в которой можно плыть, и выгребать против течения, и стараться не перевернуться, и как-то латать дыры в днище, и на ходу успевать любоваться окрестностями, и иногда бормотать себе под нос, что устал и сил никаких нет, а иногда, наоборот, затягивать лихую разбойничью песню — от радости жизни?! Если нету другой такой реки?! Если во всех остальных наверняка потонешь?! Только сделаешь первый шаг, сразу и потонешь, прямо у берега, на мелководье. *Неужели в эту все равно нельзя вернуться?!*

— Я же просил! — громко и радостно сказал Береговой, рассматривая печь, старую знакомую. Ему удалось вернуться в собственную реку, и казалось, что теперь все на свете всегда будет удаваться. — Я же просил ее отдать! Жанна! Почему не отдали?!

— Никто не спрашивал, а мы... забыли.

— Забыли они! — фыркнул Береговой, отыскал за печью тюбик с термопастой и провозгласил: — Всех уволю!

— Может, не надо? — осторожно осведомились из-за перегородки.

— Надо. Слушайте, раз уж у нас есть бесхозная печь в аб-со-лют-но рабочем состоянии, может, сосисок нажарим, а? Кто хочет сосисок?

Хотели все.

Анна Иосифовна очень заботилась о здоровье вверенного ей коллектива, поэтому в столовой никаких сосисок не практиковали. Ни сосисок, ни кока-колы, ни — боже избави! — гамбургеров! Пакеты из «Макдоналдса» считались вне закона, их даже в урны не выбрасывали, утаскивали с собой, чтобы директриса, проходя по коридору, случайно не обнаружила веселенькие бумажки и картонки, выпирающие из мусорницы, и не устроила потом на три часа собрание, посвященное «правильному питанию», —

она это вполне могла!.. Старый повар с каким-то музыкальным именем, то ли Цезарь Антонович, то ли Модест Петрович, готовил паровую рыбку, запекал индейку, а особенно ему удавался «гречневый пирог с морковью». Все это было вкусно, конечно, и, главное, очень здоро́во — Цезарь Антонович или Модест Петрович был добыт Анной Иосифовной не в каком-то там кулинарном техникуме, а, ясное дело, в ресторане «Прага» — но иногда так хотелось сосисок, лапши из пакета и зажаренных пончиков, обильно присыпанных сахарной пудрой!..

— Значит, посылаем бойца за сосисками, — решил Береговой. — Чего еще кому охота? Печенья? Вафель? Соображайте быстрее! Сколько там у нас общественных денег?

— Восемьсот пятьдесят три рубля. Или нет, нет! Пятьдесят пять!..

— Хватит?..

Пока радостные сотрудники составляли «бойцу» список — «а еще сигарет, мы в окно покурим, дверь запрем!» — пока решали, сок или безалкогольное пиво, Владимир Береговой вышел в коридор.

...И мать выздоровеет!.. Ну, конечно, выздоровеет, такого быть не может, чтобы она все болела и болела!.. Нужно просто найти хорошего врача, который — раз, и вылечит ее! Ведь есть на свете хорошие, понимающие врачи. И вообще хороших, понимающих людей на свете гораздо больше, чем плохих, это уж точно!..

Вот Митрофанова, к примеру. Сука и сволочь, а все-таки перед ним извинилась. Конечно, ее Анна Иосифовна заставила, но ведь она извинилась!..

Стоп.

В этом состоянии из-за счастья возвращения в его собственную, единственную реку он совершенно позабыл о Митрофановой!.. И о том, что преступление как-то связано с ней — а оно точно связано!.. И если раньше ему, Владимиру Береговому, было наплевать на то, что происходит в «высших сферах», скажем так, в капитанской рубке корабля, который плыл по этой самой единственной реке, то теперь-то ему никак не наплевать!

Он должен разобраться, кто виноват во всей этой петрушке и причастна ли к преступлению Митрофанова. Ну, то есть, понятное дело, она причастна, он своими глазами видел фотографии, где *ее рука* вытаскивает из кармана убитого пропуск! Но как именно причастна?..

В то, что Екатерина Митрофанова могла зарезать человека в коридоре издательства, Береговой никак не мог поверить, хотя Ольга толковала ему именно об этом!

Очутившись под дверью ее отдела, он смутился немного, зыркнул по сторонам, как будто в том, что один сотрудник издательства пришел — исключительно по делу! — к другому, можно заподозрить нечто двусмысленное, неловкое.

— Здрасти, — слишком громко от неловкости сказал он, просунувшись в комнату, — Ольга, можно тебя на минутку?..

Ему показалось, что она недовольна его приходом — или он придумал это неудовольствие, потому что смущался и никогда не умел правильно ухаживать за девушками?..

Впрочем, он вообще не умел за ними ухаживать!..

— Ну, привет. Я рада, что тебя так быстро... что Анна так быстро во всем разобралась, короче!..

— Пойдем кофе выпьем? — бухнул Береговой и покраснел. — Мне поговорить с тобой нужно.

Она внимательно посмотрела ему в лицо.

Ничего особенного. Лишь щеки и уши горят, наверное, он только что с улицы.

Он не должен был вернуться! В ее планы это никак не входило. Он должен был остаться за бортом... навсегда. Здесь, в издательстве, он может быть опасен. И что ему от нее нужно?..

Впрочем, он ничего не должен заподозрить, а заморочить ему голову ничего не стоит.

Она посмотрела ему в глаза — он моментально отвел свои, и уши у него покраснели еще больше, — мило улыбнулась, взяла его под руку, и они пошли к лифту, как самая настоящая парочка.

В «Чили» она сразу же уселась на тот же самый диван, где они сидели *тогда*, вздохнула и попросила капучино с шоколадной крошкой.

— Оль, — с трудом начал Береговой, когда она деликатно отхлебнула и облизнулась, на верхней губе осталась пенка, очень соблазнительная. — Ты кому-нибудь говорила про бабкин комп?..

Он смотрел только на ее губы, румяные и в молочной пенке, и поэтому проглядел все остальное.

А она перепугалась так сильно, что рука у нее затряслась.

— Про... какой бабкин комп, Володя?

— Ну, про то, что я ей ноутбук покупал и сетевые розетки ставил! И еще почтовый ящик для нее открывал. Помнишь?

— Нет, — громко и резко сказала Ольга. — Ничего этого я не помню. А что такое?

Тут Береговой догадался взглянуть ей в лицо и поразился. Она смотрела на него с ненавистью — по крайней мере, ему так показалось. Впрочем, вполне возможно, что и померещилось, ибо он никогда не умел читать по женским лицам!..

— Как же не помнишь? Я тебе рассказывал! — удивленно забормотал он. — Ну, мы с тобой еще смеялись, что бабка всем говорит, будто она эти самые компы терпеть не может и работать за ними не умеет, а сетевую розетку ей поставь и ноутбук...

— Володя, ничего такого я не помню! И когда это было? Три года назад? Или пять?

-- Пять лет назад я еще здесь не работал.

— И какая разница, ставил ты ей комп или не ставил?!

— Да, в общем, никакой, но... этот новый зам... как его... мне звонил и спрашивал про бабкин компьютер.

— О господи! — Ольга с грохотом вернула чашку на блюдце. Сливочная горка дрогнула и покачнулась. — А мне-то что за дело?!

— Оль, ты что? Сердишься на меня?

— Да! — почти крикнула она. — У меня работы полно, рукописей до чертовой матери, и все талантливые, одна лучше другой, а ты ко мне пристаешь с какой-то ерундой!

— Прошу прощения. Я не подумал.

— Ты бы лучше подумал!..

— Оль, ты из-за бабкиного компа так рассердилась?!

Тут она поняла, что чуть не опростоволосилась.

Конечно, он туп как пень, этот самый начальник IT-отдела, но все же следует быть осторожней. Кроме того, бабка зачем-то вернула его на работу, причем с молниеносной скоростью!..

Ей нужно позвонить. Срочно. Прямо сейчас.

Ольга глубоко вздохнула — он моментально уставился на ее грудь. Пригубила кофе — он перевел взгляд на ее губы.

Обвести тебя вокруг пальца ничего не стоит, милый. Один раз я уже это сделала, и ты клюнул, попался. Сейчас я, кажется, дала маху, но все можно исправить.

— Володечка, — она придвинулась к нему поближе, — я сбегаю за телефоном, ладно?.. Ты подожди меня. Про компьютер я правда ничего не помню. Может, ты и говорил что-то, но я забыла давно!

Ольга улыбнулась ему, поднялась, очень деловито, протиснулась, даже коснулась легонько его плеча — мол, сейчас, сейчас, я всего на секундочку! — и быстро пошла, а потом побежала к выходу.

Береговой проводил ее взглядом.

Уши у него пылали, и сердце колотилось где-то не на месте — от стыда.

Телефон лежал у нее в заднем кармане, и он отлично это видел, потому что ему нравилось смотреть на ее задницу, аккуратно упакованную в тугие джинсики!..

Значит, она просто не желает с ним разговаривать. Он ей противен. До такой степени, что даже сидеть рядом с ним на диване ей невмоготу.

— Володь, привет! — Стрешнев хлопнул его по плечу. — Рад видеть. Слушай, у меня опять редакторская программа не идет, как только запускаю, сразу...

— Я посмотрю потом, — сказал Береговой, улыбаясь растерянно, и поднялся, очень высокий и неловкий. Коленкой он задел стол, и сливочная шапка брошенного Ольгой капучино опять дрогнула. — Я зайду к тебе, ладно?..

И стремительно пошел прочь из «Чили». Стрешнев проводил его глазами, фыркнул и покачал головой.

Береговой выскочил в коридор и постоял секунду, улыбаясь все той же идиотской улыбкой.

...Какого черта ты распсиховался! Ну, не хочет она с тобой разговаривать, и дальше что?! У тебя не идет это дело, ты сам прекрасно знаешь! С того самого дня, как Машка вышла замуж за Диму, это было на пятом курсе! Ты уехал на заработки, провались они пропадом, а когда вернулся, она была уже счастливая новобрачная. Ей показалось, что это остроумно — «была тебе любимая, а стала мне жена!». Вот с тех пор и...

Владимир приложил пропуск, устройство тонко пропищало, и он оказался в крохотном, насквозь прокуренном закутке. Одна дверь отсюда вела на склады, а другая на стоянку. Здесь курили исключительно водители и грузчики, которые на здоровый образ жизни, пропагандируемый Анной Иосифовной, чихали и кашляли — в прямом и переносном смысле!.. Сотрудники с «верхних» — в прямом и переносном смысле! — этажей этим выходом пользовались крайне редко, почти никогда.

— Ничего-ничего-ничего, — под нос себе пробормотал Береговой, — я больше не буду к ней приставать.

И толкнул ту дверь, что вела на улицу. Ему очень хотелось под снег.

Там ревели большегрузные машины, перекликались какие-то люди в комбинезонах, висел сизый дизельный дым от фур и катились телеги, нагруженные пачками книг.

Спиной к нему, утонув по щиколотку в размолотом тяжелыми шинами грязном снегу, стояла Ольга и почти кричала в телефон — шумно было вокруг:

— ...я не знаю откуда! Но он спрашивал меня только что! Вот пять минут назад! Если он узнает, все погибло! Конечно, тупой, но в компах разбирается будь здоров! А ему всего и надо, сложить два и два!.. Да точно тебе говорю! Ну и что теперь с ним делать?! Убить?! Мне срочно нужно с тобой увидеться, срочно, прямо сейчас! Я не дурю, я тебе серьезно говорю! Да, на машине. Да, приеду. Только прямо сейчас, слышишь?! И не смей мне врать, что занят!

Береговой сделал шаг назад, поскользнулся, чуть не упал, схватился за стену.

Только бы она его не заметила!..

Придерживая рукой, очень медленно он притворил железную дверь, перемахнул закуток, оглянулся.

— Давай! — процедил сквозь зубы. — Быстрей!..

Он уже выскочил в издательский коридор, когда за его спиной запищал кодовый замок — Ольга возвращалась.

Видела или нет?..

Он ворвался в «Чили», плюхнулся за столик, откуда, слава богу, еще не успели убрать их чашки, залпом отпил половину из своей и схватил позабытый кем-то журнал.

— Ну вот, — весело сказала раскрасневшаяся Ольга, уселась рядом и потрясла у него перед носом телефоном. — А то мне мама должна звонить!

И положила руку на его джинсовое колено.

Береговой посмотрел на нее. Она ему улыбалась.

— Где вы берете сюжеты? Выдумываете из головы или списываете из жизни?

Писательница Покровская улыбнулась неуверенно и слегка прищурилась, чтоб рассмотреть спрашивающего. Свет падал так, что людей по ту сторону рампы она почти не видела, только неясные силуэты.

Спрашивал щупленький, неказистый мужичонка в ворсистом пальто и мохеровом шарфе, утратившем от времени цвет. В руке он держал кроличий треух и время от времени вытирал вспотевший лоб — в «Буквоеде» было жарко.

— Сюжеты я выдумываю, то есть беру из головы, — сказала она громко и собралась было продолжить, но мужичонка, разочарованно крякнув, перебил:

— А вот как же другие писателя́, — он так и сказал «писателя́»! — пишут на основе, так сказать, реальных событий нашей сиюминутной действительности! Выходит, вы народ-то того, обманываете!..

— Как обманываю? — не поняла писательница. — В каком смысле?

— А в том смысле, что народ привык своим писателя́м доверять! — Опять «писателя́», что ты будешь делать!.. — А если вы из головы выдумываете, а не пишете всю народную правду в совокупности с нашими правоохранительными органами, призванными встать на защиту в виде полиции, как сказал в своем послании президент, значит, вы занимаетесь самым что ни на есть обманом!

И махнул треухом на Маню.

Она моргнула.

— Дело в том, — начала она, собравшись с силами, — что все детективы придумываются, если, конечно, это не документальная история! Например, в Америке до сих пор очень в моде романы-расследования, кто убил президента Кеннеди! Там уж никак нельзя придумывать, нужно собирать документы, факты и писать исключительно на их основе, а мои романы...

— Вот оно и получается, что романы ваши, так называемые, одно сплошное вранье и обман народонаселения!

— Следующий вопрос, — тихо, но отчетливо процедил у Мани за спиной Денис, директор «Буквоеда». Он всегда приходил на ее встречи с читателями — поддержать.

— Итак, следующий вопрос! — ликующим эхом отозвался ведущий. — Вот в третьем ряду, дайте микрофон, пожалуйста!

Юноша в очках шарахнулся от микрофона, который сунули ему под нос, и спросил что-то неслышное за гулом толпы.

— В микрофон говорите!

Юноша покосился на микрофон, кашлянул в него так, что во всех колонках грохнуло и по магазину прокатилось эхо, опять отшатнулся и спросил мимо — ни слова не разобрать.

— Как вы начали писать? — громогласно перевел кто-то из рядом стоящих. — Он спрашивает, как вы начали писать!

Маня Поливанова затянула довольно скучную историю о том, как она «начала».

Она сочиняла романы последние лет десять, и все это время никак не могла придумать, как вразумительно отвечать на вопросы, вроде «где вы берете сюжеты» и «как начали писать»!..

«Начала» она следующим образом. Ей было лет шесть, когда родители кое-как научили ее писать, то есть, высунув язык, старательно водить ручкой по бумаге. Это называлось «подготовка к школе». На бумаге оставались слова. Сначала они были все одинаковые, по слову на строчку, — в прописях. Потом стали разными — по три слова в предложении, в диктантах. Потом вдруг маленькая Маня сообразила, что можно писать их сколько угодно, когда угодно и в любом порядке, и это и есть восторг и упоение! Можно писать про лесную полянку, про медвежат, собак или космические корабли — это когда постарше стала! Про космические корабли получалось особенно здорово, и этими кораблями были исписаны широченные листы бумаги, на которых отец составлял глубоко научные и столь же непонятные программы для ЭВМ. На одной стороне программа, на другой про космические корабли. Листов было много, кучи, кипы! Потом пришло время историй про любовь, и напора Маниной подростковой фантазии не выдерживала ни одна тетрадь по химии. Почему-то именно на химии Маню очень тянуло на любовь. Учительница Вера Васильевна тетради изымала, вызывала в школу маму и долго внушала ей, что дочь, во-первых, недисциплинированна, во-вторых, ничего не смыслит в химии, а в-третьих, морально разложилась.

Нет, вы почитайте, почитайте, что она пишет! *Что она пишет!..*

Но Маню уже было не остановить, даже угрожавшая двойка по химии за четверть и то, что она вот-вот станет «позором семьи», никак не могли воспрепятствовать ее писанине! Она писала с упоением и восторгом и очень старалась как можно чаще болеть — Маня Поливанова, румяная, высоченная, громкоголосая, никак не тянула на «болезненную девочку», но симулировала виртуозно!.. Когда она в очередной раз «заболевала» и родители уходили на работу, оставив в специальном кувшинчике теплый гадкий грудной сбор от кашля, а в специальной кружечке разведенный фурацилин для полоскания, наступала полная, необъятная и упоительная свобода!

Маня выливала фурацилин в унитаз, морщась, единым духом проглатывала гадкое питье — отправить следом за фурацилином то, что старательно приготовила мама, у нее не хватало совести, — раскапывала заветную тетрадку, припрятанную за книгами, и неслась за стол. Писать!.. Там, в ее тетрадках, мир был необъятным, очень красивым, чуточку опасным, интригующим, романтичным, грозным, непредсказуемым, великолепным, роскошным, роковым, волшебным, странным — впрочем, странным он стал потом, когда Маня еще подросла и ее стали занимать странности!..

Но все это не годилось для встречи с читателями! Взамен была придумана некая история в том смысле, что однажды Маня увидела в газете объявление:

«Принимаем рукописи на рецензию», — отослала туда нечто, получила положительный отзыв и с тех пор трудится, так сказать, на ниве беллетристики.

— А про собак откуда вы знаете? У вас всегда в книжках собаки, мне мама читает! — Это спросила девочка со старомодными косичками. Подумала и добавила: — И про кошек знаете?.. А то у нас кошка, а собаки нету! Про кошку можете?..

Народу было много, сидеть негде, часть толпы выплеснулась в торговый зал, где шла обычная жизнь огромного книжного магазина, и время встречи давно вышло, пора переходить к автографам, а вопросы все никак не кончались, и Мане, стоящей на сцене, было неловко.

Ей всегда было неловко на сцене, несмотря на весь опыт, и казалось, что она задерживает людей, всем мешает, особенно тем, кто пришел по своим делам, а вовсе не для того, чтоб на нее полюбоваться. И Денис ждет — уже давно!..

Пожалуй, никто из директоров книжных магазинов так не носился с авторами, как Марина Леденева в Москве и Денис Зотов в Питере!.. С Мариной Поливанова дружила и нисколько ее не боялась. Дениса знала меньше и стеснялась его присутствия за спиной.

Кроме того, сотрудники магазина сильно нервничали, как всегда бывает с любыми сотрудниками в присутствии большого начальства, и Мане передавалась их нервозность.

— А как вы относитесь к экранизациям ваших романов?

— Почему не пишете для детей?

— Как вам не стыдно такой чепухой заниматься! Лучше бы на работу пошли!

— Почему сейчас все читают детективы?

— Почему сейчас детективов никто не читает? Что вы будете делать, когда совсем перестанут?

Она щурилась, улыбалась, говорила, старалась быть честной, умной, смешно шутить, и кажется, ей это удавалось, даже Денис вдруг засмеялся, и она оглянулась на него с благодарностью.

— Переходим к автограф-сессии, — объявил ведущий наконец, толпа заволновалась, двинулась, но вдруг кто-то совсем рядом спросил очень громким и очень знакомым голосом:

— Вот еще два последних вопроса!

Маня поискала глазами, не разглядела за светом, но заулыбалась заученной карамельной улыбкой — дескать, прошу, прошу, сколько угодно!..

— Где вы берете сюжеты и как вы начали писать?

По толпе прокатился смешок, человек сделал шаг, выходя из-за ламп, и Маня его увидела.

— Здравствуйте, — брякнула она в микрофон.

Алекс кивнул, рассматривая ее снизу, из моря людей, один из многих, но как будто отделенный от всех остальных.

— Да она уж отвечала! — закричали ему. — Опоздал! Сейчас автографы!..

— Я вам... потом расскажу, хорошо? Вы ко мне подойдите после автограф-сессии, и я вам расскажу.

Она подписывала книги, улыбалась, отвечала на вопросы — «А вот мне бы.по личному делу спросить, можно?» — и все время думала, что он где-то рядом, и волновалась из-за этого.

...Интересно, он давно пришел? И слушал все,

что она говорила?! Хорошо, что она не видела, иначе двух слов не смогла бы связать! И откуда он узнал, что сегодня она выступает именно в этом «Буквоеде»? Впрочем, это как раз понятно — объявлениями о встрече были заклеены все афишные тумбы на Невском!..

Дурацкие, школьные, девичьи мысли закручивались у нее в голове в маленькие вихри и разгоняли все остальные — взрослые, умные и правильные.

Кончилось тем, что человеку по имени Александр Петрович она написала «Алексу от автора», и Александр Петрович некоторое время удивлённо рассматривал надпись, видимо, пытаясь осознать себя Алексом.

У Мани от неловкости вспотели ладони, она вытерла их о джинсы и внимательно оглядела толпу — слева и справа. Митрофанова издалека помахала ей рукой.

— Устали, Марина? — озабоченно спросил Денис. — Мы не ожидали, что будет столько людей!

— Может, кофейку принести, вы бы глотнули?.. Или водички? — Это кто-то из сотрудниц.

...Где же он? Не дождался, ушел?.. Решил, что она провалландается здесь до утра и ждать ее глупо?.. И что скажет Митрофанова, которая его терпеть не может?..

Маня прилежно подписывала книги еще почти час, дав себе зарок, что не станет поминутно шарить глазами по толпе, выискивая его, но время от времени оглядывала зал, и все безрезультатно.

Александр Шан-Гирей как в воду канул.

Наконец пошли сотрудники магазина — это означало, что дело идет к концу. Сотрудникам автографы полагались в последнюю очередь — покупатели важнее! — зато они несли книги пачками, штук по шесть. Вот эта для Люси, она сегодня в утреннюю смену была, но очень просила, вот это Сереже, он наш охранник, отойти не может, это маме, это тете, это Галке, она в больнице, ногу сломала, но даже и со сломанной хотела прибежать, а это тете Дусе, уборщице!

Маня всегда преисполнялась неистовой благодарностью к людям, которые почему-то читают ее романы — вот загадка! И тетя Дуся казалась ей родной, и охранник Сережа, которого она никогда не видела, очень милым, и вообще — спасибо, спасибо!..

Пальцы свело, лицевые мышцы от постоянной улыбки свело тоже — так она теперь и останется навеки с ручкой в скрюченных пальцах и перекошенной радостной физиономией.

Когда она встала со стула, вдруг от усталости потемнело в глазах, и Денис поддержал ее под локоть.

— Ужас, — сказал он весело. — Как вы все это выдерживаете?

— Отлично! — фальшиво бодрым голосом отозвалась Маня и огляделась.

Охранники сдвигали и равняли стулья, девушка в зеленой форме протирала затоптанный множеством ног пол и улыбнулась ей.

Маня тоже улыбнулась.

Алекса нигде не было.

И она вдруг поняла, как сильно устала.

— Ты молодчина! — заявила рядом Митрофанова. — Пойдем скорее, там у Дениса уже все готово.

Мане было все равно, готово или нет, и что

именно готово!.. Вот как-то моментально стало все равно, когда она поняла, что Алекса нет. Ушел.

Тем не менее, выполняя заключительную часть обязательной программы, она еще какое-то время покорно таскалась за директором по огромному магазину — «А здесь у нас детский городок, видите? Мы специально поставили маленькие столы и стулья и раскраски положили, чтобы малышам было интересно! Их можно тут оставить и погулять по магазину! А здесь аудиокниги, а там специальный зал, где будут выступать музыканты! Слышите, какая акустика? Питер — музыкальный город, у нас полно групп, очень достойных, а выступать им негде, вот они у нас и будут!».

Постепенно заражаясь энтузиазмом директора, Маня осмотрела и детский городок, и специальный зал, и кафетерий, работавший круглосуточно, что было предметом особой гордости Дениса.

...Однажды ночью мне очень захотелось почитать Мариенгофа. Я пришел в «Буквоед», пил кофе и читал. Всю ночь!..

...В следующий раз я обязательно вас приглашу.

...Ведь не у всех получается, понимаете?.. Вот и у меня не получается. Но мальчикам проще, чем девочкам! А вы разве когда-нибудь были мальчиком?..

В директорском кабинете был накрыт стол — все вкусное, очень аппетитное, но Мане больше всего на свете хотелось в гостиницу. Снять с себя все, налить ванну погорячее, напустить пены, лежать долго-долго и думать об Алексе.

Сто лет ей не хотелось ни о ком... думать.

Она давно забыла, как это бывает, когда хочется!..

— Маня, что с тобой? — на ухо спросила Митрофанова. — Ты молчишь, словно сфинкс! Давай-давай! Немного осталось! Взбодрись!..

— Я бодра, как блоха, — отозвалась Маня, и Денис вдруг захохотал. Он вообще смеялся легко и с удовольствием, и Мане это нравилось.

Наконец кофе был выпит, неизменный банан из фруктовой корзины съеден до половины, и Денис сказал озабоченно:

— Давайте-ка я вас провожу так, чтоб покороче и не приставал никто!..

Дыша открытым ртом, как перегруженная лошадь на подъеме, Маня поднялась и стала бестолково тыкаться в разные стороны в поисках своего пальто, а Митрофанова бесцеремонно и необидно сказала:

— Разуй глаза!

И оказалось, что Денис давно уже держит это самое пальто, заботливо распахнутое! Завернув в него высоченную Маню, как ребенка, он пошел вперед, она двинулась за ним, они миновали какие-то коридоры, лестницы и сводчатые помещения со штабелями книг, которые перевозил шустрый маленький погрузчик, и оказались в том самом зале, где писательница Поливанова давеча «давала гастроли».

Там было пусто, свет приглушен, а на ее месте за столом, с которого давно убрали микрофоны, сидел Александр Шан-Гирей, совершенно один.

Маня остановилась, как будто наткнулась на стену, потому что узнала его.

Ну, конечно!.. Как она могла забыть?!

Все именно так и было — сцена, стол и он.

Совершенно один.

Дэн топтался на автобусной остановке, прямо под фонарем, переминался с ноги на ногу. В островерхом капюшоне и шарфе, засыпанный снегом, он был похож на пленного немца под Сталинградом или француза под Бородином — впрочем, Береговой плохо разбирался в истории!..

— Не, я не понял ничего, а что такое-то?! — Дэн плюхнулся на переднее сиденье и откинул капюшон, с которого в лицо Береговому брызнул снег. — Что случилось, ититская сила, стрелять-колотить?!

Иногда журналист Столетов выражался довольно своеобразно, но во всяком случае — понятно.

— Значит, так, — Береговой выкрутил руль. — Видишь во-он ту машину?..

— Тут машин до мамы.

— Красную.

— «Хюндаи», что ли?.. Ну, вижу.

— Нам за ней. Теперь самое главное ее не потерять.

Дэн помотал головой, как собака, стряхивая воду с длинных волос.

— А... куда мы за ней едем? И зачем?

— Я не знаю.

Дэн покосился на него, и некоторое время они молчали.

Машины еле ползли. Снег валил такой, что казалось, перед капотом колышется странный растрепанный белый занавес.

— Володь, ты бы мне объяснил чего, — попросил Дэн скучным голосом и посмотрел в окно. — Я ведь ни хрена не понял! Какого лешего я с работы попер на МКАД, на какую-то, блин, остановку, два часа на ней торчал, замерз как цуцик, а теперь оказывается, мы в этой пробени преследуем красную «Хюндаи»! Мы здесь до утра проторчим, к гадалке не ходи! Ты в шпионов сейчас играешь?

— Там Ольга.

— Где Ольга?

Береговой подбородком показал вперед.

— Я люблю вас, я люблю вас, Ольга, — пропел Дэн Столетов дребезжащим козлиным тенорком, — как одна душа поэта только любит! Кто такая Ольга?

— Из отдела русской прозы.

— Береговой, или ты мне сейчас объяснишь, какого ху... какого художника мы едем за Ольгой из отдела русской прозы, или на следующей я выхожу! Какая следующая остановка? Хлебозавод?

— Никто не знал, что я генеральной директрисе ставил компьютер. Она просила никому не говорить, и я на самом деле никому не сказал. Кроме Ольги! — Береговой поморщился, как будто у него вдруг заболели зубы. — Ну, это у нас вроде игра такая — директриса не пользуется компьютерами, почтой, Интернетом и все читает только с бумажек. Восемнадцатый век, вторая половина, хорошо хоть гусиным пером не пишет, понимаешь?

— Ни черта.

— Потом вдруг позвонил этот новый зам со странной фамилией, помнишь, мы тогда в кафе сидели с Митрофановой! И спросил, кто еще знал о том, что у Анны в кабинете был компьютер. И кто знал, что я ей почтовый ящик завел! Понимаешь?!

— Да ни черта не понимаю!

— Я открыл ей ящик, а пароль она сама придумала, и какой-то чудной, что-то вроде «Людовик Четырнадцатый» или «Фредериксборг-Копенгаген»! То есть директриса на ноутбуке по-любому работала! И новый зам об этом знал! Ну, раз он звонил и спрашивал! А Ольга все фотографии убийства выложила в Сеть. И меня уволили!..

— Это нам известно. Сначала уволили, а потом извинились и наняли обратно-взад!

— Может, она их специально выложила, чтоб меня подставить?! Чтобы меня уволили?!

— А потом наняли?! Хороша подстава!

— Дэн, заткнись.

— А чего ты пургу несешь?!

— Я не понимаю. Я ничего не понимаю! — почти крикнул Береговой. — Допустим, этот новый зам пришел не просто так, а с какой-то целью. Допустим, вместе с Ольгой они решили обвести бабку вокруг пальца и подставить меня! Если все дело в компьютере, значит, все это вполне логично — я бы мог разобраться, а меня вывели из игры.

— Про «вывели из игры» ты в сериале слышал? Там время от времени кого-нибудь выводят из игры! При этом еще в зубы дают! Тебе в зубы уже дали?..

— Митрофанову пытались задушить, а я тогда катался возле ее дома, — мрачно сказал Береговой. Дэн моментально перестал ржать и притих. — Хотя кто его знает... Мне об этом Покровская сказала, а она тоже могла быть замешана! Как и сама Митрофанова. Так что, может, никто ее и не душил.

— Во что замешана, Володька?!

— В убийство.

— Так. — Дэн помолчал. — А за «Хюндаи» мы почему едем?

— Потому что Ольга сегодня по телефону говорила кому-то, что меня теперь придется убить. Мол, я мешаю. Будто я очень тупой, но сложить два и два могу. И я думаю, что она говорила с новым замом! И там в самом деле какой-то заговор, Дэн! Понимаешь?

— Да что ты заладил — понимаешь, понимаешь! Ни черта я не понял!..

— Мы должны проследить, с кем она будет встречаться! Она поговорила по телефону, потом пять минут со мной посидела и понеслась куда-то. Я ее караулил на стоянке, в машине. И поехал за ней. Потом тебе позвонил, вот и все.

— Ты на дорогу смотри.

— Я смотрю.

Дэн некоторое время следил, как перед самым его носом мотаются «дворники».

Туда-сюда. Сюда-туда. Тук-тук.

— Какой-то заговор, — сказал он задумчиво. — Какие-то душители, компьютерный шпионаж. А кто заговорщики-то? Ты знаешь? Ну, Ольга эта, потом Митрофанова, да?.. Покровская до кучи. А она, между прочим, знаменитая писательница! И еще новый зам по фамилии Ешкин-Кот! Как его?..

— Шан-Гирей.

— Вот именно. А в итоге труп. Или нет, наоборот, сначала труп, а потом заговор. Труп-то хоть опознали?

Береговой пожал плечами.

Красная машинка впереди замигала поворотником и стала медленно пробираться в правый ряд. Снег все валил, машины почти не двигались, а когда двигались, то как-то боком, юзом, и от колышущейся перед глазами белой пелены рябило в глазах.

Машина свернула на подъездную дорожку к огромному торговому центру и поползла через сугробы, время от времени буксуя и трясясь от натуги. Из-под колес веером летел снег.

— Здесь бы на тракторе лучше всего. Видно, с утра не чистили.

— Она сейчас остановится, выйдет, и ты пойдешь за ней.

— Я?! — поразился Дэн.

— Ты идиот совсем? Меня она знает и моментально засечет. У нее глаз-алмаз. Ты пойдешь за ней, сфотографируешь того, с кем она встречается, и будешь их подслушивать. У тебя камера есть в мобильном?

— А у тебя в башке есть разум?!

— Вон она, смотри!..

Оба внимательно рассматривали девушку, торопливо выбиравшуюся из машины.

— Хорошенькая, — оценил Дэн. — Жалко, что Вера Засулич.

— Она Ольга.

— Жалко, говорю, что террористка! Террористка такая была, Вера Засулич. Ну, я пошел?.. Раз пошли на дело я и Рабинович!.. — лихо пропел Столетов.

— Дэн, — нахмурился Береговой. — Ну, это правда важно!.. Происходит что-то странное. Надо разобраться.

— Так я пошел... разбираться?

Он выскочил из машины, подмигнул Береговому — держись, мол, такова сыщицкая участь, все ждать и сидеть в засаде, в основном без толку!.. Пробежал до раздвижных дверей, сделал пируэт, пропуская пожилую тетку с тележкой, чуть не упал на мокром от растаявшего снега плиточном полу, замахал руками и на эскалаторе оказался прямо за «объектом» — фигуристой девушкой с белыми, лунными волосами. Девушка разговаривала по телефону, и Дэн поднялся повыше, чтобы лучше слышать.

Ну, чтоб уж все по правилам!..

— Я на месте. Только вошла. А ты?.. Да, сейчас. На дорогах что творится, ужас просто!..

Она тряхнула головой, лунные волосы почти задели Дэна по носу. Пахло от них очень прелестно. Прямо скажем, соблазнительно пахло.

Как хороша, однако, жизнь настоящего сыщика!..

Тут у него в кармане зазвонил телефон. Дэн выхватил трубку, повернулся к прекрасной девушке спиной и сказал приглушенно:

— Белочка в дупле. Пароль «шестнадцать».

Ему было очень весело.

— Дэн, ты ее видишь?

— Практически осязаю. И не звони мне. Провалишь операцию.

Как только он нажал «отбой», телефон зазвонил снова.

— Епическая сила! — зашипел он. — Я ж тебе сказал: не звони!..

— Ты что хочешь на Новый год? — спросили из трубки. — Железную дорогу или маску обезьяны? И почему мне нельзя звонить?..

— Тебе можно! — Дэн Столетов, великовозрастный, уверенный в себе корреспондент столичного журнала «с репутацией», да еще в данную минуту некоторым образом сыщик, возликовал, как дитя. — Тетечка, кысочка моя, как я рад тебя слышать!..

— Так дорогу или обезьяну?

— А можно машину «Мерседес»?

— Нельзя.

— А компьютер «МакБук-Эйр»?

— Тоже никак.

— А квартирку на Чистых Прудах?

— Если ты будешь морочить мне голову, подарю тебе собрание сочинений Всеволода Кочетова.

— Кто такой Всеволод Кочетов? — заинтересовался Дэн Столетов.

— Писал про руководящую роль партии в жизни советского общества, — обстоятельно пояснила на том конце тетя Оля, — хочешь?

— Тогда давай лучше маску.

Девушка с лунными волосами сошла с эскалатора и двинулась по галерее налево. Дэн приотстал, стараясь не выпускать ее из виду.

— Ты где, Дэн? Далеко? Сегодня, говорят, транспортный коллапс.

— Да каждый день коллапс и еще эллипс! Так что все в порядке.

— Ты на работе?

— Не-е-ет! Я прожигаю жизнь в каком-то торговом центре. На МКАДе. Как называется, не знаю. Когда домой приеду, не знаю. Обедать, я тоже не обедал. Жениться не собираюсь.

— Ты на интервью?

— Некоторым образом. А ты?

Его драгоценная, обожаемая тетка тоже работала журналистом — писала про знаменитостей в умные, толстые, солидные и красивые журналы «с картинками». Своих знаменитостей тетка любила, как родных, знала все о жизни столичной богемы, всерьез расстраивалась, когда кто-то из кумиров «неправильно» разводился, или плоховато играл в очередном шедеврическом шедевре, или «вел себя недостойно». Зато когда им, знаменитостям, что-то особенно удавалось, тетушка выдавала на-гора такие материалы, что за душу брало даже прожженного и циничного Дэна и его приятелей.

Он им всем тыкал в нос теткиными статьями — гордился.

— Я дома, — сообщила тетка. — Пишу. Мне материал через три дня сдавать, а я все никак не закончу. Что-то не нравится он мне, этот новый, в роли короля Лира!

Фамилию «нового», подкачавшего в роли короля, Дэн пропустил мимо ушей. Девушка свернула в кафетерий. Вытягивая шею, он посмотрел через стекло, как она усаживается за столик, и тут его вдруг осенило.

— Тетя, ты же всех знаешь! Найди мне человека по фамилии... как же его... Шан-Гирей!

— Это какие-то родственники Лермонтова?

— Это какой-то заместитель директора издательства «Алфавит»! Но никто не знает, кто он и откуда взялся! А ты же в таких делах специалист! Проведи журналистское расследование.

— А сам чего? В смысле расследования? Лень?

— Лень, — признался Дэн. — Кроме того, я не знаю, с какой стороны зайти. Это как раз по твоей части, писатели, издатели, балетмейстеры и клипмейкеры! И все прочее. Найдешь?

— Ну-у, — протянула тетка. — Это не так-то просто. А как его зовут?

— Я только фамилию знаю, а имя потом эсэмэской пришлю. Поищи, тетечка, козочка моя!

— Сам ты козочка! Как ты выбираться будешь оттуда? Говорю же, в Москве движение остановилось.

— Значит, выберусь, когда возобновится!

К лунной девушке за столик кто-то подсел, и Дэн вдруг почуял охотничий азарт, перебивший даже восторг по поводу теткиного звонка.

— Так, все. Мне некогда. Эсэмэску пришлю, и ты давай там, выполняй и перевыполняй! Поняла?..

Тетка засмеялась и повесила трубку.

Дэн выключил у телефона звук, на всякий случай сфотографировал галерею с домиком Деда Мороза посередине, из трубы валил ватный пар, проверил, работает ли камера, вошел в кафетерий, где пахло свежими булками, еще раз порадовался своей нынешней сыщицкой жизни и пристроился рядом с девушкой и ее кавалером.

Впрочем, шут его знает, кавалер или не кавалер? Вел он себя довольно странно.

Девушка льнула к нему, приставала с поцелуями, хватала под столом за коленку — Дэн специально столкнул на пол картонку с «новогодним предложением» и полез поднимать. Наманикюренные пальчики лежали чуть выше колена, и поглаживали, и слегка царапали, и продвигались все выше, и тут Дэн из-под стола вылез.

Черт знает что такое. Жарко очень.

...Вот почему меня никогда, никогда не хватали под столом *такие* девушки?! Не льнули, не заглядывали в глаза?.. Только потому, что у меня нет золотых часов и необыкновенных ботинок из тонкой кожи? Между прочим, в таких ботиночках по нынешнему снегу не очень-то и разбежишься!..

...Или потому, что у меня на лбу написано, что ни «Мерседес», ни квартиру на Чистых Прудах мне взять решительно негде и не добыть никогда?! Даже если я стану начальником отдела в своем журнале — заветная мечта, венец карьеры! — мне светит только смутная ипотека на двухкомнатную квартирку за МКАДом, вон как у Володьки, и корейская машинка, собранная в Калининграде, а *таким* девушкам это все не годится.

...Любовь и бедность навсегда меня поймали в сети. По мне и бедность — не беда, не будь любви на свете?!

Настроение стремительно портилось, улетучивалось куда-то.

Вместе с настроением из кафетерия улетучился веселый, уверенный в себе, смешливый, очень умный — по крайней мере на взгляд тети Оли! — хорошо пишущий журналист, и остался длинный, нескладный, сутулый парень в давно не стиранном свитере, с космами нечесаных волос.

— Что будете заказывать?

— Большую чашку кофе и булку, — мрачно сказал Дэн. — С кремом.

— Булок с кремом нет.

— Тогда с изюмом.

— ...Ну, что же мне делать? Ну, ты пойми! — говорила девушка плачущим голосом. — Он же меня не просто так спросил про этот самый компьютер! Значит, он что-то знает!

— Да что он может знать!

— А вдруг ему бабка все рассказала?!

— А бабка-то откуда знает? Она в компьютерах

С НЕБЕС НА ЗЕМЛЮ

ни бельмеса! Ты же сама сто раз говорила, что ей, кроме почты, ничего не надо!

— Так ведь на почту все и приходило!

— Дура. — Мужчина дернул шеей. — Ты же не со своего адреса отправляла! Ты профи, Олечка! Ты в Интернете, как рыба в воде, а она что?.. Она просто бабка, ей сто лет в обед!..

— Но на работу она его вернула!

— Вот ты бы лучше у него выспросила, как именно она его вернула! Что говорила, может, чего объясняла! — сказал мужчина с досадой. — А ты сразу в истерику кидаешься! С вами, с бабами, ей-богу!..

— Тебе хорошо говорить, а я-то подставилась!

— Да куда ты там подставилась! Нашлась, тоже мне, подстава! Все нормально. Даже если он что-то пронюхал, доказать все равно ничего нельзя! Это же Интернет, а там сам черт голову сломит!

— Береговой-то не сломит! Он же во всем разбирается! Господи, как хорошо я все придумала, чтобы его уволить! И, главное, ведь получилось! А потом вдруг — раз!.. И все из-за этой бабки!

— Не только из-за бабки, — задумчиво пробормотал мужчина. — Есть еще человечек, который воду мутит.

— Кто?!

— Да что ты вскидываешься, не вскидывайся ты!.. Все будет нормально, говорю тебе!

Девушка взялась рукой за лоб.

— Мне страшно. Я спать не могу! Мне все этот труп мерещится. А когда я ему эту руку на фотографии показала и манжету, он тоже сразу поверил! Нет, ну почему, почему его на работу вернули?!

— Какая у вас елочка красивая, — довольно громко сказал Дэн Столетов и улыбнулся официантке. — Можно мне сфотографировать? Я фотку маме в Югорск пошлю!

Официантка пожала плечами — Дэн Столетов ее решительно не интересовал.

Он выбрался из-за стола, достал телефон, хорошенько прицелился в елочку и стал фотографировать. Со всех сторон.

— Ты только не истери, — продолжал мужчина, хмуро поглядывая на Дэна, который со своим мобильным ходил кругами и все фотографировал. — Ты вот что. Ты, наоборот, его приласкай. Он тебе все выложит, как на духу! Он же болван? Болван! И он тебе поверит! А мы потом решим, что с ним делать. Поняла?..

— Да не хочу я его ласкать!.. Я не знаю, как от него отвязаться! Ты что, не понимаешь, что мне противно?!

— Потерпишь.

— Господи, но я же тебя люблю, только тебя, а это знаешь как трудно!

— Любовь — это всегда мучительно трудно, — ни с того ни с сего заявил мужчина и целомудренно поцеловал в лоб безутешную красавицу. — Слушай, надо ехать. Пробки жуткие, а мне еще по магазинам.

— Ты меня любишь? — спросила девушка, и губы у нее дрогнули. — Ну, скажи. Скажи, а?

— Я тебя люблю, — глядя ей в глаза, солгал мужчина и еще раз поцеловал, так же целомудренно.

Дэн не мог на это смотреть. У него даже ладони вспотели.

Он спрятал телефон в карман, морщась, несколько раз глотнул горячего кофе, а булку завернул в салфетку, чтоб отнести Володьке, который небось совсем продрог в своей машине.

Мужчина бросил на стол какие-то деньги, довольно много, облачился в длинную, уютную дубленку, напоследок провел пальцами по лунным девушкиным волосам — приласкал — и пошел к выходу, уверенно переставляя ноги в дорогих ботинках.

Дэн посмотрел — он ушел через другую галерею, видимо, его «Мерседес» остался с той стороны торгового центра.

Жаль. Интересно было бы убедиться в том, что там именно «Мерседес»!..

Дэн, горбясь, побрел к эскалатору, слушая ликующий голос, призывавший покупать елочные игрушки со скидкой, и думая о том, что жизнь чертовски несправедлива.

Володькина машина в самом деле вся запотела изнутри, стекла покрылись морозными узорами. Он сидел с выключенным двигателем — из экономии. И не вылезал — из соображений конспирации.

Дэн дернул дверь.

— Заводи аппарат, поедем!

— Ну?!

Дэн достал из кармана булку и сунул Береговому. Тот немедленно откусил половину и стал жадно жевать.

— С кем она встречалась?

— Все в телефоне.

— Ты слышал, о чем они говорили?

— О тебе говорили. Что ты идиот, но она должна тебя приласкать, чтобы что-то такое выведать. Я не понял. Она говорила, что подставилась, а он говорил, что это никакая не подстава и доказать ничего нельзя.

Вздохнув, Дэн открыл фотографию.

— Вот этот. Ты его знаешь?

Береговой с трудом проглотил кусок булки, взял у Дэна телефон и поднес к глазам, как будто плохо видел.

— Ничего себе, — пробормотал он. — Ничего себе...

То ли от того, что говорить было решительно не о чем, то ли от того, что слишком многое хотелось сказать, Маня чувствовала себя дурой.

Она сто лет ни с кем не гуляла просто так!.. И «не просто так» тоже сто лет не гуляла! Иногда на завывания Мани о том, что никто, никто не везет ее в Архангельское или ЦПКиО и не развлекает там всевозможными развлечениями, отзывалась Викуся и предлагала свои услуги в качестве компаньонки. Маня соглашалась, но все получалось наоборот — она развлекала Викусю последними новостями, сплетнями и историями «из жизни замечательных людей», а потом обедом в каком-нибудь шикарном месте, но это было не то, не то!..

Впрочем, кажется, ее нынешнего спутника молчание ничуть не смущало — не то что Маню!

— А вы знаете, сколько колонн у этого собора? — ни с того ни с сего вопросила она, решив, что должна вести интеллектуальные разговоры.

— Нет, — ответил он, помедлив. — Что-то много.

— Давайте считать?

— Нет, — отказался он. — Не будем.

Вот вам и весь сказ. Считать не будем.

На нет и суда нет.

— А я вас потеряла там, в магазине, — призналась Маня. Остановилась и стала шарить в кармане пальто. Сигареты никак не находились. — Думала, вы ушли.

— Я хотел попросить у вас автограф, а потом решил, что лучше воспользуюсь служебным положением и попрошу в более... спокойной обстановке.

Она покосилась на него.

Он был ниже ростом, и косилась она немного сверху вниз. Ветер трепал ему волосы, раздувал пальто, и он придерживал ворот рукой в перчатке.

Ей давно казалось, что он из другого мира, с той стороны Луны, которую никогда не видно даже в самый мощный телескоп, ибо нет такого телескопа, который мог бы повернуть Луну обратной стороной, и теперь, вспомнив все, Маня понимала, почему ей так казалось.

— Я рад вас видеть, Маня, — вдруг сказал он и улыбнулся, глядя в сторону собора. — Не рассматривайте меня так... перепуганно.

— Я знаю, кто вы.

Алекс остановился. Ветер приналег, дунул в лицо, и он зажмурился.

Его змеи, старый душный удав и молодая стремительная кобра, шевельнулись, подняли головы и насторожились.

— Что вы хотите сказать?

— Я вспомнила, Алекс. У меня превосходная память.

— Так, — сказал он, чтобы сказать хоть что-нибудь. — Так.

...Самое плохое, что только могло случиться, —

случилось. Изменить ничего нельзя. Все, что было припрятано глубоко и надежно, теперь вновь окажется на виду у всех — на виду у этой женщины, которая смотрит сейчас так серьезно!.. Все, что казалось забытым — или ему хотелось, чтобы было забыто! — всплывет, как из глубин зловонного водоема всплывает раздувшийся обезображенный утопленник. Придется объясняться, каяться, клясться.

Все сначала. Не хочу. Не хочу!..

— Извините меня, — сказал он, помолчав, и быстро пошел в сторону темной взъерошенной реки, от которой несло сырым морозным ветром.

Но Маня Поливанова не дала ему уйти.

Она догнала его у самого парапета и взяла за руку.

Он вздрогнул и посмотрел почему-то не на нее, а на их сцепленные руки в перчатках.

— Я не поняла, — чуть задыхаясь от ветра и от волнения, сказала Маня, — что это вы бросились прочь, как Подколесин! Вы же не должны сию секунду на мне жениться!

Он молчал.

— Или вы собрались топиться? — осведомилась писательница Поливанова и посмотрела на злую, клубящуюся, исходящую неровным, рваным льдом воду. — Здесь топиться неуютно, Алекс! Холодно, противно. Грязно наверняка! И потом, мне же придется броситься за вами, как Петрыкину за Нестором Петровичем из фильма «Большая перемена»! Совершить благородный поступок, чтобы доказать всем окружающим, что и мы, писатели, вполне способны...

— Что вы несете?

Маня еще крепче сжала его руку, как будто он и

впрямь собирался топиться, а она должна была его удержать.

Некоторое время они просто стояли у гранитного парапета, взявшись за руки и глядя в Неву.

— А что? — спросила после долгих раздумий писательница Поливанова. — Так тяжело?..

— Я не хочу об этом говорить.

Но от нее трудно было отвязаться.

— Неужели правда так тяжело?

И он вдруг, ни с того ни с сего, сказал правду:

— Очень. И я никому не смогу ничего объяснить. Никогда.

Маня шумно вздохнула. Ее била мелкая дрожь, должно быть, от ветра, пробиравшего до костей, только руке, которой она крепко его держала, было горячо.

— Объяснить, — повторила она немного странным голосом. Губы у нее совсем застыли. — Вся фишка в том, что мне ничего объяснять не нужно. Я все понимаю.

— Нет. Не понимаете.

Рукой, свободной от него, она кое-как подняла воротник своего пальто.

— Вы написали тот роман, да?.. Как он назывался?.. «Запах времени»? Или «Вечности»?..

— Маня!

— У вас был совершенно идиотский псевдоним. Алекс Лорер, как-то так. Вашу книгу представляли на книжной выставке во Франкфурте, а потом в Париже. Вы сразу писали по-французски или потом переводили? То есть я хочу знать, вы окончательный Набоков или все же не совсем?

Она говорила очень быстро, глаза у нее горели

ведьминским окаянным огнем. Алекс попытался выдернуть руку, но она не отпустила.

— Впрочем, неважно! О-о, что это был за роман! Куда там всем нам с нашими доморощенными потугами!.. Он стал лидером продаж в Европе и возглавил список бестселлеров «Нью-Йорк таймс».

— Прекратите, Маня! Хватит!

— Дэн Браун, по слухам, плакал, как дитя, когда читал вашу книгу, рвал на себе волосы и восклицал: «На его месте должен быть я!» — а Бегбедер, тоже по слухам, поклялся никогда больше не писать и заняться продажей подержанных автомобилей. Все московская богема рванула в Париж, когда там была ваша презентация. Никто не верил, что вы из России, ни один человек! Знаете, считалось даже оскорбительным — подозревать вас в том, что вы русский! Никто из современников и соотечественников ведь так толком и не взял иностранные рынки, и все переходы Суворовых через Альпы с треском проваливались и проваливаются до сих пор! «Он не может быть русским, этот выскочка!» Но все шептались и обсуждали, обсуждали!.. И это было только начало! Потом к делу подключился Голливуд, и оттуда закричали, что сейчас они снимут по «Запаху вечности» фильм всех времен и народов! Но ваша слава продолжалась недолго. Впрочем, ваша личная слава началась как раз после всей этой триумфальной... вакханалии!

Алекс, сжав зубы, смотрел на нее.

Она вдруг отпустила руку, пошарила в кармане, достала пачку сигарет и попыталась прикурить. Ветер был такой, что сигарета улетела в Неву — куда там прикуривать! Но Маня достала вторую. Пальцы у нее тряслись.

— Распахните пальто! — приказала она.

— Что сделать?!

Она сунула сигарету в рот, сама распахнула на нем пальто, залезла почти в подмышку и там прикурила.

Вылезла и спросила с невыносимым высокомерием:

— Вы что? Не знаете, как на ветру прикуривают?..

Затянулась и выдохнула — ураган унес дым.

— А потом вдруг выяснилось, что романчик-то не ваш! Что вы его украли! У какого-то безвестного, но оч-чень талантливого литератора! Что вы самый обыкновенный жулик, а вовсе не гений русской, или... какой там... французской прозы! Ваши гонорарные миллионы на счетах заморозили. Голливуд примолк, а потом объявил, что со съемками эпопеи погодит до тех пор, пока эти чопорные европейцы не разберутся в авторских правах. Газеты были полны репортажей с судебных заседаний. Здесь это все не очень прогремело, потому что издавали-то вас иностранцы, а на Западе мусолили долго и с удовольствием! Защищались вы вяло и не слишком толково. Никаких стопроцентных доказательств именно вашего авторства так и не нашлось. От какой-то там экспертизы вы отказались, тем самым косвенно признав, что роман не ваш. По крайней мере, французским правосудием это было расценено именно так. Здесь тоже позлорадствовали вволю — ясно же, русский не может так писать, сразу понятно, что жулик, а не гений, по роже видно!.. Вашей репутации пришел конец. Книга продолжает выходить под фамилией того самого талантливого литератора, а вы тихо приползли на родину. Без денег, славы и романа.

Маня докурила, швырнула окурок на мокрую мостовую. Посмотрела, нагнулась, подняла его и сунула в карман.

Алекс молчал. Змеи жалили и душили так, что внутри больше ничего не осталось — ни разумного, ни человеческого. Только клубок змей.

А он-то надеялся, что сможет с этим жить. Уговорит себя. Заставит.

Не сможет. Не уговорит. А заставлять больше нет сил.

— Правда, некоторая накладка все же вышла! С тех пор прошло... сколько лет прошло, Алекс?

— Пять.

— За эти пять лет литератор, у которого вы как будто украли «Запах вечности», так ничего и не написал, хотя вроде пытался! Один его роман провалился, его едва продали, а другой вообще не стали печатать. И это странно, правда? И еще странно, что вы не сошли с ума. — Она пожала плечами. — Я бы сошла.

Кобра, вновь приготовившаяся вцепиться, замерла в нерешительности, и удав немного ослабил свои кольца.

...Она на самом деле все понимает?! Или ему просто очень хочется, чтобы понимала?!.

— Чем вы занимались все эти пять лет?

— Болел. Насморком.

— Вы потеряли уйму времени, черт вас побери! — вдруг заорала Маня ему в лицо, и он сделал шаг назад. — Вы могли бы написать еще три романа! А вы позволили себе раскиснуть!..

— Я больше не могу писать.

— Вранье. Вы *не писать* не можете! Уж я это точно знаю!

Тут он понял, что сейчас непременно заревет. Как трехлетний ребенок, который силится что-то объяснить окружающему миру — и не может. Заревет постыдно, громко, икая и подвывая, размазывая кулаком слезы по застывшим щекам, прямо здесь, на набережной, на ледяном ветру, у нее на глазах.

И, чтоб не зареветь, он спросил какую-то глупость:

— Откуда вы знаете, что я не могу не писать?

— Оттуда, что я тоже писатель. В некотором роде. Некоторым образом.

И повернулась спиной.

Они помолчали, стоя спинами друг к другу, очень близко. Ветер трепал его волосы, забрасывал ей на щеку. И она опять вспомнила, как подумала когда-то: такие волосы и ресницы должны были барышне достаться, а достались...

— Кем был тот человек?

Он чуть-чуть повернул голову:

— Какой человек?

— Тот, что обвел вас вокруг пальца?

— А-а. Мой литературный агент. Я никогда его в глаза не видел. Мы общались только по почте и по телефону. Но все бумаги, договоры, связи — все было на нем. Я подписывал то, что он присылал, но никогда не читал. Мне лень было и неинтересно. Я был ему очень благодарен за то, что он так удачно занимается моими делами.

Он помолчал немного и добавил как будто с удивлением:

— Я вообще никогда его не видел! И не знаю, что со мной было бы, если б увидел. Убил бы, наверное. То есть, должно быть, это хорошо, что он так мне и не показался!

— А суд?! В суд он тоже не приходил? И с журналистами не встречался? Всю эту канитель тогда день и ночь показывали!

— У него был адвокат, вот этого адвоката и показывали, и в суд, разумеется, приходил адвокат! Вообще говоря, это занятно. Я почему-то об этом не думал. Вот и враг у меня получился виртуальный. Я точно знаю, что он есть, но даже не представляю, как он выглядит.

— А второй? Ну, который занял место гениального писателя?

— Я и его не знаю.

Маня повернулась и уставилась на него. Глаза за стеклами круглых очков, припорошенных мелкой водяной пылью, были как у совы.

— Не знаете?!

— Ну, это просто какой-то человек, которого нашел мой агент и таким образом... применил к делу. Все дело в деньгах, Маня. Их оказалось так много, что отдать их мне он просто не смог. Никто не ожидал такого успеха. Нет, я знал, конечно, что роман... неплохой, но чтоб сразу, с первого попадания... Так ни у кого не бывает! А тут вдруг невероятная куча денег. Он придумал комбинацию и обвинил меня в плагиате. Я даже сначала не понял ничего!.. Я презирал всю эту мышиную возню, ей-богу! — Он вдруг засмеялся. — Мне казалось, это дикость какая-то!

И у меня было одно большое преимущество перед всеми. Я точно знал, что *написал роман я*! Нужно было как-то бороться, защищаться, обращаться в газеты, что ли!.. А мне стало стыдно. Я не знаю, как это объяснить. Должно быть, я слабак.

— Вы сейчас хвастаетесь?

— Чем?

— Тем, что слабак.

Он молчал и смотрел на нее. Нева бесновалась и злилась совсем рядом, за гранитной оградой.

— Так бы и дала вам по шее, — мрачно заявила она. — Я терпеть не могу лицемеров! А вы лицемерите ужасно! Вам просто нравится быть несчастным, обойденным судьбой и затравленным злодеями.

И тут он спросил:

— Вы что, верите мне?.. С чего вы взяли, что я не крал роман? Почему вы решили, что я... не вру?..

Это был самый страшный вопрос.

Ему никто не верил, много лет.

Иногда он сомневался, что его собственная мать до конца уверена в том, что именно ее сын и есть тот самый Алекс Лорер, так прогремевший со своей книжкой. Может, все-таки... не он?..

Что уж говорить об остальных!.. Косые взгляды, ехидные письма, приходящие по электронной почте.

И разговоры, разговоры!.. Сочувственные взгляды. А, вы и есть... ну, писатель, да?.. «Запах вечности», конечно! Сильная штучка. И как это вам в голову пришло его... того... самого...

Постепенно все утихло. Вот только писать он больше не мог, и вопрос «Вы кто?», который ему задавали везде, приводил его в ужас. Змеи тотчас оживали. Оживали, наливались силой, начинали терзать.

Он много лет сидел без работы — был уверен, что его нигде не возьмут. Кому нужен... вор? Нечистоплотный и не слишком удачливый?

Однажды какой-то юнец, должно быть, поклонник романа, догнал его на улице и плюнул ему на ботинки — выразил свое отношение к презренному жулику, ворующему чужие книги!..

После этого Алекс несколько месяцев выходил из дому, натянув шапку почти до глаз, — боялся, что еще кто-нибудь его узнает и плюнет.

Ветер приналег, и Алекс закрыл глаза.

— Я видела вас в Париже, — заговорила Маня Поливанова очень сердито. — Я просто шаталась по книжной ярмарке, а у вас была пресс-конференция. Вы сидели за столом, совершенно один, и было море журналистов, и микрофоны, и камеры. Вы говорили по-французски. А писали?..

— Писал по-русски, но я вас не об этом спрашивал!..

— О чем вы меня спрашивали?

— Откуда вы знаете, что я...

— Да пойдите вы в пень! — Она топнула ногой. — Я же не дура и не вчера родилась! Конечно, это ваш роман!

— С чего вы взяли? По роже видно?

— И по роже видно, и говорили вы тогда так, как о романе может говорить только автор! Должно быть, вы упустили какие-то важные вещи, профукали всю документальную сторону, вверили себя заботам какого-то негодяя, как нежная фиалка на залитом солнцем склоне, но это ничего не меняет!.. Я даже думала о вас, представляете? Ну, после того, как все случилось! Я думала, вот бедный мужик попал!

Та-акую книжку написать, а потом дерьмо хлебать ложками, и все из-за каких-то крючкотворов! Потом я, конечно, про вас забыла.

— Конечно.

— Но не сразу, — продолжала Маня Поливанова. — Я еще очень долго ждала, когда же Алекс Лорер напишет следующий роман и как тогда вся эта шатия-братия станет выкручиваться?! Я даже слегка злорадствовала, хотя мне не было до вас никакого дела. Ведь любая экспертиза в два счета докажет, что они написаны одним человеком и этот человек вовсе не тот «талантливый литератор»!.. И вообще! Как это можно терпеть, когда на вашей книге стоит чужая фамилия?!

Алекс пожал плечами:

— Никак. Я долго не ходил в книжные магазины.

— Молодец, — похвалила Маня.

Ветер загрохотал железом по какой-то крыше, они оглянулись и посмотрели.

Потом Алекс взял ее за отвороты пальто и повернул к себе.

— Жаль, что вы не встретились мне... тогда. Я понятия не имел, что где-то есть человек, который знает... который уверен во мне. Было бы легче жить, ей-богу.

Алекс потянул ее на себя, она переступила ногами и очутилась очень близко, и тогда он поцеловал ее с изумлением и благодарностью.

Она ответила моментально, губы стали огненными — или ему так показалось на ледяном ветру?..

Она прижималась к нему, высокая, длинноногая, пахнущая улицей и духами и очень сердитая.

— Вот только никаких благодарностей мне не

надо, — сказала она, когда поцелуй закончился. — Я не занимаюсь благотворительностью!

— Благодарностей? — пробормотал он.

— Поцелуйте меня по-человечески. Сейчас вы меня целовали в смысле — вот спасибо вам большое за понимание и доверие!..

— По-человечески?!

— Не хотите, не надо.

И он поцеловал. Вдруг отпустив себя, он целовал ее долго и страстно, так как ему на самом деле хотелось, и моментально стало жарко, и дыхание сбилось, и застучало в висках. Он трогал ее под пальто, и ее грудь упиралась в него, и он прижимал ее все сильнее, так что она почти упала на него, и он держал ее коротко стриженный затылок так, чтобы она уж точно не могла ни вывернуться, ни отстраниться, и все это продолжалось вечность.

— Вот так-то лучше, — с трудом выговорила Маня, когда они оторвались друг от друга и уставились в изумлении. — Гораздо лучше.

В комнате было тепло и глухо, как в подполе, никаких звуков.

Только Маня дышала тяжело, со всхлипами, как будто каждый вздох давался ей с трудом.

— Ты что?

— Нет. Ничего. Со мной все в порядке.

Эта глупейшая фраза — со мной все в порядке! — вывела его из себя, и он хотел сказать, чтоб она не смела болтать таких глупостей, но не сказал, потому что в следующую секунду вдруг выяснилось, что связно говорить он *не может*.

Ну, просто не может, и все тут.

Он точно знал, что говорить необходимо — женщина в первую ночь с чужим мужчиной нуждается в уговорах, объяснениях, признаниях, иначе ничего не выйдет.

И с этим он тоже не справился — ни с объяснениями, ни с признаниями.

У него сохло во рту, стучало в ушах, и он не мог вспомнить никаких слов. *Как именно* их говорят, он не мог вспомнить тоже.

Как они добрались до ее номера в «Англии», как все получилось — как целовал, раздевал, укладывал на широченную кровать — он и этого не помнил.

Он уговаривал?.. И пришлось ли ее уговаривать?..

Сейчас она с трудом дышала рядом с ним, двигалась, жила своей, горяченной, бредовой, судорожной, жизнью. Она обнимала его руками и ногами, кусала за ухо — он дергал головой, потому что она делала ему больно, — ее руки трогали его спину, отчего по позвоночнику пробегала длинная колючая дрожь, и ее губы были везде.

Он понятия не имел о том, что женские губы могут быть такими... настойчивыми.

Весь его опыт свидетельствовал — нет-нет, не тихо шептал, а вопил! — о том, что это он должен быть настойчивым. Он, а не она!..

Он всегда просил, и ему уступали. Раньше в «порыве чувств», а в последнее время уступали все больше из жалости и, пожалуй, из любопытства.

Он оценил бы это новое, но Маня не давала ему ни секунды передышки — никакой жалости, никакого любопытства!..

Маня была вокруг него, в нем, в руках, в мозгу,

даже в позвоночнике!.. Ему уже не спастись, и не хотелось спасаться.

Все вышло наоборот.

Она спасала его, и змеи, душившие Алекса много лет, вдруг как-то сдали назад под Маниным неистовым напором. Они сдали назад в изумлении и страхе — Маня оказалась сильнее змей!.. Может, просто потому, что ничего о них не знала.

Впрочем, не существовало такого, чего бы она о нем не знала!

...Но ведь так не бывает!.. Так не может быть!

Или может?..

Но вот же оно есть — самое сильное, напряженное, чувственное, глухое, принадлежащее только ему. Никому на свете она не могла принадлежать, только ему, ему одному, всегда ему!..

Всегда — какое прекрасное слово!..

Она трогала, гладила, ласкала и узнавала его всего — от длинных волос до пяток, их он почему-то стеснялся, а ей было дело и до его пяток!..

— Мне щекотно.

— Что?

Она подняла голову, всматриваясь в темноте в его лицо. Неверный свет от собора, освещенного даже ночью, падал на постель, и он вдруг подумал, что сам Исаакий благословил их на эту невозможную, неистовую ночь, бушевавшую ураганом.

— Не трогай меня там, мне щекотно.

Она подумала секунду, потом фыркнула:

— Потерпишь!

И пытка не то чтобы продолжилась. Пытка началась сначала.

В свете соборных фонарей он видел ее голову с

совершенно расстроившейся прической, и как-то пытался участвовать в происходящем, подыгрывать ей, соответствовать ее ожиданиям, и потом обо всем позабыл, как давеча позабыл о том, что нужно говорить.

Никто и никогда не хотел его так, как она.

Никто и никогда не пытался так ясно и понятно сказать ему о... любви, о восхищении без всяких слов.

Никто и никогда не верил в него так безоговорочно, исступленно, до конца.

— Я больше не могу.

— Потерпишь!..

Она трогала, и гладила, и выделывала что-то совершенно немыслимое, и в каждом ее движении и вздохе была любовь.

Это же так просто и ясно — любовь.

Что может быть проще?!

Его змеи сначала изумленно пятились под ее напором, потом поползли в тень, в самую глубину, потом судорожно стали искать убежища, но Маня Поливанова не дала им ни единого шанса!..

Манина любовь — любовь?! К нему?! — настигла их.

Первым погиб удав, старый и душный. Его кольца вдруг разлетелись на куски, ударили в мозг, и Алекс понял, что наступившее помрачение случилось именно от гибели удава!

Или от того, что Маня Поливанова часто дышала ему в живот, и еще что-то шептала, и ее руки были везде, обнимали, и трогали, и прижимали?..

Непонятно. Непонятно.

За что?.. За что ему все это?..

Или так бывает всегда, когда вдруг случается любовь, а она ведь случается, правда?..

Гибнет все прежнее, когда-то имевшее значение — еще сегодня утром или два часа назад, — и вот уже ничего не осталось от той жизни, в которой не было любви и были, кажется, Даша или Наташа, или они обе, впрочем, шут их знает, и сейчас, вот-вот, он станет свободным и сильным, как бог, и узнает нечто такое, чего не знал даже тогда, когда писал свой роман, или когда жил десятками чужих, придуманных жизней, когда растерянно мямлил что-то на суде, с ужасом понимая, что уже никогда и никому ничего не сможет объяснить!..

Кобра сопротивлялась до последнего.

Он понятия не имел, что в нем столько ненависти!.. И эта ненависть никак не хочет сдаваться, даже под напором Маниной любви.

...Любви? Любви?!

Откуда взялась эта любовь, которой еще вчера не существовало, и надеяться было не на что, и нечего ждать?!

Да он и не ждал ничего.

И никого.

И почему-то дождался Мани, которая устроила ему выволочку на набережной, а теперь любила так, как будто он остался последним мужчиной на земле. Или так всегда бывает, когда вдруг случается то, что должно случиться, когда самолет приземляется в Пулкове, когда задерживают багаж, когда среди зимы вдруг начинает идти дождь и невозможно оторвать взгляд от женщины, еще вчера казавшейся чужой и пугающей?!

Кобра сопротивлялась.

Но что она могла, эта самая кобра, против Мани?! Силы слишком неравны.

Змея шипела и норовила ужалить — ты никто, никто! Забыл?.. Так я тебе сейчас напомню! Ты слабак, истерик, ничтожество, и она просто тебя жалеет, поддалась порыву, и больше ничего, завтра все у нее пройдет, и я вернусь к тебе, устроюсь на прежнем месте, у самого сердца, и мой холод заморозит и остановит его, это самое сердце, превратит в ледяную глыбу мозг, и ты станешь тем, кем был все эти годы, — очень удобным для меня кормом, полигоном для испытаний моей силы, деревянным человеком, бездушной куклой.

Но не тут-то было!

Какой там лед, когда рядом Маня Поливанова, по-прежнему что-то шептавшая ему в живот и в подмышку, двигавшаяся, горячая и такая живая!..

И с ней, с Маней, ничего нельзя было поделать!

Она не отступала и не сдавалась, и свет от собора серебрил ее волосы, и Алексу казалось, что над головой у нее светится нимб.

... Ну и что? Ну и нимб! Да сколько угодно!..

Кобра подохла не сразу. Она еще несколько раз в бессилии пыталась его ужалить, а потом замерла, дрогнула в последний раз, вытянулась в предсмертной судороге, пошла трупными пятнами и пропала.

И он вдруг понял, что свободен!..

Упоительно. Совершенно. Навсегда.

Раньше он бывал так свободен в тексте, в словах, которые писал!.. Но те слова принадлежали только ему, ему одному, и он сам их придумывал и ставил в определенном порядке, а сейчас ему не принадлежало ничего, даже собственное тело!..

Его тело принадлежало Мане. И душа. И мысли. И чувства. И все слова, которые он написал когда-то — довольно удачно! — и все слова, которые еще только напишет, все принадлежит ей.

Все изменилось, когда подохла кобра. От начала и до конца мира, только Маня этого еще не знала, и нужно было как-то ей об этом сообщить.

— Маня?

— М-м-м?..

— Маня, я должен тебе сказать...

— Ты ничего никому не должен, — заявила она, оторвавшись на секунду от его тела. — Просто побудь со мной. Вот прямо сейчас. Перестань думать свои мысли. Побудь со мной.

— Откуда ты знаешь, что я... думаю?..

— Ты так далеко! — заявила она и уселась на него верхом. — И мне кажется, что я одна, понимаешь?.. Что я занимаюсь любовью с... литературным персонажем! Ну что?.. Ты вернулся с небес на землю?

Она перегнулась через него — он смотрел с изумлением, — нашарила на тумбочке свои очки и нацепила на нос. Теперь она сидела на нем, голая, растрепанная и в очках. И рассматривала его.

— Ты заигрался, — объявила она, порассматривав его какое-то время через очки. — Ты слишком долго был несчастен, оболган и презираем. Ну что? Хорошо там, в аду?..

Он помолчал, ожидая, когда змеи начнут атаку.

Но больше не было никаких змей.

Господи, они же подохли!.. Маня их истребила своей неуемной любовью. Сожгла. Испепелила.

— Возвращайся, — попросила Маня. — Возвращайся ко мне. Давно пора.

— Тебя не было. Не к кому было возвращаться.

Маня наклонилась вперед, пристроила ему на грудь кулачки, один на другой, а сверху угнездила подбородок. Прямо у него перед носом сверкнули ее очки.

— Как тебя звала бабушка? У тебя же была бабушка?

У него дрогнули губы.

— Была.

— Как она тебя звала? Ну, не Алексом же!..

— Саней, — глупым голосом выговорил он. — А если сердилась, Сашей. Или Сашкой. Зачем тебе?..

— Мне кажется, я знаю тебя всю жизнь.

Он снял с нее очки и осторожно пристроил куда-то себе за голову, в развал подушек. И провел пальцами по ее лицу, по глазам.

— Почему ты со мной? Пожалела?..

— Иди ты в задницу, — предложила она, не открывая глаз, и улыбнулась. — Я не занимаюсь благотворительностью, я тебе уже говорила!

Он притянул к себе ее лицо и поцеловал, кажется, в первый раз за всю эту невозможную ночь по-настоящему — нет, во второй, первый был там, на набережной! — и свобода вдруг ударила ему в голову, и разлилась, и зашумела, и заискрилась там.

И когда в голове осветилось, оказалось, что, пожалуй, все не так уж и страшно, — особенно если не ждать, что змеи, выползшие из тьмы, вот-вот начнут его терзать. Не осталось ни тьмы, ни змей!..

Он не мог от нее оторваться даже на секунду, но ему обязательно нужно было сказать!..

— Маня, — с трудом прошептал он. — Я свободен.

— Я знаю.

— И я не литературный персонаж!..

— Вот это удача.

За локти он подтянул ее повыше, они сцепились взглядами, как давеча на набережной руками — не оторваться, не расцепить.

— Это ты? — спросил он зачем-то, и она поняла и кивнула очень серьезно.

И тут он заспешил так, как будто до конца света осталось восемнадцать секунд.

У него не было времени ни трогать, ни гладить, ни узнавать. Он должен был взять ее себе, присвоить, завладеть — так, чтобы не осталось ни малейших сомнений, что она может принадлежать только ему, ему одному, и всегда принадлежала, и всегда будет!..

Он то ли рычал, то ли стонал, то ли плакал, а конец света приближался стремительно, и никогда в жизни ему ничего так не хотелось, как этого самого апокалипсиса, взрыва, за которым придет... освобождение.

Мир, в котором он жил столько лет, задрожал, стал сотрясаться с каждым ударом сердца все сильнее, и холодные бетонные стены его пошли трещинами, а потом от них стали отваливаться куски, и он понимал только, что там, снаружи, нестерпимый свет, и закрыл глаза, потому что не мог его выносить.

Ему казалось самым важным, чтобы Маня... успевала за ним, не оставляла одного, и она успевала!.. Она раздувала пожар, ее сердце сотрясалось у него в ладони, и кожа была горячей и влажной, и вдвоем они расколошматили весь его прежний мир, разнесли на куски и еще расшвыряли их!..

Теперь кругом был свет, невыносимый, острый, и нужно было немедленно что-то с этим делать, и у них совсем не осталось времени. Взрыв, которым снесло все остатки старого мира, оказался сильнее, чем они оба ожидали, он накрыл их с головой и лишил возможности дышать, и... и...

Свобода.

Вот она, оказывается, какая!.. А он и не знал.

Сдернув наушники, Береговой некоторое время прислушивался, ничего не расслышал, кроме вынимающего душу визга пилы, и напялил их обратно.

Он писал длинный текст — он ненавидел писанину и не понимал, как вообще люди это делают, в смысле пишут! — и слушал «Roxette».

Грохотало сильно. Но все лучше бензопилы!..

Он запустил в волосы пятерню, почесал там как следует, занес руки над клавиатурой, чтобы продолжить, но что-то опять его отвлекло.

Некоторое время он соображал, что именно.

А, мобильный!.. Он периодически заливался светом и даже подпрыгивал от натуги. Видимо, звонили уже давно. «Частный номер» — было написано в окошечке.

Береговой сдернул наушники.

— Да!

— Владимир? — осведомился в трубке знакомый женский голос.

— Я! — бодро отозвался Владимир и опять посмотрел в окошечко.

Что, черт побери, это может значить — «частный номер»?..

— Я Марина Покровская, писательница. Мы с вами знакомы.

— Здрасти.

— Откройте мне.

— Что сделать?!

— Отомкните замок! — очень громко велела Покровская. — Я тут стою уже полчаса, у вас под дверью! Почему вы не открываете? Я знаю: вы дома.

Береговой сорвался с места, позабыв про наушники, моментально удушился в шнуре, который поволокся за ним, чертыхнулся, швырнул наушники, ринулся в коридор и распахнул дверь.

И сглотнул.

На площадке стояла Марина Покровская, писательница, и еще какие-то знакомые люди. За ее спиной происходило движение — ухватистые иностранные рабочие таскали в соседнюю квартиру мешки с цементом. По двое рабочих на один мешок — так у них выходило.

— А-а-а... это вы?! — проблеял Береговой. — Я думал, шутка такая.

— Какие там шутки! Чего вы заперлись и не открываете?

— А я... не слышал ничего. Я в наушниках всегда... у меня музыка...

Покровская протиснулась мимо него в квартиру — он посторонился, и следом потянулись те самые знакомые люди, что приехали с ней.

Береговой опять запустил пятерню в волосы.

Чего происходит-то, а?!

— А вот я в наушниках никогда не сижу! — заявила Покровская, как будто приехала сообщить именно это. — Ботинки снимать или так можно? Я на полную мощность динамики врубаю, и мне отлично! Но у меня стены толстые, а у вас, ясный пень, особенно не врубишь — весь ваш терем-теремок завалится! В смысле, дом! Это Алекс Шан-Гирей, вы знакомы?..

Береговой, не отводивший от нее глаз, спохватился и оглянулся на вошедших.

Она привела с собой нового заместителя и еще Митрофанову — главного врага!

Да что такое происходит?!

— Мне нужно с вами поговорить, — помолчав секунду, негромко сказал новый зам. — Я попросил Маню... Марину Алексеевну, и она любезно согласилась нас привезти.

— Да-а! — громко подтвердила Покровская уже из комнаты. — Я вообще сама любезность! Слушайте, уважаемый, а мебели у вас в принципе нету? То есть сидеть не на чем?

Береговой разозлился — что за бесцеремонность!..

— Я не ждал гостей, — тоже очень громко сказал он, помрачнел и добавил: — И не приглашал!

— Хороший гость не ждет, когда его позовут, — отозвалась Покровская. — Хороший гость сам является. А еды тоже нету?..

— Здравствуйте, господин Береговой, — ни с того ни с сего церемонно поздоровалась Митрофанова. — Извините нас за вторжение. Мы ненадолго. Мы на самом деле пытались предупредить вас о нашем приезде, но...

— Вы трубу не брали! — прокричала Покровская. — Катюнь, не скули, я ему уже все объяснила! И что за китайские церемонии?! Вы же почти родные! Ты его почти уволила, а он тебя почти побил!

— Никого я не бил!

— Я так и сказала! Это две большие разницы, побил и почти побил! Улавливаете нюанс?..

— Маня, угомонись, — сквозь зубы процедила Митрофанова, и Береговой вдруг с удивлением обнаружил, что она покраснела — из-за высокого ворота черного свитера поднялась краска и залила щеки и уши.

Уши были изящные, и в каждом почему-то по три серьги. Не по одной, как положено, а именно по три. Всего шесть. Странное дело!.. Она же не панк и не байкер!..

Береговой некоторое время рассматривал ее уши. Вдруг спохватился, смутился — ей-богу! — отвернулся и наткнулся взглядом на Шан-Гирея, который, похоже, чего-то выжидал.

— Я собирался приехать один, — помолчав, сказал Алекс. — Но мне не удалось.

— Еще бы! — фыркнула Покровская. — Ну, гости дорогие, проходите!.. Чего вы в коридоре толпитесь?.. — Она неожиданно взяла Шан-Гирея за руку и потащила за собой. — Пойдем, я тебе покажу, какой у него комп! Это не комп, а просто праздник какой-то!..

— Наша Маня, — объяснила Митрофанова вслед писательнице, утащившей нового зама в комнату, — фанат современных технологий. Компьютеры ее страсть. Она их обожает.

— Компьютеры обожает? — не понял Береговой, всю жизнь работавший именно с ними. — Покровская обожает компьютеры?!

— Ну, не только компьютеры. Еще бриллианты, собак, туфли на шпильках и...

— Она любила пирог с яблоками, статных мужчин и имя Роланд! — во все горло объявила из комнаты Покровская. — Можно мне мандарин?.. От вас не убудет, тут целая сетка!

— Маня, не шуми, — негромко попросил Шан-Гирей.

— А что такое? Где-то здесь спит младенец? Владимир, у вас есть поблизости спящий младенец? И можно мне мандарин?..

— Тебе почистить? — спросил зам.

— Я сама почищу.

Когда совершенно сбитый с толку Береговой суетливо протрусил в свою собственную комнату, показавшуюся ему с непривычки заполненной людьми, он увидел, что они оба — и писательница, и новый зам — таращатся на его монитор. Зам отщипывает дольки мандарина и подает ей по одной, а она смешно жует, и на всю комнату пахнет Новым годом.

— А что это у вас там? Признательные показания? — как ни в чем не бывало спросила Покровская, кивнув на монитор, и взяла следующую дольку.

Береговой подскочил и свернул окно, в котором болтался текст, над которым он бился так долго.

— Собственно, об этом я и хотел поговорить, — начал Шан-Гирей и подал писательнице еще одну дольку — она заглядывала ему в руку, как щенок, который ждет угощения. — Я знаю, что вечером в тот день, когда Екатерина Петровна вас уволила, вы приезжали к ее дому. Зачем?..

Береговой с размаху сел на стул.

— Отпираться бесполезно, — прожевав, сказала Покровская. — Алекс вас раскусил.

— Мне не понадобилось никого раскусывать, Маня! — Шан-Гирей казался недовольным.

— Угомонись, — попросила ее и Митрофанова.

— Ни за что!

— Я вас видел, — продолжал Шан-Гирей. — У подъезда. Вы сидели в машине и разговаривали по телефону. Впрочем, — тут же поправился он, — это не совсем верно. Вы держали телефон в руке, вот так будет точнее. Я вижу не очень хорошо и вас узнал не сразу. Потом Маня рассказала, что какой-то полоумный водитель загнал ее в сугроб, у нее туфли были совершенно мокрые, и я вспомнил, что видел вашу машину.

— Ну, был я там, — с вызовом сказал Береговой. — И что?!

— Зачем вы приезжали?..

— Я... ни за чем.

— Чтобы убить меня? — спросила Митрофанова скучным голосом. — Это же вы меня душили, да?..

Береговой понял, что дело его плохо.

Они все-таки решили назначить козлом отпущения именно его!.. Оправдываться, переубеждать, объяснять — бесполезно. Все уже решено. В каких-то своих, непонятных целях они затеяли эту аферу, а он даже смысла ее не понимает!.. Где уж... оправдаться!

— Он вас не душил, — вдруг сказал Шан-Гирей. — Не выдумывайте, Екатерина Петровна. Вы же, насколько я знаю, не видели человека, который на вас напал.

— Не видела. Но никому, кроме него, — и она подбородком показала на Берегового, — это не пришло бы в голову! А он орал на все издательство, что я... я... стерва и сука и он со мной поквитается!..

— Я не орал! То есть орал, но не душил, черт побери! Я правда хотел вам... в морду дать, и я был возле вашего дома, чтоб он провалился, но даже из машины не выходил!..

— Вы хотели отомстить мне за то, что я вас уволила, а уволила я вас за дело! И вы прекрасно это знаете!

— Если бы за дело, вас никогда не заставили бы взять меня обратно, да еще с извинениями! А вас заставили!

— Это все фантазии Анны Иосифовны, а я бы ни за что на свете!..

— Объявляется перерыв.

Они оба, и Береговой, и Митрофанова, уставились на Алекса, как два разъяренных кота, которых схватили за шкирки и растащили в самый ответственный момент, когда злобное, угрожающее шипение уже вот-вот должно перерасти в хорошую, честную драку!

— Собственно, то, что вы были возле дома Екатерины Петровны, можно считать установленным фактом, — как ни в чем не бывало продолжал Алекс. — То, что вы ее не душили, тоже совершенно очевидно.

— А кто тогда меня душил?! — возмутилась Митрофанова.

— Я пока не знаю. Догадываюсь, конечно, но еще не уверен до конца. И это не господин Береговой. Вряд ли после нападения на вас он стал бы кататься возле вашего дома на машине! Это не просто глупость, а какая-то совершенно... чудовищная глупость! А он катался и даже загнал Маню в снег. Но и после этого не уехал, а зачем-то остался возле подъезда, где его увидел я. После попытки убийства преступник, как правило, скрывается, а не старается лезть всем на глаза вблизи места происшествия. Кроме того, он непрерывно вам звонил, Екатерина Петровна. Я насчитал в вашем телефоне одиннадцать вызовов именно от господина Берегового. Они были сделаны в течение часа.

— В каком еще телефоне?!

— В мобильном. Конечно, я первым делом посмотрел ваш телефон!

— Мой телефон?!

— Кать, ну ты чего? — встряла Маня. — Совсем не врубаешься?.. Он приехал, помнишь, когда мы с Сашкой возле тебя метались, навел тебе какой-то бурды с медом и виски, в прихожей по полу ползал и в сумке твоей копался! Ты, конечно, этого ничего не видела, тебе плохо было, но я-то все отражала!

— Не все, — Алекс вдруг улыбнулся. — Ты тоже была не в себе. Кстати, сумка — это очень странно. И я пока не знаю, куда ее следует отнести, к первой части или ко второй. То есть к фарсу или к драме.

— Ну, понес! — фыркнула Маня. — Вы не обращайте на него внимания, он любит говорить загадками. Он вообще одна сплошная загадка.

И она тоже ему улыбнулась.

— Может, нам выйти? — осведомилась Митрофанова злобно. — И вы на свободе поцелуетесь?..

— Мы поцелуемся, конечно, — согласился Алекс. — Но не сейчас. Пока можно не выходить. Вряд ли человек, собиравшийся убить, наследил бы везде, даже в телефоне!.. Неудобно душить и звонить одновременно. А получается именно так! Даже в детективах подобной чепухи не пишут.

— Спасибо вам большое, — поблагодарила авторша детективных романов.

— Всегда пожалуйста.

И все замолчали. Береговой шумно, как лошадь, вздохнул.

Он злился — потому что ничего не понимал, и их игривый тон раздражал его, и самоуверенность казалась оскорбительной, и жеманная многозначительность бесила!..

При этом они явились к нему домой — без приглашения! — и чувствуют себя совершенно вольготно, а ему до такой степени неловко, что вся кожа чешется, как от аллергии!

Слава богу, вроде сошлись на том, что он не душил эту самую Митрофанову!.. И за это спасибо!

— Есть очень хочется. Можно мне еще мандаринчик?

— Тебе почистить?

— Я сама почищу.

И они оба, Покровская и Шан-Гирей, опять уставились друг на друга так, что Береговому стало совсем неловко и даже завидно немного.

Странно, что не начали целоваться!

Алекс вытащил из сетки мандарин и стал чистить.

— Можно, я сяду? — устало спросила Митрофанова. — Сил нет.

Стул был один-единственный, и на нем сидел Береговой. Когда она попросилась сесть, да еще так... трагически-устало, он вскочил и подтолкнул стул к ней.

Тот поехал и ткнулся ей в колени. Она повернула его и села так, чтобы смотреть в окно. И понурилась.

— Я могу продолжать? — Не дожидаясь ответа, Алекс отщипнул дольку от мандарина, сунул Мане и спросил: — Вы никого не видели возле дома Екатерины Петровны тем вечером, Владимир?

— Я не знаю! Кого-то видел, наверное! Я злился и... плохо соображал. И я не понимаю, какого черта вы ко мне привязались! Вы следователь, что ли?!

— Нет.

— Тогда почему лезете в это дело?!

— Анна Иосифовна попросила меня разобраться. По мере сил я пытаюсь. — И как ни в чем не бывало отщипнул еще дольку.

Митрофанова повернулась так резко, что чуть не свалилась со стула.

— Анна Иосифовна?! Вас?! В чем вы должны разобраться?!

— Ну, например, в том, кто именно и зачем присылал ей письма с угрозами. Но в тот день, когда я пришел, в издательстве убили человека, и теперь я пытаюсь разобраться еще и в этом.

— Вы из милиции, что ли?! — Митрофанова по начальственной привычке возвысила голос.

— Господин Береговой только что меня об этом спрашивал. Нет, я не из милиции.

— Помнишь «Запах вечности»?.. — спросила Маня беспечно.

— Который украли? Конечно! Кто ж его не помнит!.. А при чем здесь...

— Автор Алекс Лорер, он же Александр Шан-Гирей.

У Митрофановой слегка приоткрылся рот. Она, кажется, даже на стуле покачнулась. Береговой усмехнулся с некоторым злорадством — он первый раз видел «стерву и суку» в таком потрясении.

— Маня, — ровным голосом сказал Шан-Гирей, — мой роман не имеет к делу никакого отношения.

— Так это вы его украли?!

— Нет, — ответил Алекс и улыбнулся. — Не я.

Ни с того ни с сего ему стало легко и весело, как человеку, который долго и трудно болел, и лежал на операционном столе, уверенный, что белые холодные стены и лампы на потолке — последнее, что он видит в жизни, и еще отходил от наркоза, и ждал, когда утихнет боль, не надеясь, что утихнет, а потом вдруг оказалось, что больше нигде не болит!.. И можно проверять себя, и осторожничать, и стараться не делать резких движений, но — не болит!.. В это почти невозможно поверить, но правда не больно — смотрите, люди, я могу говорить об этом, и не корчусь в муках, и не хочу убежать и спрятаться, и не боюсь, что боль может вернуться!..

Не может. Все. Отболело.

Отныне и навсегда.

— Нет, подождите, я ничего не понимаю, — заговорила Митрофанова и оглянулась на Берегового, как будто ища у него поддержки. Он ей зачем-то кивнул. — То есть вы хотите сказать, что автор «Запаха вечности» — это вы?!

— Угум, — подтвердила Покровская, жуя мандарин, — о чем я тебе и толкую!

— Он же был... француз! Нет, что-то говорили про русское происхождение, но это ерунда! И роман этот вы... присвоили, а написал его совершенно другой человек!

— Екатерина Петровна, я не крал роман, — перебил Алекс. — Все наоборот. У меня украли, а я плохо защищался. Маня, зачем ты это начала!

— Затем. У нас одни загадки, пора переходить к разгадкам! Никто в издательстве так и не понял, кто ты и откуда явился! И почему для расследования императрица Анна выбрала именно тебя!

— Да этого просто быть не может! — словно в забытьи бормотала Митрофанова. — Слушайте, как вас, Владимир, дайте мне выпить, а? Алекс Лорер! Нет, не может быть...

И она схватилась за голову.

Если все это правда, а не Манины писательские выдумки — можно ведь на секунду допустить, что правда! — значит, Анна Иосифовна сделала гениальный ход. Она сумела раздобыть где-то этого самого Алекса Лорера, прогремевшего несколько лет назад на весь мир, и каким-то образом убедила его поработать в «Алфавите». Дальше по большому счету не так уж и важно, он ли написал тот самый роман или не он, но из одного факта его присутствия в издательстве можно выжать миллионы!.. Он может написать книгу о том, как у него украли роман, и это будет грандиозный скандал и, следовательно, грандиозные продажи! Он может написать книгу о том, как он украл роман — и это тоже будет скандал и, значит, продажи и прибыли!

Анна Иосифовна разыскала его, как-то уговорила сотрудничать, обласкала, — уж это она умеет! — видимо, что-то пообещала, может, в чем-то убедила и заняла делом, вот этим самым расследованием, и готово! Алекс Лорер верой и правдой станет ей служить. Вот уже сейчас служит!

Но это означает только одно — она, Митрофанова, больше не контролирует ситуацию в издательстве!

Кажется, она произнесла это вслух, потому что Алекс сказал совершенно спокойно:

— Вероятнее всего, вы никогда ее не контролировали. *Вам казалось*, что контролируете! А на самом деле ее всегда контролировал только один человек. Не вы, не Александр Стрешнев и уж точно не Анна Иосифовна!..

Теперь они смотрели на него — все трое.

— Кто? — прошелестела Митрофанова.

— Я расскажу, — пообещал Алекс. Он сочувствовал ей, но не слишком. Во всем этом ему еще предстоит разобраться. — Владимир, вспомните! Тем вечером возле дома Екатерины Петровны вы не видели... собаку?

От ответа на этот вопрос зависело многое, если не все.

У Алекса вдруг вспотели ладони, и пришлось тихонько вытереть руки о джинсы.

— Точно! — сказал Береговой. — Собаку видел! Большая черная собака бегала туда-сюда! А что?..

— Так. А кто, кроме вас, знал о том, что у Анны Иосифовны есть компьютер?

Сейчас соврет, понял Алекс, глядя Береговому в лицо.

И тот соврал, конечно:

— Никто, — буркнул он и посмотрел в сторону. — Никто не знал.

— Значит, письма с угрозами ваших рук дело, — подытожил Алекс.

— А если ты будешь молчать и дуться, я тебя вообще никуда не повезу.

— Я не дуюсь, Маня. Мне просто нужно подумать.

— Думай вслух.

Алекс хотел было заявить, что думать вслух он не намерен, а если ей не хочется его везти, он — пожалуйста! — вполне может добраться на метро. Он виртуозно умел проделывать такие штуки — цепляться к словам, даже самым безобидным, самым незначительным, выстраивать целые теории, обижаться на ерунду, добиваясь таким образом самого главного.

Одиночества и покоя.

Но не тут-то было! Маня Поливанова не оставила ему ни единого шанса на одиночество, что уж говорить про покой.

И надуть ее он вряд ли смог бы, разыграв какую-нибудь сцену. Непостижимым образом она понимала все, что происходит у него в голове, и ловила фальшь, и умела пропускать мимо ушей то, что следует пропустить, и всегда слышала самое важное, как будто забралась к нему внутрь и сидела, притаившись, время от времени выглядывая из укрытия, но избавиться от нее не было никакой возможности.

Поэтому он вздохнул и сказал:

— С тобой так трудно, Маня!.. Ты очень мне мешаешь, а поделать я ничего не могу.

— Конечно, мешаю, — согласилась Маня совершенно искренне, — и с этим ничего не нужно делать! Ты просто должен ко мне привыкнуть, только и всего.

Алекс пожал плечами, отвернулся и стал глядеть в окно. Старые привычки не сдавались — все ему хотелось «демонстрировать независимость», оберегать «личное пространство» от «чужих», только чужих никаких не было, не от кого оберегать.

Это же Маня, а не какие-то там «чужие»!

— Скоро Новый год, — объявила та. — Где мы его будем встречать?

— Мы?!

— Ну да. Мы с тобой.

— Ты сошла с ума.

— Ну, вот сейчас самое время заныть, что у тебя свои планы и я в них не вписываюсь. Давай. Начинай.

— Маня.

Она быстро на него взглянула. Вид у него был рассерженный.

— Достань мои сигареты, а? Мне неудобно.

— А где сигареты?

— В портфеле.

— А где портфель?

— На заднем сиденье.

Пока он, пыхтя, тащил с заднего сиденья портфель, сильно наклонившись в ее сторону, Маня несколько раз быстро поцеловала его в ухо.

— Мне щекотно!

— Потерпишь.

И они уставились друг на друга.

Потерпишь — так она говорила ему в ту ночь, когда расправлялась с его кошмарами, изничтожала змей, и они сдались не сразу, но все же Маня победила!..

— Что ты сказал про фарс и драму? Это о чем?

Позабыв про сигареты, Алекс пристроил портфель себе на колени и произнес задумчиво:

— Этот спектакль состоит из двух действий. Действие первое — фарс. Второе — драма.

— Вы, настоящие писатели, не умеете говорить просто! А мы, простые читатели, ваших сложностей не понимаем.

— Анна Иосифовна получала письма с угрозами. Они приходили на ее личный электронный адрес, о котором, по идее, в издательстве никто не знал. Наоборот, все были уверены, что директриса не умеет пользоваться компьютером. Даже Екатерина Петровна!

— Почему ты называешь ее Екатериной Петровной?

— А разве она Марья Ивановна?

Маня запустила руку в портфель, лежавший у него на коленях, покопалась в нем и выудила сигареты.

— Директриса ведь с кем-то переписывалась, не просто же так ей понадобились и компьютер, и почта. Но о том, что они существуют, знал в издательстве единственный человек.

— Береговой, — подсказала догадливая Маня. — А с кем она переписывалась?..

— Точно я, конечно, не знаю, но с одним человеком наверняка — с тем, который присылал эти проклятые письма! Я подозревал, что это Береговой, правда, очень недолго. Потом я думал, что дело в Екатерине Петровне. Зачем она уволила его так поспешно?.. Что именно он мог знать, чего не должен знать никто?

— Алекс! — От возмущения Маня затормозила резче, чем следовало, и он почти ткнулся носом в переднюю панель. — Я сто раз тебе говорила, что Катя ни при чем! Просто она не в себе была, а тут еще фотографии в Интернете! Вот и уволила его сгоряча!

— Может, так, — согласился он и потер нос, — а может, и не так. Про фотографии еще поговорим. Мы перепутали эпизоды спектакля, понимаешь? Эпизод из драмы попадает в фарс, и мы никак не можем его объяснить. Именно потому, что он из другой части.

Маня коротко вздохнула. Его всезнайский тон ее раздражал.

— Давай сначала про фарс. Как я понимаю, фарсом ты называешь письма с угрозами.

— Ты правильно понимаешь. Я пока не могу объяснить, куда делась одна бумажка, на первый взгляд совершенно безобидная. Но ведь она куда-то делась! Кому и зачем она понадобилась?..

— Иди ты в пень.

— Хорошо. По порядку. Откуда начинать?

— От сотворения мира, — буркнула Маня. — Сейчас куда? На МКАД выезжать?

— Под мост и направо.

— А куда мы едем, а?..

— От сотворения мира прошло много лет, Манюнечка. Рассказывать долго. Я остался без романа и без работы. Писать я не мог.

Маня отчетливо фыркнула, так чтоб он слышал, но все же промолчала.

— Я был без работы много лет. Нет, я что-то куда-то писал, какие-то колонки в журналы, заметки в газеты всегда... за кого-то. Иногда делал переводы. Мне платили или забывали. Когда платили, я вел мать или очередную девушку своей жизни в ресторан и чувствовал себя миллионером, а когда денег не было... В общем, это все неинтересно. Но я правда не мог собраться с силами. Никак. Поначалу я еще пытался устроиться на работу хоть в газету, там же нужны люди, умеющие писать, а потом перестал пытаться. И вдруг позвонил Павел.

— Какой Павел?

— Павел Литовченко, владелец «Алфавита». Мы вместе учились в университете.

— Я его видела за всю жизнь, может, раза два, — пробормотала Маня Поливанова. Прямо перед капотом ее машины маячила какая-то донельзя грязная фура, но Маня не спешила обгонять. Ей было не до фуры.

— Павел сказал, что в издательстве не все в порядке и это очень беспокоит его мать.

— Кого беспокоит?!

— Анну Иосифовну.

— Подожди, — выговорила Маня с усилием, — я не поняла. Кто чья мать?!

— Ты все поняла. Павел Литовченко сын Анны Иосифовны. «Алфавит» — его проект от начала до конца. По-моему, он придумал издательство, чтобы чем-то ее занять, и у него это получилось. «Алфавит» процветает. Он отличный бизнесмен.

— Да, но... Анна Иосифовна-то ничего не смыслит в бизнесе, и всем заправляют Катя с Сашей...

Алекс помолчал.

— Всем заправляет Павел! Не Катя и не Саша. Легенду о том, что Анна Иосифовна божий одуванчик, даже кнопку на компьютере не способна нажать, придумал, насколько я понимаю, сам Павел. Это всех устраивало. Менеджеры, то есть как раз Катя с Сашей, из кожи вон лезут, чтобы издательство процветало — директриса-то ничего не смыслит, и получается, что они главные, главнее некуда! А это всегда очень хороший стимул. Кроме того, есть надежда, что рано или поздно она уйдет на пенсию, и тогда освободится директорское место, а это блестящая перспектива. Они же не знают, что на пенсию она не уйдет никогда!.. Анна Иосифовна осторожно и нежно заставляет их конкурировать друг с другом, и Павлу меньше забот!.. Оба зама уверены, что издательство у них в руках, и стараются изо всех сил. Это же дело именно их жизни, а не какого-то там Павла Литовченко! Они поминутно оглядывались бы на него или на директрису, если б знали истинное положение дел, а так — нет. Они тянут нарты с поклажей, как две хорошие ездовые собаки, и пытаются обставить друг друга, то есть тянуть еще быстрее! И это только на пользу делу! Они не простят друг другу ни единой ошибки, и Павел об этом знает! От Анны Иосифовны он получал и получает все сведения — что там происходит, какие появились новые авторы, что придумали конкуренты и так далее. Он оценивает ситуацию, принимает решения, и его мать так же осторожно и нежно заставляет своих заместителей эти решения выполнять. При этом все уверены, что владелец просто получает прибыль, а директриса просто развлекает себя. Очень удобно и красиво.

Маня Поливанова прицелилась и обогнала фуру.

— И ты всегда знал, что Литовченко сын Анны Иосифовны?

— Ну конечно.

— И молчал?!

Алекс сбоку посмотрел на нее.

— Маня, ты задаешь идиотские вопросы.

— Ничего и не идиотские! Мне-то уж мог бы сказать!

— Я знаю тебя всего несколько дней. Мы познакомились в Пулкове. Я, если помнишь, нес твою сумку, а ты все хотела ее отнять.

— Я не хотела отнять! Мне просто было неловко. И познакомились мы гораздо раньше, у Митрофановой.

Он вдруг взял ее руку, лежавшую на руле, и поцеловал. Узкая кисть, длинные пальцы. Изумительная рука, и теперь он может целовать ее сколько угодно. Когда захочется. Просто так.

Вот как сейчас.

— У них всегда были странные отношения, — продолжал он, рассматривая ее руку. — Насколько я помню, Анна Иосифовна бросила его отца и ушла к другому человеку, и Павел долго не мог ей этого простить. Они нашли общий язык только во взрослой жизни. И тем не менее он не сказал ей ничего обо мне. Хотя она, мне кажется, меня узнала. Она намекала, что в Интернете можно найти кого угодно! Но я просил Павла не говорить, и он не сказал. Меня замучил вопрос «кто вы?», понимаешь? И я на самом деле не представляю, как на него отвечать.

— Я знаю, — перебила Маня. — Ты писатель номер один в Европе. А может, и в мире.

— Я неудачник и слабак.

— Ты опять хвастаешься?..

Он усмехнулся. Теперь, когда его не терзали змеи, ему было легко и весело.

— Маня, не отвлекай меня.

— А Литовченко знал, что ты не крал никаких романов?

Алекс пожал плечами:

— Я не спрашивал, а он не говорил. Он предложил мне работу. Работу, Маня! Ты не знаешь, какое это огромное слово — работа. Я согласился бы, если б даже он предложил мне место корректора, правда! Лишь бы работать, и именно... со словами.

— Со словами, — повторила Маня Поливанова, она же писательница Покровская. — Ты должен писать, вот тебе и будет работа со словами!.. Писать, а не играть в детектива. Кстати, какой из тебя детектив? Ты слепой, рассеянный, ничего не помнишь. Когда из Питера улетали, паспорт полчаса искали!..

— Тем не менее «Запах вечности» — детектив.

— Да ладно! Это глубокое философское произведение! Если твоя «Вечность» детектив, тогда «Преступление и наказание» тоже детектив.

Он вдруг расчувствовался почти до слез. Его сто лет никто не хвалил — именно за работу. Он позабыл, как это бывает, когда тебе говорят, что ты талантлив и написанное тобой интересно и важно, и даже... как она сказала?.. имеет отношение к философии!..

Кроме того, его никто и никогда не сравнивал с Достоевским.

Еще не хватало!..

Он решительно не знал, что следует делать, когда женщина вдруг говорит, что ты гений. Благодарить? Кланяться? Отводить глаза?

Он отвел глаза и сказал:

— Зато я замечаю то, чего никто не замечает, Маня.

— Это точно!

— И я очень быстро понял, что история с угрозами не имеет никакого отношения к убийству. О том, что у директрисы есть компьютер и почта, знал Береговой. Но он сам вряд ли стал бы писать гадости — на него это совсем не похоже, и, кроме того, письма начали приходить задолго до того, как его уволили и у него появился реальный повод... угрожать. Зато был еще один человек, которого уволили довольно давно и исключительно по личным причинам.

— Какой человек?

— Ты удивительно тупой детективный автор! Веселовский, конечно. Неудавшаяся лобовь твоей подруги. И не только твоей подруги!.. Сейчас направо. Во-он к тому стеклянному зданию, видишь? На стоянку нас не пустят, так что ты меня высади и уезжай, хорошо?

— Кукиш с маслом! — мрачно заявила Маня Поливанова. — Я с тобой. И вот только не нужно сейчас диспут устраивать! Я с тобой, и точка!

...И точка. Вот уж точка так точка!..

— Откуда ты взялась? — с удивлением спросил он, рассматривая ее.

— Из Пулкова, сам сказал! И не заговаривай мне зубы! Мы идем вместе. Кстати, куда? Хотя на самом деле мне все равно куда. Лишь бы с тобой.

— Да? — спросил Алекс, у которого сегодня, по всей видимости, был день открытий. — Правда? Лишь бы со мной?

Митрофанова едва дождалась, когда приедет Стрешнев.

Ждала она в прямом смысле слова у окна — так и простояла с утра, боясь пропустить его машину. Она не могла заставить себя позвонить, хотя это было бы проще всего.

За окном падал снег неторопливыми, мягкими, совсем не московскими хлопьями, засыпал уютный издательский дворик и наряженную елочку. Вокруг елочки похаживал веселый толстый дворник Фазиль в фартуке, а за ним бегала большая черная собака. Дворник широкими, размашистыми гребками, как хороший пловец, отмахивал в сторону снег, а собака припадала на передние лапы, заскакивала в пушистый, легкий сугроб, зарывалась носом, валялась, в общем, проделывала всякие чудеса, а Фазиль хохотал и кидал в нее рукавицей.

— Ну, где же ты, — цедила Митрофанова, — приезжай скорее, ну!

Но Стрешнев все никак не ехал. Она уж и курила, открыв нараспашку окно, — завидев ее, Фазиль сдернул ушанку и поклонился, и Митрофанова из окна поклонилась тоже. Закрыв раму, она барабанила пальцами по стеклу, присаживалась на подоконник, трогала листья какого-то диковинного растения, подаренного ей директрисой на прошлый день рождения издательства. Катя, не слишком любившая цветы, какое-то время надеялась, что растение благополучно загнется, но оно процветало — удивительно даже!..

А Стрешнев все не ехал!..

Завидев наконец его машину, заползавшую во двор, она сорвалась с места, каблук подвернулся, и она чуть не упала. Хорошо, что каблуки «средние» — она никогда не позволяла себе высоких, тем более шпилек, без которых жить не могла Маня Поливанова!..

Она собиралась перехватить Стрешнева внизу, уволочь его в укромное место и выложить все, что она узнала, — сенсационная, неправдоподобная, дикая история!..

Алекс Лорер работает теперь в их издательстве, значит, бабка затеяла что-то такое, о чем они даже не могли догадываться!.. И это требует обсуждения и принятия решительных мер — она совсем не знала, каких именно, и ей необходимо было посоветоваться. От Мани мало толку. Во-первых, она не слишком разбирается во внутренних делах издательства, а во-вторых...

Во-вторых, у нее с этим самым загадочным и невероятным Алексом Лорером совершенно неожиданно и некстати случился роман.

Митрофанова и в этом видела для себя угрозу и происки неведомых врагов!

Как это возможно — роман с Лорером?! Это даже не человек, это какой-то мифический персонаж, слишком неоднозначный и сложный! Впрочем, фотографию Лорера она раскопала очень быстро, и на фотографии совершенно точно был новый заместитель, только волосы еще длиннее, чем сейчас, — Голливуд, одним словом, или, наоборот, что ли, французский кинематограф! Да и копать особенно не пришлось! Про «Запах вечности» не написали в свое время только самые ленивые репортеры, а журнал «День сегодняшний» целое расследование провел и даже фотоотчетом его снабдил! Катя внимательно изучила и снимки, и расследование.

«День сегодняшний» упивался сенсацией — русский выскочка присвоил иностранный роман, шутка ли! — но в комментариях был осторожен. В том смысле, что шут его знает на самом деле, кто и что там присвоил, а роман-то отличный! И национальная гордость поминалась, и русский характер, и раболепие перед иностранцами, берущее начало еще при дворе Петра Великого, где все русские от первого до последнего считались ретроградами и дураками, а все иностранцы, включая цирюльников и лошадников, прогрессистами и умниками.

А *вдруг это правда* и «Запах вечности» написал непонятный длинноволосый парень, слонявшийся по издательству «Алфавит» и задававший нелепые вопросы?!

Выходит, старуха заполучила автора номер один, и не просто заполучила, а приласкала в трудный для него момент, и теперь он — ясное дело! — будет готов для нее на все!

Что все это значит? И чем может кончиться для нее, Екатерины Митрофановой, ведущего менеджера издательства «Алфавит», и для Александра Стрешнева тоже?!

Собственно, Сашу она так и не подкараулила — вот незадача! Видимо, пока она ждала одного лифта, нетерпеливо переступая туфлями на «средних» каблуках, он уехал на втором, и прямиком на «бабкин» этаж, и ждать его оттуда теперь придется долго!..

Секретарша Настя с некоторым удивлением сказала Митрофановой, когда та ворвалась в приемную:

— Он у Анны Иосифовны сейчас. Ему еще вчера было назначено!.. А у вас что-то срочное, Екатерина Петровна?.. Я могу его вызвать!

Вызывать Стрешнева не имело никакого смысла. Все равно разговора не получится.

Она задала Насте пустяковый вопрос: «А что, бумаг от Канторовича еще не было?..» — и пошла по лестнице в свой кабинет.

Задумчиво потянула дверь, из-под которой веяло холодом, должно быть, забыла окно затворить, и остановилась как вкопанная.

Возле ее стола мыкался Владимир Береговой.

— Что вам нужно?

— Здравствуйте, Екатерина Петровна.

— Здрасти, — буркнула Митрофанова.

Зачем он пришел и когда? Шпионить за ней? У нее на столе — она быстро оглядела бумаги — нет и не может быть ничего секретного или такого, что не должно попасться ему на глаза!

— Вы... давно здесь стоите?

— Я, собственно, с Анной Иосифовной хотел поговорить, — начал он неприязненно, — а потом решил, что для начала все равно придется с вами.

— Что значит — придется?!

— То и значит. Можно, я сяду?

Митрофанова пожала плечами, и он сел в первое попавшееся кресло — довольно далеко от нее.

Она вдруг вспомнила, как в этом самом кресле утопал новый заместитель генерального директора, явившийся в издательство в первый раз. Если бы она тогда знала, что этот новый заместитель, которого она встретила так неласково, — сам Алекс Лорер!

...И что было бы, если б знала?.. Это знание что-то изменило бы?.. Или нет? Ведь она так и не выяснила, что происходит в издательстве и почему вдруг все встало с ног на голову! Или так было всегда, просто она не замечала?..

— Я пришел, потому что дело вас касается, — заговорил Береговой и неприятно дернул шеей. — Вчера этот самый Шан-Гирей всякие вопросы непонятные задавал про собаку какую-то! Я не знаю, при чем тут собака, но про компьютерную розетку и про почту знаю.

— Про розетку?..

— Ну, про бабкину! То есть я хотел сказать про компьютер Анны Иосифовны.

— Вы собираетесь рассказать мне про ее компьютер?! — Она все никак не могла съехать с обвинительного тона, хоть и понимала, что давно пора.

— Екатерина Петровна! Если вы не хотите со мной разговаривать, я тогда сразу на пятый этаж пойду, и делайте что хотите!

— Зачем на пятый этаж?

— Затем, — опять обидно сказал Береговой. — Я решил все это написать, принялся даже! Покровская сказала — помните? — про признательные показания! А это никакие не показания!

— Ничего не понимаю, — пожаловалась Митрофанова.

— И я тоже, — подхватил Береговой, и они посмотрели друг на друга. — Только о том, что у Анны есть компьютер и почта, знала еще Ольга из отдела русской прозы.

— Блогерша Олечка?!

Он дернул головой.

— Вы меня лучше не перебивайте!.. Я Ольге рассказал когда-то и про почту, и про комп. Нас забавляло, что бабка всем мозги морочит, а все ей верят, понимаете? «Ничего-то она не умеет, ничего не соображает!» Все умеет, все соображает!

Митрофанова пристально смотрела на него.

— Ну вот, — он взъерошил волосы, и она вдруг поняла, что говорить ему на самом деле трудно. — А Ольга встречается с этим, вашим. Которого уволили.

Катерина все поняла, как только он сказал «с вашим», но все равно переспросила замороженным голосом:

— С кем она встречается?

— С Вадимом Веселовским, ну что вы, ей-богу!..

— Откуда вы знаете?

— Я их видел. Вернее, не я, а Дэн Столетов, но не суть важно. И Ольга выложила фотографии в Интернет сразу после убийства. Она сказала, что хочет написать детектив, только не ерунду, как Покровская, а настоящий! С настоящим, подлинным трупом. Она выложила фотографии и кинула клич, чтобы все искали следы убийцы. Ведь преступник всегда оставляет следы, надо только хорошенько поискать.

— Какой... клич?!

— В блоге! И все искали, ничего не нашли, ну, а она нашла.

— Нашла, — повторила Митрофанова, чувствуя, что самое худшее впереди. — И что она нашла?

— Я вам покажу, — сказал Береговой, — если вы пустите меня за компьютер. Они все в моем архиве лежат.

Митрофанова поднялась, словно во сне, освобождая ему место за своим столом.

Он уселся и заиграл на клавиатуре, как на пианино, быстро, легко и красиво.

У него были длинные музыкальные пальцы, на которые она посмотрела и отвела глаза.

— Вот смотрите. Это фотографии с места событий. Она снимала все подряд. И вот рука, видите?..

Митрофанова через его плечо уставилась в монитор.

— Рука вытаскивает пропуск из кармана... трупа. Давайте увеличу, вот так. Можно даже буквы на пропуске рассмотреть! Ну, вот «ова» отчетливо видно!

— Ну и что?

— Ну, она считает, что это ваша рука, и ваш пропуск, и труп к вам приходил. Ну, еще до того, как стал трупом! «Ова» — последние буквы фамилии Митрофанова. Выходит, он по вашему пропуску зашел. Следовательно, вы его знаете. Значит, причастны к убийству, — мрачно выговорил Береговой и посмотрел ей в лицо.

Она молчала, рассматривая фотографию.

Вот выдержка, а?.. Не баба, а железный конь!

— Я не знаю этого человека, — сказала она наконец. — И никогда не видела. Он ко мне не приходил.

Она вдруг тяжело оперлась на его плечо, но быстро отдернула руку.

— Я хотел сам расследование провести, — признался Береговой, поглядывая на нее. — И злился очень! В бешенстве был просто!

— Я заметила.

— А потом этот новый заместитель, который на самом деле писатель, объявился и стал все спрашивать! Я ведь на самом деле был у вашего дома и видел там собаку, только не понимаю, при чем тут собака!

— Я тоже.

— А потом Покровская мне сказала, что вас тоже того... чуть не убили, и как раз когда я возле вашего дома болтался, и я решил, что вы не только уволить меня хотите, но и убийство на меня повесить. А я не убивал никого!

— И я не убивала. С чего ваша подруга решила, что это именно моя рука?

— Запонка.

— Что — запонка?

— На фотографии манжета с запонкой. У нас такие манжеты только вы носите. Больше никто. Это всем известно.

— Олечка так сказала?

Береговой кивнул.

Митрофанова опять зачем-то взялась за его плечо.

— Это мужские запонки, Володя, — сказала она и стиснула плечо холодными острыми пальцами. — Посмотрите получше. У меня таких нет и быть не может.

— Не разбираюсь я в запонках.

Она отпустила его плечо, обошла стол и села в то самое кресло, где только что сидел он, а до него, когда-то давным-давно, Александр Шан-Гирей.

— Почему вы решили мне все рассказать?

Он глубоко вдохнул, как перед прыжком в воду.

— Потому что Ольга с Веселовским! И она ему звонила и говорила, что не знает, что теперь делать, потому что я вернулся на работу! Не должен был вернуться! А Веселовского тоже уволили... из-за вас.

— И что?

— Ничего, — буркнул Береговой. — Просто я подумал: имеет смысл сначала с вами поговорить, а потом с Анной Иосифовной или с кем там еще! С новым замом, что ли!

— Откуда он только взялся?.. И почему именно он?.. И почему бабка его попросила разобраться?..

Он же совершенно чужой в издательстве человек! Не Стрешнева и не меня, а именно его!

— Вы у меня спрашиваете? — осведомился Береговой. — Так я ничего не знаю!..

— И пропуск, — продолжала бормотать Митрофанова, будто во сне, — я же потеряла пропуск, и его восстанавливали. «Ова» ведь необязательно Митрофанова! Это какая угодно может быть фамилия!

Она вдруг вскочила с кресла, подбежала к шкафу, выдернула из него сумку и стала лихорадочно копаться внутри.

— Вадим не мог, — повторяла она, вытаскивая из сумки какие-то вещи, — может, Олечка и способна на это, но Вадим не мог! Он кто угодно, только не убийца.

— Екатерина Петровна!

— Зачем ему убивать?! Да еще у нас в издательстве?! Да еще непонятно кого! Но если фотографии выложила Олечка, а он теперь с ней...

Тут Митрофанова замолчала, как будто подавилась, и села на пол, смешно и неестественно подвернув ногу.

Береговой подскочил к ней.

— Вы что?! Вам плохо?!

В каждой руке она держала по пропуску, переводила взгляд с одного на второй.

— Как он сюда попал? — Она ткнула в Берегового пропусками. — Как *они сюда попали?!* Я же один потеряла! Почему их теперь два?!

И она швырнула пропуска на ковер.

— Тише, — сказал Береговой, подобрал пластмассовые прямоугольники и оглянулся на дверь. — Тише, тише!.. Может, воды принести?

— Идите к черту, какой еще воды?! У меня совершенно точно был только один пропуск, а второй я потеряла! У меня совершенно точно нет таких запонок! Я совершенно точно никого не приводила в издательство! И я точно не знаю убитого человека!..

Дверь распахнулась, и в кабинет заглянул Стрешнев.

Такой всегдашний, нормальный, такой свой, что Митрофанова проворно встала на четвереньки и, помогая себе руками, держась за ближайший стул, поднялась с ковра, вырвала у Берегового пропуска и пошла к Стрешневу.

— Катя?! Ты что? Что случилось?

— Саша, я ничего не понимаю! Этот новый заместитель на самом деле Алекс Лорер, помнишь «Запах вечности»? Его бабка нашла, чтобы он разобрался, что происходит в издательстве! И у меня два пропуска, а был только один, я это точно знаю! И запонки на этих проклятых фотографиях не мои!

Она дошла до Стрешнева, обняла его и зарыдала.

— Как вы сюда попали?!

Алекс пожал плечами.

— У нас же пропускная система! Твою мать! Что вам нужно?!

— Здравствуй, Вадим. Сколько лет, сколько зим не видались Боб и Бим.

У Веселовского приоткрылся рот, и тяжеленная — не иначе, золотая! — ручка вывалилась из обессилевших пальцев и покатилась, покатилась...

— А мы пришли тебя навестить! — громко, так что, должно быть, слышали и в коридоре, продолжала писательница Покровская. — Ну, дворец! Ну, хо-

рош! С лебедями, с чучелами!.. С дипломами всяки-
ми, с чудесами разными!..

Она по-хозяйски прошла вперед, к подиуму, на
котором стоял огромный стеклянный стол с изме-
няющейся подсветкой, и к трону, на котором почти
умирал близкий к коме Веселовский.

— А седалище что? — спросила она, взойдя на
подиум и заглядывая под стол. — Не подсвечивает-
ся? Надо лампочки вкрутить, Вадим! Так не годится.

— Маня... — произнес Алекс.

Она оглянулась на него, хотела что-то сказать,
но не стала.

Стянула с плеч пальто и уселась напротив Веселовского — немного царицей Тамарой.

— Я... рад тебя видеть.

— Ну, конечно.

— Как ты поживаешь?

— Превосходно.

Алекс усмехнулся. Она так нравилась ему, что он
совершенно не знал, что с этим делать. Тысячу лет
ему никто *так* не нравился.

А, может, миллион.

Она ведь понятия не имеет, зачем они сюда
приехали и что именно он собирается говорить! Но
подыгрывает ему виртуозно, как будто чувствует все
его внутренние настройки, словно действительно
знает про него все!..

Но ведь так не бывает. И надеяться глупо.

— На самом деле это я попросил Марину Алексеевну сопровождать меня. Одного меня вряд ли
пустили бы. А Марина Алексеевна — человек, из-
вестный всей стране, и ее благонадежность не вызы-
вает никаких сомнений.

— Да уж! — откликнулась Маня. — Я сказала охранникам, что мой следующий детектив будет про колбасную фабрику. Потом пара автографов, и дело в шляпе. Кстати, рассиживаться нам некогда, меня ждет генеральный директор.

— Наш генеральный директор?!

— Ваш, не мой же! У меня нету никакого директора! Помощница есть по хозяйству, а больше никакого штата и нету!

— А зачем тебя ждет наш директор? — глупо спросил Веселовский и осекся.

— Да я же говорю — собралась писать про колбасу! И про разных колбасных деятелей. Надо же с кого-то начинать, ну, я и решила начать с директора. Не с тебя же! — Тут она небрежно махнула рукой. — Ты в колбасе недавно, что с тебя возьмешь!..

Алекс тоже взошел на подиум, подумал немного, взял со стула причудливой формы Манино пальто, уселся и положил его себе на колени.

От пальто тревожно и соблазнительно пахло Маней.

И вообще в этот раз кабинет не казался ему ни огромным, ни пустынным — Маня занимала в нем очень много места, заполняла его собой, а Алексу это было важно.

...Как она сказала? Мне все равно куда, лишь бы с тобой?..

Веселовский следил за его манипуляциями, и глаза у него были перепуганные.

— Я знаю, что письма с угрозами Анне Иосифовне писали вы. Должно быть, не вы сами, а ваша подруга из отдела русской прозы, по совместительству непризнанный гений. Я знаю, что вы подбили ее выложить в Интернет фотографии с места убийства. Таким образом, доставили известные неприятности всем — директрисе, Екатерине Митрофановой и Владимиру Береговому. Он ведь в случае официального расследования вполне мог вычислить адреса, с которых на почту директрисы приходили... всякие гадости.

— Чушь, — неуверенно сказал Веселовский. — Что вы несете, юноша?!

— Вы отлично знали — от своей подруги, разумеется, — что Екатерина Петровна запретила выкладывать фотографии, и немедленно воспользовались этим. Ольга тут же разместила их где могла...

— Это какая? — деловито осведомилась Маня. — Знаменитая блогерша, что ли?

Алекс кивнул.

— Берегового Екатерина Петровна моментально уволила, то есть сделала именно то, что вы и предполагали. И немудрено!.. Вы же очень хорошо ее знаете. Таким образом, вероятность того, что вас рано или поздно вычислят, значительно уменьшилась. А к следственным органам Анна Иосифовна ни за что не стала бы обращаться. Кстати, в тот день, когда Екатерина Петровна уволила Берегового и так... несдержанно повела себя, вы были в издательстве. Кто вас провел? Ольга? И зачем вы явились? Полюбоваться на всеобщее смятение?

Пока Алекс говорил, Веселовский пришел в себя.

— Ну, Ольга, и дальше что?.. Ну, пришел и пришел! Что дальше-то? Доказать все равно ничего нельзя, а бабка свою долю дерьма получила! — Тут он засмеялся, и Алекс посмотрел брезгливо, как будто на его ботинок случайно упала мокрица. — И бабка, и

Катька! Это оказалось так просто! Можно написать все, что угодно, то есть вообще все! А эти тупые сволочи все сожрут! Будут читать и бояться! Круто!

— Круто, — согласилась Маня Поливанова. — На самом деле круто!

— Что ты понимаешь?! Ну ты-то что можешь понимать?! Продажная шлюха, за деньги любую фигню накропаешь, а достойные пробиться не могут, годами мучаются, слезами кровавыми плачут! Уж я-то знаю, я же с авторами работал!

— Ты борец за народное счастье, Вадик? Или за большую русскую литературу?

— Да я-то хоть чего-то стою, а ты?! Охранники ее сюда пустили, она и хвост подняла! В лицо знают! Да кто ты такая вообще, чтоб тебя знали?! За деньги кому угодно продашься! Проститутка с Ленинградки хоть полезным делом занимается, а ты...

— Хватит, — попросил Алекс терпеливо. — Ну, что вы дурака валяете?

— А что ты мне сделаешь?! В морду дашь?! Куда тебе со мной тягаться?! Да я тебя раздавлю, ты и пикнуть не успеешь, мать твою, защитник выискался всяких б...дей и тварей поганых!

Что именно произошло в следующую секунду, Маня Поливанова так и не поняла.

Кажется, Алекс остался сидеть, как сидел, только ноги выпрямил и переложил на коленях ее пальто. Но кресло с Веселовским вдруг резко качнулось, дернулось, сам он то ли всхлипнул, то ли вскрикнул. Кресло поехало, в секунду оказалось возле края подиума и с шумом обрушилось с него, придавив хозяина.

— Что ты сделал? — с интересом спросила Маня, проводив кресло глазами.

Алекс пожал плечами.

— Ничего. — И сунул ей пальто. — Подержи, пожалуйста.

Он легко сбежал с подиума, вытащил высоченного, атлетического и аполлонистого Веселовского из-под кресла и как-то странно взял за руку — так, что тот моментально скособочился и перестал быть и атлетическим, и аполлонистым.

— Хватит, — повторил Алекс не менее терпеливо. — Зачем так утруждать себя?

— Что тебе от меня нужно?! Все равно ничего не докажешь! Чего ты прицепился, мать твою! Отцепись, мне больно! Кому сказал, ну!..

Алекс тряхнул его, и тот опять всхлипнул.

— Я не собираюсь никому ничего доказывать. Я хочу знать, что еще вы с вашей подругой проделывали в издательстве. Присылали угрозы — раз. Выложили фотографии — два. Что еще?..

— Сервер обрушили. Да отцепись ты от меня, больно же!..

— Еще?

— Еще Ольга этому козлику втюхала, что Митрофанова вашего покойника убила! Мы на фотках нашли чего-то такое, ерунду какую-то, ну, она и втюхала!

— Зачем?

Это Маня спросила.

— Затем, чтоб вам, сволочам, жизнь медом не казалась! Сидят там, жиреют, говно разное издают, бабка над ними кудахчет, крыльями машет, только и делает, что зарплату прибавляет!.. Да отпусти ты, кому говорю! — Большая кровавая капля шлепнулась на белый пол. А за ней еще одна.

— Ты нос разбил, Вадик?

— Меня с работы поперли, за что?! За то, что я истеричку эту гребаную трахать перестал?! Уволили меня и думать забыли, как бы не так! Я вам попомню! Все попомню! Я работу едва нашел, а все из-за вашей бабки! Я, видите ли, поступил непорядочно! Она-то сама порядочная, как же! А мы что?! Не люди, да?! Не люди?!

— Мне кажется, нет, — негромко сказал Алекс и выпустил его руку.

Веселовский охнул и схватился за нос.

— Бабка, сволочиха старая, сказала, что с книгами я больше работать не буду! Всю жизнь мне испортила! — Он трогал свой нос и от этого гундосил все сильнее. — Коза драная! Везде отказали, даже у конкурентов, мать ее так!..

— Тебе и от колбасы скоро откажут, Вадик, — грустно сказала Маня. — Я, может, гениальный текст написать и не способна, это ты верно тут рассуждал, зато меня по телевизору каждый день показывают. И генеральный директор твой ждет не дождется, когда я про него романчик накропаю. Так я накропаю романчик-то, слышишь, Вадик! Мне ничего не стоит! И будет твой новый директор мне должен по гроб жизни. Я у него поменяю — тебя на романчик. Как ты думаешь, он согласится? А?!

— Маня...

Она дернула плечом.

— А Катька его любила, представляешь? Чуть с ума не сошла, когда он ее бросил.

— Маня...

— Да пошел он!.. — И тут она выматерилась так витиевато, раскидисто и ужасно, что Веселовский перестал шмыгать носом, а Алекс даже засмеялся немножко.

Он подхватил ее пальто и портфель и стал подталкивать Маню к выходу из просторного кабинета с вымпелами и дипломами, похожего на конференц-зал ярославского футбольного клуба «Шинник».

Дверь за ними захлопнулась. В коридоре никого не было. Маня на ходу бормотала такие ругательства, что Алекс в конце концов остановился и повернул ее к себе.

— Замолчи, — велел он и захохотал громко, в голос. — Ты же девушка из хорошей семьи и прекрасная принцесса.

— Я не принцесса!

— Ну, значит, косая обезьяна.

Тут она заинтересовалась:

— Почему косая обезьяна?

— Потому что ты косишь.

— Я знаю. Это с детства еще. Пытались исправить, но так до конца и не исправили. Сейчас почти не видно. Как это ты заметил?

Алекс подал ей пальто.

— Откуда ты узнал, что это он?

— Да фактически он сам и сказал. Когда ты мне рассказала, что был некий человек, которого уволили почти со скандалом, я... навестил его. И он мне сразу стал излагать про гениев, которых не печатают, и про издательство, где все давно прогнило, про то, что работать на бабку, прошу прощения, на Анну Иосифовну, не имеет смысла, ну, и так далее. О том, что у директрисы есть почта, знали Береговой и эта самая Олечка, о которой известно, что она все время пишет, но нигде, кроме Интернета, ее не читают. И не печатают. А всякие гадости слать — это своеобразный способ мести.

— Бабский, — подсказала Маня. — Кажется, я это уже говорила когда-то.

— И в том, что это именно месть, я не сомневался! Только не знаю, куда делся еще один листок из тех, что мне тогда оставила Анна Иосифовна! Она тоже... любительница загадок! То есть вроде бы она навела меня на след, но ничего не уточнила. Просто листок. А на нем просто буква. Я догадываюсь, в чем дело, конечно, но все же до конца не уверен.

— Листок, — повторила Маня. — Подожди, совсем недавно было что-то такое... Именно листок бумаги... Он откуда-то выпал, а я подняла. Или не я подняла, а кто-то еще. И мне это показалось странным...

Алекс придержал перед ней дверь. Охранник вежливо поклонился из своей будочки, и Алекс поклонился в ответ.

— Сейчас, сейчас, я вспомню... А что это он нес про Катьку? Будто она в убийстве замешана и про какие-то фотографии?

Морозный ветер дунул в лицо, и Алекс поднял воротник.

— А где наша машина?

— Там, по-моему.

— Отвезешь меня домой?

Маня искоса на него взглянула.

— Ты не поедешь... ко мне?

— А ты меня приглашаешь?

Она сосредоточенно кивнула. Ей стало немного страшно.

— Нет, — отказался он. — Не поеду.

— Здорово.

— Маня, мне необходимо подумать. Чем быстрее я буду думать, тем быстрее все объяснится! А время вышло. Неужели ты не чувствуешь?..

Она чувствовала только обиду.

Впрочем, не хочет и не надо, так даже лучше. В конце концов, у нее тоже будет время подумать!.. Чем быстрее она станет думать, тем быстрее напишется следующий роман, а это важно.

Вот только непонятно, для кого важно! Для нее самой? Для читателей? Для Анны Иосифовны? Для издательства, так сказать, в целом?.. Или все же прав этот презренный и мерзкий мужик, которому Алекс только что расквасил нос, и ей ничего не надо, кроме славы и денег, пусть и слава не слишком славная, и денег в любом случае меньше, чем от добычи алюминия?!

Вот вам и фарс! Как разобраться, где фарс, а где драма?..

— Алекс, — позвала она и полезла в карман за ключами от машины.

— М-м-м?

— Как ты разобрался, где фарс, а где драма?

— Анонимные записки с угрозами, приходящие по электронной почте, — фарс. Убийство — драма.

Маня открыла дверь и уселась на водительское место.

— А мотив? — подумав, спросила она. — У этой драмы есть мотив? Или она просто так драма?

— Я не уверен. Но мне кажется, самый главный мотив — ненависть. Ну, как у Веселовского, только глубже. Серьезнее. Чем глубже человек, тем страшней ненависть. — Он вдруг вспомнил своих змей. — За что и кого именно он ненавидит, я не знаю. А может, и знаю! Но мне все же нужно подумать.

У Мани в портфеле зазвонил телефон, и она долго и неохотно копалась в нем — искала. У нее было грустное, усталое лицо, и Алекс чувствовал себя виноватым, хотя в чем именно, не понимал.

Он не любил чувствовать себя виноватым.

Телефон, когда Маня приложила его к уху, разразился длинной речью. Она только слушала, почти ничего не говорила, лишь один раз спросила: «Ты с ума сошла?!»

— Там у Митрофановой почти истерика, — сказала, нажав кнопку. — Она нашла в сумке второй пропуск, и Береговой ей показал какие-то запонки, из чего она сделала вывод, что он подозревает ее в убийстве. Или она сама себя подозревает! Ничего я не поняла!

— Пропуск? — переспросил Алекс. — Она нашла в сумке пропуск?!

— Ну да, — подтвердила Маня. — Я тебе об этом и говорю. Куда тебя везти?

Он не слушал.

— А? Можешь до метро. А там я сам.

Был момент, когда она чуть не согласилась. Она сердилась, и устала, и встреча с Веселовским оказалась более тяжелой ношей, чем думалось!..

Был момент, когда ей больше всего на свете хотелось сказать, что до метро он и пешком дойдет, тут недалече.

Если б она так сказала, у Алекса Шан-Гирея не осталось бы ни одного шанса на спасение.

Но она привезла его прямо к подъезду!..

Отчасти потому, что жалко было бросать посреди дороги, отчасти потому, что хотелось посмотреть, где он живет.

И еще она немножко надеялась, что он оставит ее у себя.

— А где твои окна?

— На седьмом этаже, все темные.

Почему-то только сейчас Мане пришло в голову, что он вполне может жить не один, и, скорее всего, так и есть! И, скорее всего, где-то на заднем плане обязательно существует мадам Шан-Гирей — он же взрослый мальчик! И пара-тройка малюток не исключена.

Ну, тройка — это она загнула, по нынешним временам это дело почти невозможное, но уж один-то наверняка!

— Алекс, ты женат?

Он уже выбрался наружу и теперь хлопал себя по карманам, в сто первый раз искал что-то, то ли телефон, то ли ключи. Он то и дело шарил в карманах, находил, успокаивался, забывал и начинал искать снова.

Ее вопроса он не услышал, и немудрено — двигатель урчал, радио пело истерическим голосом про истерическую любовь, какие-то громкоголосые парни пробежали мимо, ежась в коротких курточках.

— До завтра, Маня.

Она фыркнула так, чтоб на этот раз уж точно услышал.

— Я, может, завтра в Нижний Новгород уеду!

Откуда взялся Новгород, да еще Нижний, она

сама не знала. Придумалось на ходу. А вот она завтра возьмет и уедет!.. И пусть знает!..

— Ну, тогда до твоего возвращения из Нижнего. И ни одного вопроса! И никакого удивления! Никаких сожалений!

Он захлопнул дверь и пошел к подъезду.

— К чертовой матери, — в спину ему процедила Маня Поливанова. — Все. Больше никаких иллюзий. Подумаешь, «Запах вечности»!

Она сдала назад, въехала колесом на бордюр — машину сильно тряхнуло, — вывернула руль и покатила в сторону шоссе.

Может, и умен, и хорош — такие ресницы и волосы должны были барышне достаться! — и талантлив, и загадочен, но ей, Мане, на это наплевать!

Ей на все наплевать. У нее свои дела.

В глазах странно задрожало, задвоилось, она шмыгнула носом, чтоб не зареветь, но все-таки заревела.

Алекса ее явное огорчение привело если не в восторг, то по крайней мере в отличное расположение духа. Он с удовольствием подумал бы о ее огорчении, проанализировал его со всех сторон — все же он был писателем, и вроде бы даже неплохим! — если бы время позволяло.

Но оно заканчивалось, стремительно, неумолимо, и нужно было возвращаться с небес на землю.

Там, в небесах, Маня и все новое и удивительное, что связано с ней.

Здесь, на земле, история с убийством, которая почти выстроилась у него в голове, — дорогие ботинки на трупе, пропавший листок с буквой «С», звонок на домашний телефон, митрофановская сумка, оказавшаяся на кухонном столе среди чашек и блюдец, черная собака на детской площадке, где его били, и еще одна, которую видел Береговой около дома Екатерины Петровны. И еще одна, во дворе Анны Иосифовны!

Просто пропасть собак! Но самое главное, бог мой, что это просто собаки! Обыкновенные, нормальные собаки, вовсе не плод его воспаленного воображения и не свидетельство того, что он сошел с ума!

Алекс долго ковырялся возле собственной двери, рылся в сумке, искал ключи. Сумка то и дело съезжала с плеча, и в конце концов он плюхнул ее на площадку, присел рядом, нырнул в нее почти с головой.

Как водится, ключи оказались на самом дне под книжкой Марины Покровской, которую он утром купил в киоске, чтобы почитать в метро, но так и не открыл, потому что в метро не был. Целый день его возила в своей машине упомянутая Марина Покровская!..

Очень хотелось на нее посмотреть, и прямо тут, на площадке, он выудил книжку и глянул на фотографию.

Но ничего не получилось. Глянцевая женщина на глянцевой обложке была так же похожа и не похожа на Маню, как статуя Венеры на супругу скульптора, с которой он эту самую Венеру ваял!..

Глянцевая Маня смотрела с фотографии мимо, улыбалась надменной улыбкой, и накрашенные губы казались чужими и холодными. Невозможно представить, что эти губы целовали его, и распаляли, и не давали дышать.

Мрамор, мрамор...

Вздохнув, Алекс сунул глянцевую Маню под мышку, открыл дверь, шагнул и вдруг сильно ударился виском обо что-то твердое и острое. Алекса толкнули в спину, и, ему показалось, на него упал книжный шкаф. В глазах потемнело, и ухо перестало слышать, и второй удар почти сбил его с ног.

Человек, караулившый на лестничной площадке и втолкнувший его в квартиру, был хорошо подготовлен и расправлялся с ним деловито и без затей.

Алекс ничего не видел в темноте, а свет зажечь не успел и только подумал медленно, что был прав: время вышло.

Убьет?..

Вот так просто, на пороге его собственного дома?..

Только потому, что он опять... не готов?! Как тогда, в армии?! Или когда у него отняли роман?.. Нет, не роман, черт с ним, с романом, когда у него отняли *дело*, единственное, самое главное, смысл его жизни?!

Кашляя, Алекс попытался повернуться, чтобы увидеть, кто на него напал, но не смог и от следующего удара упал на колени.

И в этот момент что-то произошло.

К нему вдруг вернулась ненависть — вся та, из прошлого, и ее оказалось так много, и она была яркой, как судорожный всполох короткого замыкания.

И от этой вспышки у него стало светло и просторно в голове.

Ну нет. Больше я не дамся.

Наугад, очень сильно, он швырнул сумку, которая все еще волоклась за ним, и, видимо, попал, потому что противник хрипло вскрикнул.

Ненависть горела и пылала в нем, и в ее свете он понял, что должен сделать.

Он вцепился в ногу, занесенную для следующего удара, дернул ее на себя, тело обрушилось с грохотом — как будто повалился дом.

— Я... все равно... тебя... убью... — хрипел тот, с кем он боролся. — Все равно...

Не убьешь. Я не дамся!

Сцепившись, они катались по полу в тесной прихожей, клубок змей, готовых пожрать друг друга, и Алексу что-то впивалось в грудь — змеиное жало! — и он вдруг сообразил, что это книжка, которая так и осталась у него под мышкой!

Он выхватил ее, размахнулся, ударил в лицо, целясь твердыми и острыми углами, и опять попал!

Противник завизжал и ослабил хватку, и секунды Алексу хватило, чтоб вырваться и дотянуться до зонта, всегда стоявшего в углу.

Он очень любил этот зонт, купленный в дорогом английском магазине, — тяжеленная, острая, длинная трость.

Он ударил зонтом раз, другой, третий, и тот, на полу, с каждым разом визжал все сильнее, и, черт его знает, наверное, Алекс убил бы его, если бы ненависть не погасла так же внезапно, как зажглась, словно сделав напоследок свое дело.

Он вдруг пришел в себя.

И придержал собственную руку, готовую ударить еще раз.

И вытер со лба пот — жарко было драться в пальто.

И услышал, как поехал лифт — обычный, нормальный, привычный звук.

Жизнь продолжается, вот что он понял.

Я не убит. И я никого не убил.

Тяжело дыша, он пристроил зонт поперек лежащего на полу человека, придавил его коленом — тот охнул и застонал, — потянулся и повернул выключатель.

И даже не зажмурился, когда свет ударил по глазам.

— Давно надо было тебя прикончить, — прохрипел лежавший на полу. — Сразу.

— Вставай, — велел Алекс. — Пошли.

Держась за стену, хрипло дыша, человек поднялся. Он был сильно избит, губы в крови — видно, Алекс как следует попал Маниной книжкой!

— Туда!

Держа погнувшийся зонт наготове, Алекс зажег свет в комнате и толкнул незваного гостя на стул.

— Ну? Чего ты от меня хочешь?! Ну, еще свяжи меня! Ты же трус, тряпка!

Алекс вдруг засмеялся. Смеяться было больно, так больно, что потемнело в глазах. Должно быть, ребра сломаны.

— Не буду я тебя вязать, — сказал он, стянул пальто и швырнул его на пол. — Ты ни на что больше не годен. Я победил.

— Нет! — закричал человек и заплакал. — Ты не можешь победить! Ты проиграл давно, еще тогда! А я выиграл! Я получил все!

Алекс, державший зонт под мышкой, как шпагу, и жадно оглядывавшийся по сторонам в поисках какого-нибудь питья, вдруг остановился и уставился на человека на стуле.

— Ты получил все? — спросил он осторожно. — Еще тогда?..

— Ты был первым, кого я убил! — торжественно заявил незваный гость, опять скривился, и Алекс увидел у него на щеках слезы, настоящие горючие слезы!.. — И я сделал это так красиво! Ты тогда должен был покончить с собой, жалкий, трусливый ублюдок! Но ты оказался живучим и все мне испортил!

— Постойте, — перехватив зонт, Алекс взялся за лоб, охнул и опустил руку. — Вы Александр Стрешнев. Второй заместитель директора издательства «Алфавит». И вы убили того человека в коридоре! И собирались убить меня?!

— Я не собирался! Я тебя почти убил! Но ты выжил, придурок!

— Вы увели у меня мой роман, — ровным голосом сказал Алекс. Выговорить это было труднее, чем в темноте бить наугад! У него сильно застучало в висках — так, как будто вот-вот проломится кость. — Именно вы тогда были моим литературным агентом?! У вас была другая фамилия, но я знаю, что это вы!

— Давно знаешь? — буднично спросил Стрешнев.

— Довольно давно. С тех пор, как вы при мне сказали что-то вроде «сокол с места, ворона на место». Это малоизвестная поговорка, и мой агент, когда все случилось, во всех интервью ее повторял. Только наоборот: ворона с места, сокол на место! В том смысле, что наконец-то все стало на свои места и теперь ежу понятно: книгу написал не я, а некий достойный человек! — Алекс стиснул кулак. — Сначала я подумал, что это просто совпадение, а потом... А потом решил, что нет, не просто!.. Столько раз я слышал эту фразу, и только от одного человека. Ты даже в письмах что-то такое поминал про эту чертову ворону!..

Услыхав про письма, Стрешнев вдруг спросил с удовольствием:

— Хочешь, я тебе напомню, как ты называл меня в письмах?!

Не надо.

— Не на-адо?! Во Франции меня звали А. Эн. Седер! Уважаемый господин Седер, так ты меня называл в своих письмах! Уважаемый господин! Я был господин, а ты раб, просто раб, с которым я мог сделать все, что угодно! И сделал!

У Алекса дернулся рот. А. Эн. Седер. Все правильно. Ему стало нечем дышать, он шагнул к окну и распахнул его. И потянул с шеи шарф.

Стрешнев следил за ним с наслаждением.

— Седер — фамилия моей матери. Стрешнев — отец. Но он бросил нас! Бросил, а потом приполз проситься обратно, и мать приняла. А я его ненавидел! Я всю жизнь его ненавидел! Но у него были связи! У него были такие связи, какие никому тогда и не снились, — кондовые, советские, крепкие связи в иностранных издательствах!

— Я знаю, — с трудом дыша, выговорил Алекс. — Он работал в ленинградской «Детской литературе».

— Вот именно. Только он не просто работал! И Стрешнев сделал рукой неопределенный жест. Ему тоже, должно быть, было больно, потому что он скривился и руку перехватил. — Он ру-ко-во-дил этой самой поганой «Детской литературой». У нас с самого моего детства толклись какие-то писатели, и отец ими восхищался! Он их боготворил! Он хотел, чтобы я тоже писал, а я ненавижу писанину! И книги ненавижу тоже! Ненавижу!

— Тихо.

— Я уехал во Францию в поганенькое крохотное издательство, когда началась перестройка. Отец пристроил! — Стрешнев фыркнул. — Он мог бы пристроить меня куда угодно, но нет! У него, видишь ли, принципы, и мать проела мне плешь — ты должен быть благодарен, ты должен быть благодарен! За что?! За прозябание над чужими текстами, да еще на тарабарском языке?! Я ненавижу этот язык! И тексты ненавижу! Я все это ненавижу!

— Ненавидишь, — повторил Алекс, к которому постепенно возвращалось дыхание и вместе с ним любопытство.

Тогда, пять лет назад, он хотел и боялся увидеть человека, который... погубил его. И вот сейчас этот человек на стуле в его собственной комнате рассказывает, как именно он это сделал.

Судьба. Какая странная судьба.

— Ты сидел в издательстве, ненавидел свою работу, ненавидел всех, а потом появился я со своим романом.

— А потом ты, подонок! Ты прислал на рецензию свою писанину, и ее передали мне как самую бесперспективную! Я прочитал. И показал двум или трем отцовским приятелям из крупных издательств. И все стало ясно. Ух, как я вас всех ненавижу!

За окном метель мела, занавеску забрасывало на сторону, снег летел прямо в комнату. Алекс подставил лицо. Снежинки трогали кожу нежно, почти неосязаемо.

Трогали и погибали.

— Я отобрал у тебя все! Деньги, славу. И, главное, работу! Ты больше никогда ничего не напишешь! Ни-ког-да! Ты стал таким же, как я! Ты не способен написать ни строчки!

— Таким, как ты, я никогда не стану.

— Как я наслаждался! Я смотрел все эти телевизионные репортажи! Я хохотал, когда ты что-то пытался втолковать судье! Весь такой растерянный, бледный, дрожащий! Сопля зеленая!

Тут Стрешнев задумался на секунду.

— Я только не понял, — спросил он доверительно, — почему ты с крыши-то не прыгнул? Ты ж собирался! Ты даже мне писал об этом! Уважаемый господин А. Эн. Седер, я не понимаю, что происходит и как мне дальше жить! Ты никак не должен жить! Ты должен был покончить с собой.

— Ну, я не покончил.

— Дурак. Ты все мне испортил.

— Это точно.

Зазвонил телефон.

Алекс, не сводя со Стрешнева глаз, полез в карман и — первый раз в жизни безошибочно — достал мобильный.

— Алекс, я вспомнила про листок, — задыхаясь, сказала в трубке Маня Поливанова. — Ты в машине меня сбил, а сейчас я вспомнила! У Сашки Стрешнева в кабинете из книжки выпал листок с одной-единственной буквой «С»! И он меня за этот листок чуть не побил! Слышишь, Алекс?

— Слышу.

— Это что-нибудь значит, да?

— Я тебе перезвоню, ладно? — Он вдруг улыбнулся. — Твоя книжка спасла мне жизнь.

— Что?!

— Пока. Я перезвоню.

Он осторожно положил телефон на стол и спросил:

— Что было дальше?

Стрешнев пожал плечами:

— Ничего. Я вернулся в Москву миллионером. Все твои деньги я аккуратно получаю до сих пор, между прочим! Нет, конечно, с придурком, который исполняет роль настоящего автора твоего романа, приходится делиться, но это все такие мелочи! Пять процентов от того, что достается мне, а твоя книга чертовски хорошо продается!

— Заткнись.

— Нет, ты же спрашиваешь! — с веселым злорадством продолжал Стрешнев. — Мне нужно было отомстить. Ну, не мог же я не отомстить, согласись!

— Кому?..

— Старой карге.

— Анне Иосифовне?

— Ну, ты просто пророк! Конечно.

— Твой отец любил ее? И ушел к ней тогда?

— Да, черт возьми! — заорал Стрешнев. — Да! Ради нее он нас бросил!

— Но он же потом вернулся.

— Это уже не имело значения! Если б он был жив, я отомстил бы и ему тоже, но он благополучно помер, и осталась одна бабка! Бабка и ее драгоценное издательство! И я решил с ней покончить, и с ее издательством заодно. Я напросился к ней на работу, и она взяла меня, конечно, тоже из милости — бедный мальчик, ему надо помочь! Это я-то бедный мальчик, представляешь?! С твоими миллионами!

— Нет. Не представляю.

— Я ждал долго. Просто убить ее мне было неинтересно. Мне хотелось, чтоб она мучилась. И еще обязательно нужно было развалить это чертово издательство. Она все трясется над своей репутацией, все обхаживает сотрудников и писателей! — Слово «писатели» он выговорил как ругательство.

— Она подозревала тебя в чем-то, — сказал Алекс задумчиво. — Это точно. Она взяла меня на работу, и я сомневаюсь, что она ничего обо мне не знала, хотя Павел и утверждал, что не знает!

— Кто такой Павел?

— Павел Литовченко, владелец. Сын Анны Иосифовны. Ты не знал, что у нее есть сын?!

— Я плевать хотел на нее! И ее сына я видал в гробу! Мне нет до него дела. Я должен был отомстить ей, а не какому-то сыну!..

— И все же Анна Иосифовна тебя подозревала! Она оставила для меня среди прочих писем с угрозами листок с буквой «С», который ты стащил. Его никто не мог стащить, кроме тебя, и я стал думать, зачем он тебе понадобился. Просто листок. Просто буква. А ты его забрал. Почему? Она ничего мне не объяснила, и я не стал спрашивать — никакого листка к тому моменту уже не было! Она оставила мне подсказку. «С» — или Саша, или Стрешнев. Но ты же маньяк. Ты сразу решил, что этот листок тебе чем-то угрожает, и забрал его. Если бы ты его оставил со всеми остальными, я бы не стал подозревать тебя с самого начала!

Стрешнев исподлобья смотрел на него:

— А ты подозревал?

— Да. Сначала из-за сокола с вороной, а потом...

— Я-то тебя сразу узнал! Это ты меня никогда не видел, а я тебя — миллион раз. Я ничего не понял, откуда ты взялся на мою голову?! Я думал, может, бабка догадалась, хотя как она могла догадаться?! Тебя я тоже не мог убить, стали бы копать и докопались бы до А. Эн. Седера! Но зато я тебя избил! — У него на лице появилось мечтательное выражение. — Как это было прекрасно! Какой кайф. Ты корчился, хрипел, кровью харкал, а я тебя бил. С каким наслаждением я тебя бил!.. Я бы всех вас перебил, подонков!..

— Кем был тот человек в издательстве? Он же был не рабочим, да? У него оказались слишком дорогие и чистые ботинки. Тогда кто?

— Писатель! — весело ответил Стрешнев и захохотал. — Очко в мою пользу! Все-таки одного я прикончил!

— Зачем?!

— Да все за тем же! Он написал отличный роман и наотрез отказывался от рекламы! И ни с кем из редакторов он никогда не встречался! Я решил действовать по той же схеме. Только мне не пришлось бы оставлять его в живых — здесь у нас не Франция! Я хотел одним ударом решить все вопросы. Избавиться от идиота, заполучить его роман и навсегда испортить жизнь бабе-яге! Для этого всего только и требовалось — прикончить его в издательстве! Я его туда заманил и прикончил.

— Как ты его туда заманил?

— Ну, это было отдельное удовольствие. У него в романе как раз есть сцена, где герой переодевается и попадает на режимный объект по чужому пропуску. Я сказал ему, что так не бывает, и мы поспорили.

Я привязался к нему как банный лист! Он настаивал, что это вполне реальная сцена! И я заставил его повторить в жизни все, что написано в его собственном романе!

— Ты его заставил?!

— Конечно. Это было легче легкого! Господи, это так интересно — манипулировать людьми, заставляя их делать то, что мне нужно! Я вытащил у Митрофановой пропуск, отдал ему, он раздобыл где-то какую-то форменную одежду. Он должен был дойти до определенной комнаты и оставить записку, что он там был. Ну, в качестве свидетельства!.. Я знаю издательство как собственную квартиру. И я был точно уверен, что никакие камеры меня не сфотографируют. Их там просто нет. Он дошел и записку оставил, идиот! Еще бы! Такая интересная игра!

— Пыль на металлической полке в одном месте была как будто стерта. Я знал, что там что-то лежало, конверт или листок. А потом его резко сдернули.

— Я же спешил все-таки! И кровь из него текла, а я не люблю крови.

— Ты умеешь обращаться с холодным оружием?

— Я готовился, — сказал Стрешнев самодовольно. — Я начал обдумывать план мести, когда отец ушел. Я знал, что рано или поздно с ним покончу.

Алекс помолчал.

— Убивать-то зачем? — спросил он тихо. В позвоночнике стало холодно. — Он бы, писатель этот, тебе еще, может, двадцать романов написал! А ты денежки бы получал. Впрочем, деньги тебе не нужны. У тебя полно моих! Тебе был нужен его роман, так? Ты издал бы его под своим именем и прославился. Как писатель, правильно?..

— Да! Да!!! Я! Я всю жизнь не мог связать двух слов! Для меня записка на бумаге — пытка, а для отца...

— Да, я понял. Для твоего отца писатели были почти что боги и небожители.

— Труп в коридоре! Прямо название для детектива! Старая карга слегла. Никто не работал. Все бились в истерике. Главное, его в лицо никто не знал, понимаешь?! И опознать не могли!

Алекс кивнул задумчиво.

Ненависть разъедает, как кислота.

Я мог бы стать таким. Или... не мог?

— Я сразу понял, что этот человек имеет какое-то отношение к издательству, иначе как бы он там оказался? И это никакой не рабочий — я все там осмотрел. У него руки... совсем не рабочие, и слишком дорогие ботинки. И с Митрофановой все более или менее понятно, — выговорил Алекс, стремясь отделаться от мыслей о ненависти и кислоте. — Она позвонила, когда ты был рядом с ее домом, и ты быстро придумал сценарий убийства. Ты подъехал к ее дому, увидел машину Берегового и понял, что можно все свалить на него. А собаку ты всегда с собой возишь?

— Всегда, только на работу не беру, конечно.

— Почему она бегала возле дома? Я же ее видел! Ты не мог ее выпустить! Потом пришлось бы загонять обратно, а тебе время терять было никак нельзя! Почему она выскочила из машины?

— За кошкой, — буркнул Стрешнев. — Дура. Всему научил, а за кошками все равно гоняется!

— У Анны Иосифовны точно такая же собака. И у Надежды Кузьминичны. Это директриса тебе ее подарила?

— Да, чтоб им обоим сдохнуть! Она считала, что я... одинокий мальчик! А ее сука как раз принесла этих... как их... кутьков! Она всем и раздавала! Все добренькой прикидывалась!

— Митрофанова тогда открыла дверь не глядя, потому что была уверена, что пришел кто-то из вас, ты или Маня. Она не должна была тебя видеть, и ты одновременно позвонил в дверь и на ее домашний телефон. Она открыла и повернулась, чтобы ответить на звонок. Ты стал ее душить. У тебя что, не оказалось с собой ножа?

— Не оказалось, — признался Стрешнев. — Стал бы я ее душить, если б у меня был нож! Душить я не умею.

— На домашние телефоны, как правило, никто не звонит, кроме родственников и близких друзей, — задумчиво продолжал Алекс. — И это не могло быть простым совпадением. Слишком уж невероятная случайность, что позвонили именно в тот момент, когда она открыла дверь! И к ней никто в тот вечер не собирался, кроме тебя и Поливановой. Я сразу понял, что это кто-то из вас двоих, или ты, или она. И сумка на кухне! Ты думал, что задушил ее, и решил подкинуть пропуск — если будут искать, найдут два, и это еще больше все запутает. И еще запонки. Ты ведь тоже носишь запонки!

— А эта идиотка из русской прозы, — подхватил Стрешнев, — которая фотографии выложила, решила, что митрофановские! Катерина носит запонки, и я тоже! Если б я Митрофанову убил, никто бы не докопался! Но влез ты!.. На какой помойке бабка тебя выкопала?! — Он вдруг наклонился вперед и схватился за голову. — Зачем?! За что мне все это?! Ты мое проклятие, понимаешь?! Ты должен был сгинуть давным-давно, а вместо этого!..

Он вдруг резко поднялся и пошел на Алекса. В глазах у него плескалось безумие.

Только безумие, засасывающее, как черная дыра.

Алекс никак не мог оторваться от этой дыры.

— Алекс!!!

Короткий вопль, взблеск, удар и глухой стук.

— Елкин корень, — тяжело дыша, сказала Маня. Нагнулась и посмотрела.

— Он жив, как ты думаешь?

Алекс закрыл глаза.

Но когда открыл, ничего не изменилось. На полу ворочался поверженный Стрешнев, а над ним, наклонившись, стояла перепуганная Маня с короткой лопаткой в руке.

Алекс подошел и вытащил у нее из руки лопатку.

— Где ты ее взяла?

— В багажнике. Я чищу ею снег, когда не могу выехать.

— Зачем ты приехала?

Она перевела дух.

— Ты сказал — приезжай.

— Я сказал, что перезвоню.

— Значит, мне послышалось.

— Маня!

Она боком села на диван. Щеки у нее горели.

— Ты не выключил телефон, — сказала она медленно. — Забыл, наверное. Ты вечно все забываешь.

— И путаю, — подсказал Алекс.

— И путаешь, — согласилась Маня. — А я все слышала.

— Ты приехала меня спасать, — подытожил он, и она кивнула.

— Спасибо, — сказал он, подумав.

— Не за что.

Тогда он подошел, обнял ее и прижал к себе. И она обняла его, и стиснула, и стала тыкаться горячим лицом в его свитер, и тяжело задышала, собираясь заплакать.

— Не плачь, Маня, — попросил он.

— А что еще делать? — сдавленным голосом спросила она и обняла его еще крепче.

— Милицию вызывать.

Кошмар накрыл его с головой, и он ничего не мог с этим поделать. Как это часто бывает во сне, он был уверен, что не спит, и тем не менее спал и точно знал: единственное, что нужно, — это проснуться, и все кончится, но проснуться никак не получалось.

Ему снилось то, что уже было когда-то.

Та самая пресс-конференция, на которой он так и не смог оправдаться, только вопросы ему почему-то задавала Маня Поливанова, и он не знал, как на них отвечать, только чувствовал, что тонет, с каждой минутой вязнет все глубже и глубже, и спасения нет, и он пытается объяснить, что роман написал он, именно он, но ему никто не верит, и Маня не верит тоже.

Во сне ему было стыдно перед Маней, которая на него надеялась, а он так ее подвел... Он знал — во сне! — что она ждет от него каких-то решительных слов и еще более решительных действий, а он ничего не может, не знает как, и это уже было когда-то, и выносить это больше нет никаких сил и...

Он проснулся и понял, что плачет — от бессилия и злобы. Щеки были мокрыми, и подушка тоже, он пощупал.

— Который час?..

Этот вопрос был основополагающим во всех его кошмарах.

Даже во сне он понимал, что ответ на этот простой вопрос вернет его к действительности, в которой ничего ужасного происходить не может, но некому было ответить на его вопрос!..

— Который час?!

— Еще только шесть. Спи, не мечись.

— Маня?!

Она повозилась рядом, перевернула его мокрую подушку и улеглась на нее щекой.

— А ты думал кто? — Она сладко зевнула и еще немного повозилась, пристраиваясь. — Нам еще рано вставать. Твоя пресс-конференция только в двенадцать. Спи.

— Маня, я не могу спать. Мне приснился... какой-то дурацкий сон.

— Беда с вами, с гениями. — И она опять зевнула. — Ложись на бочок, я тебе песенку спою. Слушай. — И она запела протяжно и хрипло со сна. — Ах ты, волк-волчок, шерстяной бочок. Через ельник бежал, в можжевельник попал. Зацепился хвостом, ночевал под кустом.

Он ничего не понимал, то ли спросонья, то ли со страху перед предстоящей пресс-конференцией.

— Маня, — глупо спросил он, всматриваясь в уютную, теплую, глухую темноту, — это ты?..

— Это я, — отозвалась она. — А это ты?..

— Я не знаю, — признался он. — Я правда не знаю, Маня.

— Зато я знаю. Я только не понимаю, почему ты не спишь! Я тебе вчера вкатила две таблетки снотворного! Предполагалось, что ты проспишь хотя бы до десяти. А сейчас только шесть утра.

— Мне приснился... сон.

— Бог с ним, — пробормотала Маня Поливанова и обняла его тонкой, горячей со сна рукой. — На то они и сны, чтобы сниться. Давай-давай, ложись. Я тебе еще спою. На крайчике, на сарайчике две вороны сидят, обе врозь глядят. Из-за дохлого жука перессорилися...

— Маня, я туда не пойду.

— Куда?

— На пресс-конференцию.

— Не ходи. — Она притянула его к себе и поцеловала раз, а потом еще раз. — Отлично. Будем кофе пить, а потом в парк поедем. Нет, не поедем, потому что у меня книжка не сдана, и я писать буду, так что ты один здесь останешься куковать, а они там пусть как хотят...

— Маня!!!

— М-м-м?..

Она сопела в сгиб его локтя глубоко и свободно, и ему ничего не оставалось, только лечь рядом и слушать, как она дышит.

...Я не пойду ни на какую пресс-конференцию!.. Будет с меня. Я уже давал всевозможные интервью, когда на меня смотрели с любопытством, завистью и злорадством. Я сыт ими по горло. Да, я написал роман, и, может быть, он ничем не хуже предыдущего, но я просто не могу вынести мысли о том, что на меня уставятся десятки камер и сотни глаз, и еще вытянутся руки с диктофонами!.. Как же я ненавижу руки с диктофонами! В известной полицейской киношной формуле — все, что вы скажете, может быть использовано против вас!..

Я больше не хочу — «против». Я хочу только — «за», и точно знаю, что «за» быть не может. Я же «скандальный автор»!

Как вы начали писать и где вы берете сюжеты?!

И в каждом вопросе я буду чувствовать подвох. У кого вы украли *этот* роман? Вы писали сами или за вас старались «литературные рабы»? Как вы намерены вернуть себе доброе имя после всего, что было?

И это самое — «все, что было»! — не забудется никогда и будет преследовать меня, и я не справлюсь.

И Маня не справится, несмотря на то что ей кажется, что нет ничего проще!..

Впрочем, Маня любит все упрощать.

По ее, по-Маниному, выходит нечто вроде всем известной формулы — делай, что должно, и будь, что будет, а на остальное наплевать. Хорошо говорить ей, девочке из семьи знаменитого авиаконструктора, всегда и во всем успешной и защищенной семьей, как броней!.. Ей-то никогда не плевали в лицо и не говорили, что она воровка, и не упрекали в том, что она присвоила чужой труд и чужой талант!..

Все же ему хватило чувства юмора и справедливости — даже среди ночи, почти в бреду! — не упрекать спящую Маню в излишнем жизнелюбии и не обижаться на нее всерьез. И за то, что спит, и за то, что верит в него так безоговорочно и твердо.

Лучше б не верила, ей-богу. Было бы легче. Соответствовать ожиданиям всегда мучительно.

Кажется, он все-таки заснул, пригревшись около нее, потому что она его разбудила.

Он резко сел посреди разгромленной постели, и у него потемнело в глазах.

За окнами было светло и празднично. Может, от того, что весна началась?..

— Вставай! — Она была свежая, умытая и тоже праздничная. — Сейчас придет машина.

Потянулась и поцеловала его. Он отстранился.

— Какая машина?..

— Черт ее знает. Должно быть, «Мерседес». А может, и нет. Какая тебе разница?

— Который час?..

— Без четверти десять.

— Без четверти десять чего?!

— Утра, болван! У тебя пресс-конференция в двенадцать.

— Я не поеду, — твердо сказал Алекс и опрокинулся обратно, в развал подушек. — Глупости. Зачем это нужно?..

Он точно знал, что поедет, и, кажется, Маня знала тоже.

— Как хочешь, — сказала она и пожала плечами. — Анна Иосифовна без тебя справится, и Катька не подведет. Ты уже все сделал, роман написал, а дальше как знают.

— Вот именно.

— Но все равно вставай. Я тебе ванну налила. Кипяток, как ты любишь! Царь велел себя раздеть, два раза перекрестился, бух в котел — и там сварился! Иди, а то остынет.

Ворча, как старый облезлый пес, он выбрался из постели, посмотрел с сожалением — почему нельзя в нее вернуться и провести там весь день?! — и поплелся в ванную.

Маня в самом деле налила ванну почти до краев. И добавила какой-то сладко пахнущей пены, похожей на безе. Ее облака перехлестнули через бортик, когда он сел в воду.

Он сел, закрыл глаза, поднял руку, облепленную пеной, похожую на лапу снеговика, зачем-то понюхал — пахло хорошо — и позвал:

— Ма-аня! Ма-ань!..

— А?..

— Я никуда не поеду.

— А?!

— Подойди ко мне.

Она не шла довольно долго. Он лежал в пене, закрыв глаза, и вспоминал, как первый раз попал в этот дом и думал, что здесь ему всегда будет просто.

С тех пор прошло много месяцев, и ему никогда не было просто. Зато всегда было хорошо. Так хорошо, что он — как писатель! — ни за что не решился бы описать это словами.

Не существовало и не могло существовать таких слов.

— Ты меня звал?

Он разлепил веки.

Маня Поливанова сидела на бортике старорежимной немыслимой ванны на львиных лапах, стоявшей совершенно нелепо посреди ванной комнаты и занимавшей очень много места. В руках у нее был серебряный поднос с ручками, а на подносе высокая запотевшая бутылка и два бокала.

— «Вдова Клико», — сообщила Маня и показала подбородком на бутылку, руки-то у нее были заняты. — Пушкин очень любил, Александр Сергеевич! В Михайловскую ссылку Иван Пущин привез ему несколько бутылочек именно «Вдовы», и они на троих с няней Ариной Родионовной распили...

Алекс сел так резко, как давеча в постели, и на каменный пол выплеснулось немного душистой и плотной пены, похожей на пирожное безе.

— Это шампанское, — зачем-то объяснила Маня Поливанова и пристроила серебряный поднос на край немыслимой ванны. — Для тебя. Черт с ней, с пресс-конференцией, но роман-то ты написал! И вот говорю тебе как читатель — это превосходный роман! Ничего лучшего я не читала давно, клянусь тебе!..

— Ты не можешь судить, — пробормотал он, не в силах оторвать взгляд от подноса. Никто и никогда не приносил ему шампанское в ванную! — Ты необъективна.

— Конечно, я могу судить! — И легкомысленная Маня махнула рукой. — Говорю тебе и как читатель, и как писатель, роман превосходный. И давай мы за это выпьем. За твой роман. За твой талант. За то, что ты лучше всех.

— Я не лучше! — заорал Алекс. Нужно же было как-то защищаться. — Тебе так кажется, потому что ты в меня влюблена!!!

— Ну, если б ты был идиотом и бездарью, — сказала Маня совершенно хладнокровно, — я бы в тебя не влюбилась. Это уж точно.

— То есть ты влюблена в автора «Запаха вечности» и «Очень странной истории», а не в меня?

Она сосредоточенно разливала ледяное вино в высокие юбилейные бокалы. Оно пенилось и переваливало через край, как безе из ванны.

— А что, — осведомилась она, разлив, — этот автор, в которого я влюблена, не ты?..

Алекс не нашелся что ответить.

Как раз потому, что автором был именно он.

— За тебя! — провозгласила Маня, подняв бокал. — За то, что ты лучший. За то, что с тобой так интересно. За талант, если на самом деле имеет смысл за него пить.

И они выпили залпом — Маня, сидящая на бортике, и Алекс в ванне.

— Я все равно не поеду, — сказал он, выдохнув. — И не уговаривай меня.

— Не буду я тебя уговаривать. Не езди.

Она налила еще по бокалу, чокнулась с ним, провозгласила:

— Ну, будем здоровы!.. — и стала сосредоточенно стаскивать майку, на которой белыми, слегка вытертыми буквами было написано «Divided we'll stand».

Алекс эту майку обожал.

— Что ты делаешь? — глупо спросил он, когда она принялась за джинсы. Как будто непонятно, что она делает!

Царственным жестом голая Маня Поливанова протянула ему руку. Он сжал ее своей, горячей, мокрой и скользкой, и смотрел, не отрываясь.

Зрелище того стоило.

Маня переступила через высокий борт, величественно опустила себя в воду — пена беззвучно поднялась горой и закрыла от него все самое интересное.

Он облизнул внезапно пересохшие губы, и Маня, устроившаяся у него на коленях, потянулась за бокалом и подала ему.

Он принял бокал, не отводя от нее глаз.

— За тебя, — очень серьезно сказала она. — За то, что ты написал превосходную книгу. И мне ли не знать, как трудно она тебе далась!

— Легко, — выговорил он с усилием. — Я так давно ничего не писал, что писалось легко. Кроме того, мне было о чем рассказать.

— Ну да, — то ли согласилась, то ли не согласилась Маня. — Легко, конечно.

Она допила, перегнулась через край, поставила бокал на залитый пеной каменный пол и, вытянувшись, легла на Алекса. Прямо перед его носом оказались ее пунцовые щеки и близорукие восторженные глазищи, а под руками скользкие бока и груди, прижимавшиеся к нему, а где-то там дальше длинные ноги, которыми она время от времени взбрыкивала, как жеребенок.

Или как дельфиненок, раз уж они в воде?.. Или как русалка?.. Или у русалок хвосты, а не ноги?..

Он ничего не соображал. Совсем.

В голове шумело то ли от «Вдовы Клико», любимого напитка Пушкина Александра Сергеевича и его нянюшки Арины Родионовны, то ли от горячей воды.

Или от любви?..

Ладонями он с силой провел по Мане сверху вниз, куда только смог достать, и определил совершенно точно, что никакого хвоста нет, а есть гладкое и сильное женское тело, разгоряченное и ждущее — его.

Только его одного.

Маня потянулась повыше, кожа скользила по коже, и это было так остро, что он замычал тихонько — от отчаяния, от возбуждения, — и серьезно поцеловала его в губы. Потом сделала сильное движение, выпрямилась, закинула за голову руки, и он понял, что это — подарок.

Маня подарила ему себя этим утром.

Когда все закончилось, она упала на него, и растеклась по нему, и пристроила голову на грудь, хотя это было очень неудобно — вода немедленно попала ей в нос, она зафыркала, захрюкала и села, рассматривая его, как ему показалось, с изумлением.

Это изумление почему-то привело его в восторг, он взял ее за уши, притянул к себе и сказал то, что хотел сказать, — по-французски.

— Я ничего не поняла, — сообщила Маня, когда он замолчал. — Но это было красиво.

Они еще полежали, обнявшись, в почти пустой ванне, из которой только что расплескали всю воду, а потом она вдруг завопила, что он сейчас опоздает и все пропало!..

Тут они заспешили так, как будто на них надвигалось цунами и непременно нужно успеть забраться на самый высокий холм, и волна поднимается на горизонте, и неба уже нет, и непонятно, куда бежать, и в какой он стороне, этот самый высокий холм!

— Где мой портфель?

— На вешалке.

— А паспорт?

— Зачем тебе паспорт?.. Сначала рубашку надень, а потом пиджак! Не наоборот!

— Где мой паспорт?

— В портфеле.

— А портфель?..

— На вешалке. Снимай, ты надел ее наизнанку.

— Да какая, к черту, разница!..

Он еще некоторое время метался по квартире, совершенно бессмысленно, а Маня бегала за ним с феном, уверяя, что он непременно простудится, если пойдет с мокрой головой, а он орал, что и так ужасно опаздывает, а Маня, не выпуская фена из рук, возражала, что без него все равно не начнут, и в конце концов она все-таки загнала его на первый попавшийся стул и стала сушить ему голову, а он уворачивался и вырывался — если бы не вырывался и не уворачивался, она бы высушила его в два раза быстрее!..

И тут в дверь позвонили.

Маня выключила фен, сразу стало сокрушительно тихо, и они посмотрели друг другу в глаза — как перед боем.

— Ну что? — спросила она, помолчав. — Откроем или спрячемся?..

Он посидел еще секунду, осознавая, что время вышло и отступать некуда, а потом решительно поднялся.

Позвонили еще раз.

— Да, — сказал он сам себе. — Я слышу.

И пошел открывать.

Маня проводила его взглядом.

— А я за вами, — громко заговорили из прихожей. — Только нам поторапливаться надо, там опять борьба с пробками, и набережные все стоят, и Садовое, а нам бы как раз по набережной проскочить...

Маня вышла в коридор.

Приехавший незнакомый водитель толковал про

то, как «проскочить», и где бы «потолкаться», только не слишком долго, и с пробками беда, а если в объезд по той стороне, то очень долго выйдет, Каменный мост наверняка стоит!..

Она почти ничего не слышала, смотрела только на Алекса, который сосредоточенно обувался. У него горели щеки, и волосы лезли в глаза, и он нетерпеливо откидывал их, заправлял за уши, но они все равно падали, и Маня подумала отстраненно, как хорошо, что ей удалось его высушить.

Никогда в жизни она так не волновалась.

Он надел пальто и посмотрел на нее.

— Где мой портфель?

Маня подошла и сняла портфель с вешалки.

Он пристроил его на плечо.

— Ну... все?

Маня кивнула.

— Говорят, там народу тьма, — наддавал на заднем плане водитель, — хорошо, у нас пропуск на стоянку заказан, а то бы еще место полчаса искали, а так, что же, заедем прямо под шлагбаум, и хорошо. В нашем издательстве в плане организации никаких проколов нету, а то, знаете, бывает, все перезабудут, а нам потом место ищи! Если б еще с пробками не бороться, так и совсем хорошо...

Алекс отвел глаза от Мани — как будто расцепились сцепленные руки — и шагнул на площадку. Водитель, не переставая говорить, вышел за ним, дверь захлопнулась, и Маня осталась одна.

Очень медленно поднесла кулачок к зубам и укусила.

Они договорились давным-давно, что на пресс-конференцию она не поедет. Невозможно, если она услышит, как его будут спрашивать о *том самом* романе и как вышло, что он его украл или у него украли!.. А он точно знал, что спросят.

...Я двух слов не смогу связать, если ты будешь сидеть и слушать! Поняла?..

...Конечно, поняла. Что ж тут непонятного?..

Маня Поливанова еще какое-то время постояла под дверью, потом вернулась в ванную и стала задумчиво собирать с пола воду банным полотенцем. Воды было много, и полотенце моментально стало очень тяжелым.

Зазвонил телефон.

Она швырнула полотенце в раковину и долго и бестолково искала телефон, который оказался почему-то на кровати, под одеялом.

— Я сказал тебе, что ты не могла придумать лучшего подарка. Ты подарила мне себя, — в ухо ей выговорил Алекс. — Я сказал, что ты защищаешь меня со всех сторон. Мне на самом деле ничего не страшно, потому что есть ты. — Он передохнул. — Еще я сказал, что всегда очень боялся обыденности. С небес на землю, понимаешь?.. И оказалось, зря боялся! Дело не в обыденности, а в том, что мы есть, здесь и сейчас. Могло быть и хуже. Ты могла родиться за триста лет до или на триста лет позже!..

— Или ты.

— Или я, — согласился он. — По-французски все это проще сказать, чем по-русски, но я хочу, чтоб ты знала.

И положил трубку.

Маня Поливанова подумала немного, швырнула телефон обратно на кровать и стала собираться.

Конференц-зал РИА «Новости» не вместил всех желающих — еще бы, такая сенсация!.. В «культурной жизни» давно не происходило ничего, что могло быть так интересно широкой публике. Одних только иностранных новостных агентств с камерами Митрофанова насчитала шесть, а когда подъехали японцы, перестала считать и только горделиво посматривала по сторонам — знай наших!..

Вот вам и русская литература! Вот вам и издательство «Алфавит», где совсем недавно происходили странные и угрожающие события!

Даже конкуренты явились полюбопытствовать, правда ли, что Анна Иосифовна заполучила сенсацию и «писателя номер один», и оказалось, все правда, черт побери!..

Этот самый писатель держался немного скованно и отстраненно, но на вопросы отвечал подробно и обстоятельно и не дрогнул, даже когда стали спрашивать про «Запах вечности».

— Правда ли, что ваш бывший литературный агент оказался замешан в преступлении и сейчас содержится под стражей?

— Почему пять лет назад вы не смогли доказать собственное авторство?

— Как вы относитесь к тому, чтобы провести сравнительную экспертизу текстов обоих романов?

Анна Иосифовна сидела рядом с ним за столом, уставленным микрофонами и диктофонами так густо, что странно было, почему они не валятся на пол, и на каждый его ответ легонько и одобрительно кивала, как учительница, которая принимает экзамен у любимого ученика.

— Как получилось, что между первым и вторым

романом прошло столько лет, если допустить, что они оба ваши?

— Знает ли ваш французский правообладатель, что новый роман вы написали для русского издательства?

— Намереваетесь ли вы подать в суд и требовать всех положенных вам выплат, если будет доказано, что автор «Запаха вечности» именно вы?

У Митрофановой от возбуждения стало холодно в позвоночнике и как-то странно покалывало в кончиках пальцев. Время от времени она подносила пальцы к глазам и рассматривала их, не находя ничего особенного.

В конце концов к ней протолкался высокий лохматый парень, смутно знакомый.

— Моя фамилия Столетов, нас Володька Береговой знакомил, помните?..

Митрофанова приложила палец к губам. Алекс отвечал на вопрос «Франс-пресс», по-французски говорил легко, не задумываясь, в зале все внимали с благоговением, и кто понимал, и кто не понимал!

Дэн еще понизил голос:

— Я из журнала «День сегодняшний». Знаете такой?

Митрофанова кивнула.

— Слушайте, устройте нам с ним эксклюзивное интервью, а?.. По старой дружбе! Я ж понимаю, что этого Лорера сейчас на части порвут! В релизе написано, что эксклюзивов не будет, только прессуха для всех, но я вас прошу, а?..

Полгода назад Митрофанова отказала бы — совершенно точно! — и еще упивалась бы сознанием собственной власти.

Сегодня она сунула Дэну в руку визитную карточку, потянулась к его уху — ему пришлось сильно скособочиться на одну сторону, — и прошептала:

— Позвоните мне. Там все телефоны всамделишные. Я с ним поговорю.

Дэн закивал с благодарностью.

— А согласится? Он вменяемый? Или... примадонна?

— Может, и невменяемый, но точно не примадонна!

Пошел второй час пресс-конференции, а вопросы все не кончались:

— Где вы намерены жить, в России или во Франции?

— «Запах вечности» — это своего рода новый жанр. Мистический детектив с серьезным философским уклоном. В каком жанре написана «Очень странная история»?

— Согласитесь ли вы на экранизацию, если она будет предложена?..

Анна Иосифовна продержалась еще минут сорок, а потом взяла бразды правления в свои руки.

— Уважаемые дамы и господа, друзья и коллеги. Наша пресс-конференция подходит к концу. Да-да, к сожалению! — Она повысила голос, потому что в зале поднялся гул, и улыбнулась самой милой из своих улыбок. — Господин Лорер, издательство «Алфавит» и я благодарим вас за то, что почтили своим присутствием наше мероприятие. Мы приглашаем всех на фуршет, где мы сможем продолжить общение в более приватной обстановке.

По всему залу полыхнули вспышки.

Алекс выдохнул и на секунду прикрыл глаза.

— Последний вопрос! — так громко закричали откуда-то из задних рядов, что вся толпа журналистов оглянулась, а Анна Иосифовна прищурилась и вытянула шею. — Можно?!

— Да, конечно, — тоже громко сказал Алекс в микрофон. — Задавайте.

Маня Поливанова, писательница Покровская, поднялась, очень высокая, очень официальная и очень деловитая.

Такая родная, что его как будто стиснутое кулаком сердце расправилось, освободилось и понеслось вскачь.

— Ну, значит, так. — Она поправила очки и улыбнулась ему. — Вопросы у меня вот какие. Как вы начали писать и где вы берете сюжеты?

Литературно-художественное издание

ПЕРВАЯ СРЕДИ ЛУЧШИХ

Устинова Татьяна Витальевна

С НЕБЕС НА ЗЕМЛЮ

Ответственный редактор *О. Рубис*
Редактор *Т. Семенова*
Художественный редактор *А. Сауков*
Технический редактор *Н. Носова*
Компьютерная верстка *О. Шувалова*
Корректор *В. Авдеева*

ООО «Издательство «Эксмо»
127299, Москва, ул. Клары Цеткин, д. 18/5. Тел. 411-68-86, 956-39-21.
Home page: **www.eksmo.ru** E-mail: **info@eksmo.ru**

Подписано в печать 08.02.2011.
Формат 84x108 $^1/_{32}$. Гарнитура «Таймс».
Печать офсетная. Бум. офс. Усл. печ. л. 18,48.
Тираж 130000 экз. Заказ № 2072.

Отпечатано с электронных носителей издательства.
ОАО "Тверской полиграфический комбинат". 170024, г. Тверь, пр-т Ленина, 5.
Телефон: (4822) 44-52-03, 44-50-34, Телефон/факс: (4822)44-42-15
Home page - www.tverpk.ru Электронная почта (E-mail) - sales@tverpk.ru

ISBN 978-5-699-47976-4

9 785699 479764 >

Оптовая торговля книгами «Эксмо»:

ООО «ТД «Эксмо». 142700, Московская обл., Ленинский р-н, г. Видное,
Белокаменное ш., д. 1, многоканальный тел. 411-50-74.
E-mail: **reception@eksmo-sale.ru**

По вопросам приобретения книг «Эксмо» зарубежными оптовыми
покупателями обращаться в отдел зарубежных продаж ТД «Эксмо»
E-mail: **international@eksmo-sale.ru**

International Sales: International wholesale customers should contact
Foreign Sales Department of Trading House «Eksmo» for their orders.
international@eksmo-sale.ru

По вопросам заказа книг корпоративным клиентам,
в том числе в специальном оформлении,
обращаться по тел. 411-68-59, доб. 2115, 2117, 2118.
E-mail: **vipzakaz@eksmo.ru**

Оптовая торговля бумажно-беловыми
и канцелярскими товарами для школы и офиса «Канц-Эксмо»:

Компания «Канц-Эксмо»: 142702, Московская обл., Ленинский р-н, г. Видное-2,
Белокаменное ш., д. 1, а/я 5. Тел./факс +7 (495) 745-28-87 (многоканальный).
e-mail: **kanc@eksmo-sale.ru**, сайт: **www.kanc-eksmo.ru**

Полный ассортимент книг издательства «Эксмо» для оптовых покупателей:

В Санкт-Петербурге: ООО СЗКО, пр-т Обуховской Обороны, д. 84Е.
Тел. (812) 365-46-03/04.

В Нижнем Новгороде: ООО ТД «Эксмо НН», ул. Маршала Воронова, д. 3.
Тел. (8312) 72-36-70.

В Казани: Филиал ООО «РДЦ-Самара», ул. Фрезерная, д. 5.
Тел. (843) 570-40-45/46.

В Ростове-на-Дону: ООО «РДЦ-Ростов», пр. Стачки, 243А.
Тел. (863) 220-19-34.

В Самаре: ООО «РДЦ-Самара», пр-т Кирова, д. 75/1, литера «Е».
Тел. (846) 269-66-70.

В Екатеринбурге: ООО «РДЦ-Екатеринбург», ул. Прибалтийская, д. 24а.
Тел. +7 (343) 272-72-01/02/03/04/05/06/07/08.

В Новосибирске: ООО «РДЦ-Новосибирск», Комбинатский пер., д. 3.
Тел. +7 (383) 289-91-42. E-mail: **eksmo-nsk@yandex.ru**

В Киеве: ООО «РДЦ Эксмо-Украина», Московский пр-т, д. 9.
Тел./факс: (044) 495-79-80/81.

Во Львове: ТП ООО «Эксмо-Запад», ул. Бузкова, д. 2.
Тел./факс (032) 245-00-19.

В Симферополе: ООО «Эксмо-Крым», ул. Киевская, д. 153.
Тел./факс (0652) 22-90-03, 54-32-99.

В Казахстане: ТОО «РДЦ-Алматы», ул. Домбровского, д. За.
Тел./факс (727) 251-59-90/91. **rdc-almaty@mail.ru**

Полный ассортимент продукции издательства «Эксмо»
можно приобрести в магазинах «Новый книжный» и «Читай-город».
Телефон единой справочной: 8 (800) 444-8-444.
Звонок по России бесплатный.

В Санкт-Петербурге в сети магазинов «Буквоед»:
«Магазин на Невском», д. 13. Тел. (812) 310-22-44.

По вопросам размещения рекламы в книгах издательства «Эксмо»
обращаться в рекламный отдел. Тел. 411-68-74.

ПЕРВАЯ СРЕДИ ЛУЧШИХ

ТАТЬЯНА УСТИНОВА

На одном дыхании!

www.eksmo.ru

   Благополучному бизнесмену Владимиру Разлогову спустя много лет пришлось заплатить по старым счетам. И расплата была жестокой! В преступлении мог быть замешан кто угодно: бывшая жена, любовница, заместитель, секретарша!..

   Времени, чтобы разобраться, почти нет... И расследование следует провести на одном дыхании!

   Оставшись одна, не слишком любимая Разлоговым супруга Глафира пытается выяснить, кто виноват. Она сделает почти невозможное – откроет все старые тайны мужа и вытащит на свет все тени до одной... Да, этот роман – та Устинова, которую ждали!

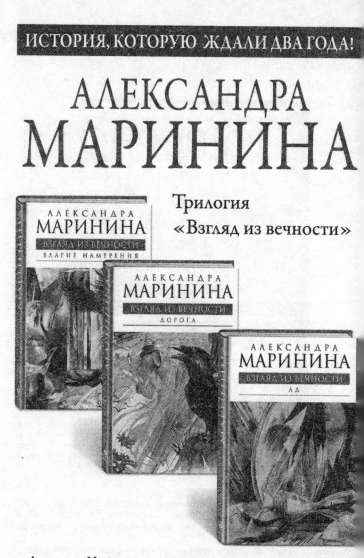